中國語言文字研究輯刊

十 三 編

許 錟 輝 主編

第 4 冊

《說文》重文相關問題研究

方 怡 哲 著

花木蘭文化事業有限公司

國家圖書館出版品預行編目資料

《説文》重文相關問題研究／方怡哲 著 — 初版 — 新北市：

花木蘭文化事業有限公司，2017〔民106〕

目 4+184 面；21×29.7 公分

（中國語言文字研究輯刊 十三編；第 4 冊）

ISBN 978-986-485-229-1（精裝）

1. 説文解字 2. 研究考訂

802.08　　　　　　　　　　　　　　　106014700

ISBN-978-986-485-229-1

9 789864 852291

中國語言文字研究輯刊

十三編　　第 四 冊　　　　　ISBN：978-986-485-229-1

《說文》重文相關問題研究

作　　者　方怡哲

主　　編　許錟輝

總 編 輯　杜潔祥

副總編輯　楊嘉樂

編　　輯　許郁翎、王　筑　美術編輯　陳逸婷

出　　版　花木蘭文化事業有限公司

社　　長　高小娟

聯絡地址　235 新北市中和區中安街七二號十三樓

　　　　　電話：02-2923-1455／傳眞：02-2923-1452

網　　址　http://www.huamulan.tw 信箱 hml810518@gmail.com

印　　刷　普羅文化出版廣告事業

初　　版　2017 年 9 月

全書字數　114871 字

定　　價　十三編 11 冊（精裝）　台幣 28,000 元

《說文》重文相關問題研究

方怡哲　著

作者簡介

方怡哲，祖籍福建省漳州東山縣，1964 年生於臺灣省臺東縣。學歷：台東中學、東海大學中國文學系學士、碩士、博士。就讀研究所時師事龍宇純教授，撰寫碩士論文《說文重文相關問題研究》、博士論文《六書與相關問題研究》（花木蘭文化出版社，2014 年出版）。曾任崑山科技大學講師、東海大學兼任講師等職。現任崑山科技大學通識教育中心副教授，教授國文及語言文字相關通識課程。

提　要

　　異體字繁多是漢字的特色之一，說文解字收篆文九千三百五十三字，又收有「重文」一千一百六十三字，是許慎整理漢朝以前漢字異體字的總成果。藉由整理說文重文，可以使我們掌握異體字形式結構的變化，並歸納某些內在規律，有助於考釋先秦古文字；而文字結構分析所呈現各書體形式差異現象的比較，也能強化對各書體的認識。本文乃嘗試就說文保存的重文作異體字結構的分析，文中主要以正文與重文形式結構的比較爲主，間因顧及文字發展關係，也偶有重文與重文間的比較。

　　第一章「重文各體概說」，首先對重文各書體的名稱、時代、來源、性質、特徵等略作說明。說文重文出處的細目有二十餘種，但依其性質可約略歸納爲四種書體：古文、籀文、或體、篆文。第二章至第七章即將此四種書體，依其正、重文形式結構的差異，分爲「繁構」、「省構」、「異構」、「訛變致異」四類；而某些本非一字重文，乃許慎所誤合者列爲「誤廁」一類；其當闕疑俟考者，則列入「存疑」一類。每類之下又各分數小節，期能綱舉目張，將正、重文盡依其結構形式差異繫於其當處條目之下，使吾人對正、重文形式結構差異的現象能一目瞭然，進而有助於探尋其規律。

目次

敘 論

許慎於說文解字敘自述其纂書之目的：

> 蓋文字者，經藝之本，王政之始，前人所以垂後，後人所以識古。
> 故曰：「本立而道生」，知天下之至嘖而不可亂也。今敘篆文，合以
> 古籀，博采通人，至於小大，信而有證，稽撰其說，將以理群類，
> 解謬誤，曉學者，達神恉。

蓋漢時經學有今、古文學派之爭，古文派所據者爲以先秦古文書寫之古文經，「而
世人大共非訾，以爲好奇者也，故詭更正文，鄉壁虛造不可知之書，變亂常行，
以燿於世。諸生競逐說字解經誼，稱秦之隸書爲倉頡時書，云父子相傳，何得
改易？乃猥曰：馬頭人爲長……皆不合孔氏古文，繆於史籀。俗儒啚夫，翫
其所習，蔽所希聞，不見通學，未嘗覩字例之條。」〔註1〕許慎學宗古文，爲
闢俗儒鄙夫之非，故有說文解字之作。其書以小篆爲主幹，〔註2〕列爲「正文」，
〔註3〕或於其下引形體異於小篆之古文、籀文、或體、俗字等爲附從，謂之「重
文」。據許慎自記，重文計一千一百六十三字，然段玉裁依大徐本所載字數覈之，

〔註1〕許慎《說文解字敘》。

〔註2〕以後出之小篆爲主幹，乃因小篆字多且較古、籀文易於解釋。且小篆亦早於隸書，
　　　就許慎言，仍是遵古，非從今！參龍師宇純，中國文字學，152頁。

〔註3〕「正文」或稱之爲「正篆」，本文統稱之「正文」，以與「重文」之名相對。

重文千二百七十九，增多者百一十六文，段氏云：「此由列代有沾註者，今難盡爲識別。」〔註4〕由於難盡爲識別，本文仍依今徐鉉本說文解字所錄重文爲主，不隨意有所去取！

說文重文之性質頗爲寬泛，凡一字而形體歧異者，皆得爲重文（說詳下）。重文形成原因，殆起於時間、空間之殊異，及人爲之造作。漢字肇始期之情況若何，今未得其詳，然觀甲骨文字，固已多有異體存焉，顯示漢字有異體之現象其來已久！契文以象形象意字居多，而象形象意文字之形體無定，本即其特色，故其字正反、正側可不拘，筆畫、偏旁數量繁簡亦不定，契文文字異形之情況多爲此類。其後文字孳乳浸多，代有新製，雖在「約定俗成」之制約下，舊有異體或趨於消亡，然新異體亦不斷產生；兼以漢字造字方法多端，其原爲象形、象意之字，後世每多改造爲形聲字，即形聲字因時空因素，聲符亦每多改易。而書體之演化，雖爲漸進，一時之間不覺其異，長久以往，每致異形，許愼說文敍云：「黃帝之史倉頡，見鳥獸蹏迒之跡，知分理之可相別異也，初造書契……以迄五帝三王之世，改易殊體，封于泰山者七十有二代，靡有同焉。」雖未可徵實，實亦在情理中，此文字因時異而致古今形體變易之情況！漢字使用地區幅員廣大，而文字本群眾集體之創造，甲地乙域各可依其生活習俗、社會特色而製方俗字；而方音之歧異更爲造成形聲異體字聲符不同之因，此文字有因地域之別而異形者。文字因時、空之殊而有異形產生，此本爲自然趨勢，此外，文字有因人爲造作而致突變者，龍師宇純云：「字形的遷化情形有二：一爲自然譌變，一爲人爲造作，譌變是漸進的，無意識的；造作是突發的，有意義的。換言之，如一字於某一階段發生突變，在其突變之前，不易知其究竟，或無從知其究竟；而突變之後，適可配合一個說解。則此變異必出於人爲造作，而其所以有此造作，正爲其字形如此然後可得而說。」〔註5〕說文敍云李斯、趙高、胡毋敬取史籀大篆，或頗省改以成小篆，乃人爲造作最著之例！

〔註4〕許愼於說文後敍自記：「此十四篇，五百四十部，九千三百五十三文，重一千一百六十三。」段玉裁注云：「今依大徐本所載字數覈之，正文九千四百卅一，增多者七十八文。重文千二百七十九，增多者百一十六文，此由列代有沾註者，今難盡爲識別。」

〔註5〕龍師宇純，中國文字學，361頁。

前人研究說文重文每側重於古、籀文，〔註6〕研究方法亦多著重個別文字之考釋，並引證契，金文及古鉢、陶、簡、帛文等以探其源或究其流變，雖於某些字之考釋因資料所限而未盡如人意，亦實已爲說文重文之研究奠立根基！然而說文重文之研究並非僅考釋其字之來龍去脈即已足，說文重文保存大量古代形體歧異之異體字，所謂形體歧異，其具體表現，約略包含：(一)文字結構形式之不同，如：正重文同爲會意字而表意偏旁不同；同爲形聲字而意符不同、聲符不同或聲意符俱異；正重文文字構造法則不同；偏旁部位移易等類。(二) 字形之筆畫、偏旁或意符有所增、減。(三) 筆迹相承小異之演變及破壞原字結構之譌變亦得爲重文。此外，另有少數本非一字之假借字、同近義字、轉注字等，許君亦列爲重文，故說文正重文間文字異形之形式頗爲複雜。不惟如此，即各書體之通行時期亦有時與地之殊異，如：古、籀文爲東西土異域之書體；籀文與小篆前後相承而小篆有所省改；小篆與古文並有時、地之異；篆、或體之關係則情況較爲複雜（說詳第一章），許愼纂說文，於此等古今、方俗異形之字兼羅並蓄，使古代異體字得以保存，厥功至偉！然亦因重文之性質如此複雜，其中尚有許多議題値得深入研究，如：重文所表現之文字異形現象能否予以分類？有何規律可尋？重文各書體間之關係如何？各書體文字異形現象是否各有其特色等等，皆有待全面之分析檢討，始能呈現其眞象，否則對上述議題之解答，將流於片面之「印象」而已。本文乃嘗試就說文保存之重文作異體字結構之分析，期能呈現漢字文字異形之各種現象，並藉此項分析，對上述諸議題之解決有所助益。文中主要以正文與重文之形式結構比較爲主，間因顧及文字發展關係，亦或有重文與重文間之比較，如网爲小篆，或體作，加亡爲聲符，古文作者殆由而省其綱目，故古文當與或體作形式之比較而非與小篆（此種情形，或體之來源早於古文，非謂古文由或體而簡省）；又如爲小篆，古文作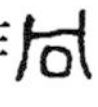，或體作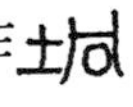，或體顯然由作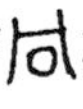如古文者增益意符而來（文字非一時一地一人所造，一般了

〔註 6〕 民國以後諸作，研究籀文之專著較少，其最著者爲王國維史籀篇疏證。研究古文者較眾，如商承祚《說文中之古文考》；胡光煒《說文古文考》；舒連景《說文古文疏證》；邱德修《說文解字古文釋形考述》；張維信《說文解字古文研究》等。合古、籀文之作有陳激成《說文古籀彙考》。研究重文全體者有許錟輝《說文重文諧聲考》及《說文重文形體考》等。

解，古文與或體時代並不相同，故此古文⟨圖⟩與或體⟨圖⟩或許並無直接關係，即或體並非逕由古文增益意符而來，乃是由或體⟨圖⟩之造字者依當時作⟨圖⟩之形式而增益土旁，而適巧六國古文亦正有作⟨圖⟩之形式而爲說文所保存，故本文所描述之正、重文或重文與重文之關係有時僅是相對、比較之敘述，而非絕對之關係，如古文與籀文、古文與小篆、古文與或體、籀文與或體等並當如是觀）。然因本文中論及重文與重文之關係者較少，故各章節下仍以「正文」與「重文」之比較標目（本文原擬題目爲「說文正重文（關係）研究」，因不足以涵蓋全文內容，故遵龍師宇純之意，擬題爲「說文重文相關問題研究」）！

　　探索文字異形之現象並歸納其條例，前人亦曾觸及，然大多非單獨針對說文正、重文作研究對象，所分析之條例亦每太過簡略，無以見文字異形現象之全貌。〔註7〕其針對說文重文作分析者，則有許錟輝氏之「說文重文形體考」，該文結語部分，曾就正重文形體結構相互嬗變之迹闡述條例，而所羅列之條例竟多達四十二類，每類之下又或分數小節，其下各舉一例以證。許氏所分條例，雖亦每能析見正、重文形構之遞變關係，然平心而論，實太過繁瑣，未能提綱挈領，使人對正重文形構之關係一目瞭然，甚至有礙於異體形構規律之探求！本文於正重文異體形構之分析將不務繁瑣，蓋任何形式之現象必須累積一定之例證始有「規律」可言，研究正重文形體結構之差異，亦並非僅只於羅列其所有現象即已達成任務，藉由諸多現象中尋其規律，當更是意義所在，林澐云：

> 淘汰異體而使每個字都趨向于只有一種固定的寫法，就是「規範化」，在秦始皇以小篆統一全國文字以前，規範化是一種自然淘汰的

〔註7〕此類多係針對現代漢字異體所作之形構分析，其簡略者僅區分三、四項，如黃建中《漢字學通論》僅分：「偏旁位置不同」、「構字部件不同」、「造字方法不同」三類。其分類較詳細者，如裘錫圭分爲八類：一、加不加偏旁的不同；二、表意、形聲等結構性質上的不同；三、同爲表意字而偏旁不同；四、同爲形聲字而偏旁不同；五、偏旁相同但配置方式不同；六、省略字形一部分跟不省略不同；七、某些比較特殊的簡體跟繁體的不同；八、寫法略有出入或因譌變而造成不同（文字學概要，206～208）又如江師舉謙著「漢文字同字異形研究」，其分類亦大致與裘氏相當（多出「叚借定型」一項，又「隸楷譌變」所論範圍與裘文第八類亦不盡相合）此種以現代漢字爲對象所作之分類與單針對說文重文所作之分類必定有出入處！

緩慢過程。在舊有異體未被淘汰之時，往往又出現了許多新的異體。
所以，當我們以小篆爲基點用歷史比較法去追溯每個字的前身時，
就必須對每個字的形體所可能有的異體現象有比較全面的了
解。……我們至少可以用已知的變異中相似的現象，來推論某種字
形所可能有的變異。……就識讀先秦古文字而言，重要的問題不是
每一個字規範化的具體過程，而是認識一個字在未規範化以前可能
有的異體形式，認識這種異體形式之間的內在規律性。這樣，在進
行字形歷史比較時，無疑將會大大地開闊思路，透過表面上相異的
現象，找到內在的聯系。〔註8〕

研究異體字之形式結構差異，並歸納其內在規律，以爲考釋先秦古文字之助，
正是研究重文之重要意義。前輩學者亦早已知運用此道以考釋古文字，如楊
樹達「新識字之由來」一文，所舉「義近形旁任作」、「音近聲旁任作」等項，
實即說文中異體字所常見之規律。而說文一書乃爲考釋古文字之最重要橋樑
（楊氏「新識字之由來」首條即「據說文釋字」），歷來對金文、甲骨文之釋
讀，說文之功至鉅是無可置疑之事，而晚近晚周文字之研究隨考古文物之不
斷發現，蔚爲新興顯學，說文重文之重要性更不言可喻矣！因此研究分析說
文正，重文之異體形式，歸納其規律，對考釋異體繁多之先秦古文字當具有
重要意義！

　　本文第一章「重文各體概說」，首先對重文各書體之名稱、時代、來源、性
質、特徵等略作說明。說文重文出處之細目有二十餘種（古文、籀文、或體、
篆文、俗字、司馬相如說、揚雄說……、奇字、秦刻石、春秋傳曰、夏書曰、……
今文、漢令、祕書等），然依其性質，實可約爲性質相近之四種書體：古文、籀
文、或體、篆文。本文二至七章即將此四種書體，依其正、重文形式結構之異，
分爲「繁構」、「省構」、「異構」、「譌變致異」類；其本非重文，爲許君所誤合
者列爲「誤廁」類；其當闕疑俟考者，則列「存疑」類。每類之下又各分數小
節，期能綱舉目張，將正、重文盡依其結構形式之異繫於所當處條目下，以使
正重文異形之現象一目瞭然，並藉此尋求其規律所在！唯下列正、重文則不在
本文分類之列，僅於此略作說明：

〔註 8〕林澐，古文字研究簡論，96～97、103 頁。

一、象形字筆畫、偏旁數量繁簡不定者（含合體字中之象形字部分）：象形字本即圖其象以識其字，筆畫之多寡，偏旁數量之繁簡（無所謂增減）不定乃其特色所在。如豆，古文作宜（此依繫傳本，大徐作豈）。宜，古文作圖。〔註9〕雨，古文作𩅿。网，籀文作𦉥。甘，古文作甘。枲，古文作枲。叀，古文作叀〔註10〕等。此外，象形字之形象雖多有客觀之外物為標準，然個別書寫時或繁或簡，或工整或草率，不一而足，唯其於書者心中，即足以代表某字，無礙其為某字「象形」，如虎之古文作𧈧：金文作𧈧，古鉢作𧈧，分別與篆、古文同形。辰之古文作𧈧：甲文作𧈧、𧈧、𧈧；金文作𧈧、𧈧等，即蜃之初文。蠹之古文作𧈧：甲文蚰作𧈧、𧈧。烏之古文作𧈧、𧈧：金文作𧈧、𧈧、𧈧、𧈧、𧈧。馬之古文作𧈧、籀文作𧈧（依段注本）。虎古文作𧈧、𧈧。豫，古文作𧈧。枲，古文作𧈧。絲，古文作𧈧：金文作𧈧、𧈧。也，秦刻石作也，金文作𧈧、信陽楚簡作也，皆屬此類字。

二、其形構既未有所增減，又非異構，僅為形體演變，筆勢相承小異，而未至譌變之境者，如卜，古文作𧈧。王，古文作𧈧。中，古文作𧈧。〔註11〕巨，古文作𧈧。𧈧，古文作甘。書，古文作𧈧。枱，古文作枲〔註12〕外，古文作外。日，古文作日。我之古文作𧈧：金文作𧈧、𧈧、𧈧，與篆文同，或作𧈧、戜叔我鼎，與古文近。己，古文作𧈧。四，古文作𧈧。从（𧈧）古文作𧈧等屬此類。

三、偏旁代以其同字之異體：如顏之籀文作顏；頰之籀文作𩠉，而頁、𩠐本一字異體，甲文作𧈧，象人頭上有髮及其身之形，或作𧈧，無髮形，金文亦分作𧈧、𧈧，晚周後，頁之偏旁類無髮形，是籀文存其古形。灑，俗字作

〔註9〕宜，甲文作𧈧、𧈧、𧈧，象肉在俎上之形，所从肉或一或二或三，數目不等。金文多从二肉作𧈧、𧈧、𧈧，亦或从一肉作𧈧娇䍤壺。

〔註10〕叀，甲文作𧈧、𧈧、𧈧，後二形即篆、古文所自昉，徐灝云：「叀即古專字，寸部專，一曰紡專。紡專所以收絲，其製以瓦為之，小雅斯干傳：『瓦，紡專』，是也，今或以竹為之。𧈧象紡車之形，上下有物貫之……」（說文段注箋）說文篆、古文即古象形文字繁簡二形之遺。

〔註11〕金文王或作𧈧王子午鼎、𧈧者沪鐘，蓋春秋以後南方諸國之鳥蟲書美術字體。中作𧈧，章太炎云：「古文或作𧈧，則猶王之作𧈧，但詘曲取姿爾。」（文始）

〔註12〕段玉裁云：「（𧈧）即屯字側書之耳。」（段注）

灘，而難即鸂之或體。廡，籀文作廨，無即舞之初文。盟，篆文作盟，古文作盟。〔註13〕差，籀文作差〔註14〕等皆其例。

本文所取重文以大徐本說文解字爲主，其有形體未安者，則參以徐鍇說文解字繫傳並諸家校、注說文之作以訂之！研究分析正、重文形構之類別，不可避免必需藉助甲、金文等早期文字資料以佐證文字發展之先後，並據以定其二字何者增繁、何者簡省、何者譌變，而不能單純以爲古、籀文之文字形式必早於小篆、或體，事實上小篆、或體亦不乏保存較古文字形式者，如小篆十字直承甲金文，而說文古文作ㄔ者乃省體；小篆歸字亦較籀文作歸者爲近於甲金文；小篆淵，或體作㶜，而㶜古於淵等皆其例！然而甲、金文等古文字資料有限，正、重文不能字字皆有可以佐證者，故亦或依文字發展之常理以定正、重文（或重文與重文）之關係。至若正、重文間爲形體字意符不同、聲符不同、聲意符俱異等關係者，原爲分析其文字結構歧異之客觀現象，故當可不拘泥於正重文之孰先孰後！

〔註13〕「盟　周禮曰：國有疑則盟……盟殺牲歃血，朱盤玉敦，以立牛耳。以囧，血聲。盟，篆文从明。盟，古文以明。（以上俱依段玉裁說文解字注）」（囧部）

　　按：甲文作盟甲二三六三，金文作盟冉父丁方彝，侯馬盟書作盟，與段玉裁所改字形相合（各本皿皆作血）。盟、皿、朙（明）古音皆陽部明母字，則皿或明皆可以爲聲符，然觀金文作盟魯侯爵、盟邾公華鐘，詛楚文作盟，下皆以血，則當以明爲聲符；王孫誥鐘盟字作盟，意符易从示，則確以明爲聲符。準此，甲文所从之⊘，疑古亦當讀爲明（說文云：「囧……賈侍中說讀與朙同。」）囧訓窗牖麗廔闓明，以之爲盟字意符，不若謂从皿取意（段注：「朱盤玉敦，器也，故从皿」）而以囧爲聲。囧、朙、明本同字，故正文从囧，篆文易爲从朙，古文則从明（本龍師字純釋盟之意）。

〔註14〕「差　差，籀文差，从二。」（左部）

　　按：差，說文云从左从巫會意，然金文作差同簋、差國差鑰，本从左（ㄓ）爲聲（陳初生編金文常用字典云：「（差）字本从來（麥），从ㄓ，象用手搓麥，ㄓ（左）亦聲。」金文差字每借爲左、佐，差（初牙切）、左（則箇切），二字古音近，故差从左聲可从！）籀文所从ㄓ亦左之異構（古文字，左之異體又有ㄓ、ㄓ等），古幣文或作ㄓ（先秦貨幣文編57頁），蔡侯鐘差字所从差亦从ㄓ，可證！

第一章　重文各體概說

第一節　古　文

許慎於說文解字敘中對漢字之起源及演變略述之曰：

黃帝之史倉頡，見鳥獸蹏迒之迹，知分理之可相別異也，初造書
契。……以迄五帝三王之世，改易殊體，封於泰山者，七十有二代，
靡有同焉。……及宣王大史籀著大篆十五篇，與古文或異。至孔子
書六經，左丘明述春秋傳，皆以古文，厥意可得而說。其後諸侯力
政，不統於王……分爲七國，田疇異畝，車涂異軌，律令異灋，衣
冠異制，言語異聲，文字異形。秦始皇帝初兼天下，丞相李斯乃奏
同之，罷其不與秦文合者。斯作倉頡篇；中車府令趙高作爰歷篇；
大史令胡毋敬作博學篇，皆取史籀大篆，或頗省改，所謂小篆者也。
是時秦燒滅經書，滌除舊典，大發吏卒，興戍役，官獄職務繁。初
有隸書，以趣約易，而古文由此絕矣。

許慎所謂「古文」蓋指倉頡初造文字以來，以迄五帝三王之世，改易殊體、
靡有同焉之各類字體而言，[註1] 孔子、左丘明之述作猶用古文。相對於古文之

〔註 1〕說文解字敘：「倉頡之初作書，蓋依類象形，故謂之文。其後形聲相益，即謂之
　　　　字。……以迄五帝三王之世，改易殊體。」段玉裁注云：「『其後』，爲倉頡以後也。
　　　　倉頡有指事、象形二者而已。……（五帝三王之世）其間文字之體更改非一，不
　　　　可枚舉。傳於世者槩謂之倉頡古文，不皆倉頡所作也。」（說文解字注）

體，則有周宣王之史太史籀所著大篆十五篇（籀文）及秦統一後省改籀文之小篆，而逮隸書興，古文遂由此而絕。

自許氏而後，此說法爲人信之不疑。直至民初，王國維深入分析兩漢文獻並實證以古器物銘文，創「戰國時秦用籀文，六國用古文說」，説文古文非殷周古文之眞象乃爲人所悉。王氏云：

> 余前作史籀篇疏證序，疑戰國時秦用籀文，六國用古文，並以秦時古器遺文證之，後反覆漢人書，益知此說之不可易也。……秦之小篆本出大篆，而倉頡三篇未出，大篆未省改前，所謂秦文即籀文也。司馬子長曰：「秦撥去古文」，楊子雲曰：「秦剗滅古文」，許叔重曰：「古文由秦絕」。案：秦滅古文，史無明文，有之惟一文字與焚詩書二事。六藝之書行於齊魯，爰及趙魏，而罕流布於秦（原注：猶史籀篇之不行於東方諸國），其書皆以東方文字書之，漢人以其用以書六藝，謂之古文，而秦人所罷之文與所焚之書，皆此種文字，是六國文字即古文也。觀秦書八體中有大篆無古文，而孔子壁中書與春秋左氏傳，凡東土之書，用古文不用大篆，是可識矣。故古文籀文者，乃戰國時東西二土文字之異名，其源皆出於殷周古文，而秦居宗周故地，其文字猶有豐鎬之遺，故籀文與自籀文出之篆文，其去殷周古文反較東方文字（原注：即漢世所謂古文）爲近。……自秦滅六國，以至楚漢之際，十餘年間，六國文字遂過而不行。漢人以六藝之書皆用此種文字，又其文字爲當日所已廢，故謂之古文，而籀篆皆在其後，如許叔重説文序所云者，蓋循名而失其實矣。〔註2〕

王氏辨明所謂「古文」乃戰國時東土行用之文字，本非殷周古文，識見驚人，對眞象之獲得，有撥雲見日之功。王國維又於「桐鄉徐氏印譜序」舉證古器物文字，申之曰：

> 近世所出如六國兵器數幾逾百，其餘若貨幣若璽印若陶器，其數乃以千計，而魏石經及説文解字所出之壁中古文亦爲當時齊魯間書，此數種文字皆自相似，然並譌別簡率，上不合殷周古文，下不合小篆，不能以六書求之，而同時秦之文字則頗與之異，……其去殷周

〔註2〕 王國維，戰國時秦用籀文六國用古文説。

古文較之六國文字爲近，余曩作史籀篇疏證序，謂戰國時秦用籀文，
六國用古文即以此也。

王氏於文中舉證戰國兵器、陶器、璽印、貨幣文字之合於說文古文及石經古文
者數十字，以見其說之所論有據！

　　而時隔數十載，今日已出土之六國文物不啻倍增於民初，且其中金銘、盟書、
簡牘、帛書等皆爲前代所罕見，其文字若中山王鼎永社、後後、齊棄、自百、
債飪、保保、仁仁、侮侮、恐恐、至至、聞聞等字；中山王壺復復、得得、時時、
外外、廟廟、絕絕、腦腦等字；侯馬盟書君君、崔崔、利利、其其等字；楚帛
書正正、恆恆、共共等字；仰天湖楚簡玉玉、齒齒等字；王子午鼎王王字；
蔡侯盤商商字；平阿戈平平字；中山王墓兆域圖視視、堂堂、死死；鄂君啓節
革革、游游、毀毀；䎩蛮壺辜辜；天星觀楚簡珥珥；古鉢賣賣、信信、虐虐；
古幣倉倉；郳大司馬戈造造；江陵楚簡宅宅、疾疾；大量鼎量量等，皆合於說
文古文，由此亦益見王氏所論「古文」名義及時代問題均信而有徵，宜屬不刊
之論！〔註3〕

　　說文古文來源於壁中書，乃戰國中晚期以後之文字。今所見於說文重文中
之古文約四百八十餘字，其字體特徵，王國維略述曰：「譌別簡率，上不合殷周
古文，下不合小篆，不能以六書求之。」（桐鄉徐氏印譜序）所言亦頗能切中要
旨，〔註4〕即以本文比較正文與古文形構所作之分類而論，其形體屬譌變類者獨
多，而形體結構難以理解，須闕疑者亦爲數不鮮（今所傳說文古文屢經傳抄，
形體較壁中古文原文固當有所舛誤，亦爲部分原因），確然可見六國古文書體譌
別變易之情況！

　　此外，形體結構因方域之別而各具變化、特色（具體言之，主要表現於「會
意字表意偏旁不同」、「形聲字：意符不同、聲符不同或聲意符俱異」及「文字

〔註3〕王國維以材料有限，僅略分戰國文字爲東、西土兩系。晚近戰國文字資料愈見豐
　　　富後，依其地域再予細分已爲趨勢所在，如李學勤將戰國文字分爲齊國、燕國、
　　　三晉、楚國、秦國五域（戰國文字題銘概述，文物 1959 年七～九期），已較王氏
　　　之二分法縝密甚多。

〔註4〕六國古文亦上承殷周古文而來，故每亦合於甲、金文，其所異者，譌誤當爲主因。
　　　簡化是文字之總趨勢，六國古文亦不能自外於是，所殊者，六國古文之簡化每多
　　　「簡率」。

構造法則不同」等類，詳見第四章「異構」)，亦爲六國古文顯見之現象。許慎云：「分爲七國……言語異聲，文字異形」(說文敘)，段玉裁注云：「各用其方俗語言，各用其私意省改之文字也。言語異聲則音韻歧，文字異形則體制惑。」此與春秋戰國之際，中國社會產生各類急劇變化，而當時諸侯力政，各自發展地方文化有密切關係，故即使同爲東土，而各國文字亦漸生歧異。林清源於「兩周青銅句兵銘文彙考」〔註5〕中曾分析各國句兵銘文習見之「造」字，發現異體多達二十餘式。各式異體之使用，除具有明顯之區域特徵外（如艁與澔字用於齊系；賠字見於宋國；散字見於楚系等)，同一國家亦可同時使用數式異體（如楚有散、[illegible]、郜、告四式；齊有造、艁、鋯、焅、澔五式等)，乃至同時同地同主之器銘亦有異形現象，由此已可略見東土文字歧繁之情形，故秦始皇帝統一天下，李斯乃奏同一文字，實有其現實考量之必要性！

六國文字具簡率之傾向，前已言之，然而與此相反之「繁化」現象實亦東土文字之部分特徵，主要表現於「增益筆畫」與「增益意符」，前者如正作、商作、反作，用作，自作，旨作，至作，玉作，平作，民作等，均能與古器物冥合。後者如一、二、三之作弌、弍、弎，社作[illegible]，牙作，冊作笧，鳳作，典作䈇、工作[illegible]，立作，鬼作䰟，戶作[illegible]，圭作珪、矛作[illegible]，寅作等，並皆爲繁累形構之字（此類增繁意符之字，並無分化新字之作用，殆爲累增字耳！)，而繁化、簡化並行於古文，亦可知六國古文字形變異發展之多樣性！

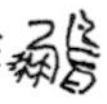

此外值得一述者，誤廁類之「誤廁假借字爲重文」中，古文數量遠較籒文、或體爲多，如辿，古文作，本當爲屎字；遂，古文作，本當爲述字；肰，古文作，本當爲然字；夙，古文作，本當爲宿字等，此緣於許君所錄「古文」採自壁中書，此類古文經傳用字本多假借（許君所見古字本今雖不傳，然觀乎出土六國金文、簡、帛書亦可知其梗概）！假借字本不當廁爲重文，許君於假借之例，多言：「古文以爲某字」，如：「臤……古文以爲賢字」、「詖……古文以爲頗字」、「旅……，古文旅。古文以爲魯衛之魯。」等！此類誤廁假借字爲某字重文者，蓋許君偶或疏之耳！

〔註5〕林清源，兩周青銅器銘文彙考，東海大學76年碩士論文。

第二節　籀　文

「籀文」之名，戰國以前未見稱述。漢書藝文志載：「史籀十五篇」，班固自注：「周宣王太史作大篆十五篇。建武時亡六篇矣！」。又云：「史籀篇者，周時史官教學童書也，與孔氏壁中古文異體。蒼頡七章者，秦丞相李斯所作也。爰歷六章者，中車府令趙高所作也；博學七章者，太史令胡毋敬所作也，文字多取史籀篇，而篆體復頗異，所謂秦篆者也。」（漢志，六藝略，小學類）許慎於說文敘中對籀文時代、來源之看法亦與漢志不異。逮王國維史籀篇敘錄一文，始對史籀篇之性質、字數、文體、內容有廣泛之考證與推論：

> 史籀十五篇，古之遺書，戰國以前未見稱述，爰逮秦世，李、趙、胡毋本之以作倉頡諸篇。劉向校書始著於錄，建武之世亡其六篇。章帝時，王育爲作解說，許慎纂說文，復據所存九篇存其異文，所謂籀文者是也。其書亦謂之史篇，即史籀篇之略稱，說文於奭、匋、姚三字下均引其書，蓋存其字謂之籀文，舉其書謂之史篇，其實一也。……其可得而斷定者又有三事：一、籀文非書體之名。世莫不以古、籀、篆爲三體，謂籀文變古文，篆文又變籀文，不知自其變者而觀之，則文字不獨因時地而異……自其不變者而觀之，則文字之形與勢皆以漸變。凡既有文字之國，未有能以一人之力創造一體者。許氏謂史籀大篆與古文或異，則不異者固多，且所謂異者，亦由後人觀之，在作書時亦祇用當世通行之字有所取舍而無所謂創作及增省也。羅參事振玉殷商貞卜文字考謂史籀一書亦猶倉頡、爰歷、凡將、急就等篇，取當世用字編纂章句以便誦習，其識卓矣。此可斷定者一也。一、史篇字數。張懷瓘書斷謂籀文凡九千字，說文字數與此適合，先民謂即取此而釋之……此蓋誤讀說文敘也……且倉頡三篇僅三千五百字（哲案：當作三千三百字），加以揚雄訓纂亦僅五千三百四十字，不應史籀篇反有九千字，此可斷定者二也。至史篇文體……決非如爾雅、說文（哲案：謂附有說解），而當如秦之蒼頡篇，蒼頡篇據許氏說文序，郭氏爾雅注所引皆四字爲句，又據近時敦煌所出木簡，又知四字爲句二句一韻，倉頡文字既取諸史篇，文體亦當仿之。又觀其、牆二文，知篇中之有複字，觀雺姚諸字，知用字之多假借，皆與倉頡諸篇同，此可斷定者三也。

王氏依據文字發展歷史與現存資料比較，對史籀篇書體、字數、文體之推論，言而有據，殆無可議，對揭開史籀篇、籀文之神秘面紗，貢獻厥偉！唯王氏此文於史篇之作者、時代問題亦致其疑，其一爲史籀作者之疑：王氏以古籀、讀二字同聲同義（說文云：「籀，讀也」、「讀，籀書也」），又古者讀書皆史之專職，因而推測：「昔人作字書，其首句蓋云：「太史籀書」以目下文，後人因取句中史籀二字以名其篇……太史籀書猶言太史讀書，漢人不審，乃以史籀爲著此書者之人，其官爲太史，其生當宣王之世。」然王氏此說僅爲設想之辭，並無確據，後人頗多辨之者。〔註6〕其次則爲史籀篇時代之疑，其言曰：

> 史籀之爲人名可疑，則其時代亦愈可疑。史篇文字就其見於許書觀之，固有與殷周古文同者，然其作法，大抵左右均一，稍涉繁複，象形象事之意少，而規旋矩折之意多，推其體勢，實上承石鼓，下啓秦刻石，與篆文極近……則史篇文字，秦之文字，即周秦間西土文字也……史籀一書殆出宗周文勝之後，春秋戰國之間，秦人作之以教學童，而不傳於東方諸國，故齊魯間文字作法體勢與之殊異，諸儒著書之說，亦未有及之者……。

王氏以爲史籀篇成書於春秋戰國之際，此說異於傳統而影響後世甚巨，如唐蘭亦主籀文爲晚周文字：

> 我們雖然看不見史籀篇，在說文裏還保存了幾百個字，是盡量繁複的一種文字，和西周屬宣期文字不一樣，可是和春秋到戰國初期的銅器文字卻很接近，秦公簋、石鼓文也都是屬於這一系的。〔註7〕

〔註6〕 如高亨著有「史籀篇作者考」；潘重規有「史籀篇非周宣王太史所作辯」，皆能深考舊章、古說，而辨王氏之說不可以！又晚近「趞鼎」一器銘文之考釋，或亦有助於問題之澄清，其銘曰：「隹十又九年，四月既望，辛卯，王在周康邵宮，各于大室，即立（位），宰訊右趞入門，立中廷，北鄉，史留受王命書，王乎內史留冊易趞玄衣、屯黹、赤市、朱黃……。」學者考訂此爲屬宣時器，唐蘭則謂銘中「史留」即史籀（見劉啓益、伯寬父盨銘與屬王在位年數，文物 1979 年十一期），此說法已廣爲晚近學者所接受（如李學勤，中國青銅器的奧祕，110 頁；何琳儀，戰國文字通論，35 頁）

〔註7〕 唐蘭中國文字學，155 頁；此外蔣善國亦以爲籀文之特點爲形體繁疊，大約非至春秋戰國間不能出現，見漢字形體學，117 頁。然而晚近學者於此有不同看法，如李學勤云：「從金文看，宣王時某些青銅器，如……虢季子白盤，代表了一種新的字

實際上，籀文形體較繁複、重疊乃爲與古文、篆文比較之部分結果（非全面性），早於或同時於籀文之西周金文固多有繁疊如籀文者，如商、敗、童、襲、雷、陴、城、蘇、子、孳等字，籀文雖繁重而並同於西周金文；登、卣、橐、秦、系、嗇，籀文作🔸、🔸、🔸、🔸、🔸、🔸，卻早見於甲骨文，故籀文繁重，必爲當時文字之本然現象（即史籀篇與西周金文本皆當時通行文字），非史籀所特意改作。此外，林素清亦曾就籀文某些字形分析，確定籀文必屬早期文字，而絕非戰國文字。如隹部之雞、雛、雕、雅、雌、雁七字，籀文皆从鳥，而从隹者顯係晚起之省文，再如車字，籀文作🔸，輈字籀文作🔸，所以🔸係契文🔸、金文作🔸之譌，作車者乃晚期文字之省文，即此而論，籀文只能是西周時代字體，而不應晚至戰國。〔註8〕是以籀文之時代、作者仍應維持傳統說法最爲適當〔註9〕（時代問題既無可疑，則王國維於作者之疑亦可以無論矣）！

前人論及籀文之特徵，每言其字好繁複、重疊（然據前所言，此亦僅爲比較古文、篆文之「印象」，其繁疊乃當時文字之本然現象）；而其文字體勢，相

體，比較方正規則，近於說文書中的籀文。春秋時代，在西周政治中心地區興起的秦國，繼承了這種字體。著名的秦公鐘、秦公簋等，其文字風格均由籀文衍變而來，與東方各諸侯國的作風迥然不同。」（中國青銅器的奧祕，110 頁）又如何琳儀亦指出：「王國維描述（籀文特點）爲『大抵左右均一，稍涉繁複。象形象意之意少，而規旋矩折之意多。』其實所謂『規旋矩折』云云，乃是西周中晚期以後銅器銘文的共同特點。這一時期銘文的布局，橫行豎行都非常整齊，字體也日趨線條化、方塊化，筆畫無波折，兩端平齊，成爲普遍作風。如克器、頌器、匜季子白盤等都屬于這一路銘文的典範作品。」（戰國文字通論）

〔註8〕林素清，戰國文字研究，277～281 頁。

〔註9〕今所見於說文中之籀文，自成書以迄許君採入說文，其間流傳，時近九百年，在歷代傳抄譌誤，甚或有所損益之情況下，部分形體當已非原貌。故如垣、堵、城字，籀文从🔸不从土，而🔸西周金文皆作🔸、🔸，籀文之形已同於說文墉之古文🔸、郭之篆文🔸。又如申，西周金文作🔸，石鼓文作🔸，則籀文不當作🔸；籀文馬作🔸，大異於西周金文之作🔸克鐘、🔸字簋；車，籀文作🔸，顯係金文🔸之譌。裘錫圭云：「史籀篇的字形在由西周到東漢的傳寫過程中，不可避免地會受到較晚的寫法的一些影響。說文所收的籀文的字形，在說文傳寫刊刻的過程裏也會產生一些譌誤。例如：在古文字裏變偏旁『又』爲『寸』的風氣，似乎要到春秋戰國之際才開始流行……但是籀文🔸（尌，石鼓文从又）和🔸（叟）卻都已經從寸。所以會出現這種情況，應該是由於後來的抄寫者按照自己的書寫習慣改變了原來的寫法。我們不能因此把全部籀文的時代都往後拉。」（文字學概要，50 頁）其說通達可取！

較於六國古文，變異較小，猶近於殷周古文。就本文分析歸納正文與籀文相異之類別後，亦能顯示前賢所論不誤，如齊、崇、祧，籀文俱增𣶒符作𪗗、𪗚、𪗛；禋、煙，籀文作𥛪、𤎅；雍、叡、其、𦉢、臣、繘、堂籀文作𤡕、𡒅、𠤑、𨤺、𦧕、𡔦、臺；光、乃、鹵，籀文作𤎫、𠄩、鹵；蓐、副、就、敗，籀文作𦸞、𠛝、𡰤、𣨛；襲、䜌、牆、棗、秦、次，籀文作𧝑、𢀗、牆、𣜈、𥞥、𣢮；送、童、豎、閵、秋、寍，籀文作𨒪、𥫍、豎、𨶻、𥤚、寍等，俱見籀文普遍較正文繁重；而「譌變」、「存疑」類較古文罕見，亦可知秦系文字書法體勢之演變較六國古文爲保守、穩定！

　　然而見諸於說文重文之二百一十餘字籀文，繁複、重疊並非其唯一現象，就文字形體結構分析，其與篆文異形之情況較之六國古文恐亦不遑多讓！篆、籀關係之密切，向無異辭，〔註 10〕然十五篇已亡其六之籀文，說文出其與小篆異者已二百一十餘字，若計其已亡六篇，則爲數更不知凡幾（即說文重文所出古文亦不過四百八十餘），故篆、籀文字異形之情況實亦值得深入了解其類別與分析其原因。以本文歸納所得，最足以代表文字異形之「異構類」中（文字結構上有所變異），最常見之「形聲字意符不同」、「形聲字聲符不同」、「形聲字聲、意符俱異」三類，於籀文所佔之比重竟遠逾古文：古文合計約一百一十例，籀文合計竟約九十例，以古籀字數之比例言，籀文多逾古文已近倍數。傳統於篆、籀關係之看法，殆從許慎之言：「（倉頡三篇）皆取史籀大篆，或頗省改，所謂小篆者也。」〔註 11〕（說文敘）段玉裁注云：「省者，減其縣重。改者，改其怪奇。」然則說文篆、籀之不同，是否篆文皆李斯等所改易？此亦未必然！說文

〔註10〕 說文敘云倉頡三篇皆取史籀大篆，或頗省改。王國維云古文、籀文皆源出於殷周古文，而秦居宗周故地，其文字猶有豐鎬之遺，故籀文與自籀文出之篆文，其去殷周古文反較東土文字爲近。秦之小篆本出大篆，而倉頡三篇未出，大篆未省改之前，所謂秦文即籀文（戰國時秦用籀文，六國用古文說）。

〔註11〕 然而漢班固卻無提及有省改之舉：「（倉頡三篇）文字多取史籀篇，而篆體復頗異，所謂秦篆者也。」此所謂「文字多取史籀篇」，似當謂文字內容多取材自史籀篇，而非直取其字形。蓋史籀篇乃教學童書，其內容理應重實用而避艱澀；倉頡三篇則秦用以統一文字之標準體，文只三千三百，且有複字，則內容亦必切於要用，兩者性質相近，故李斯輩於纂書時乃就地取材，以秦地既有之史籀篇爲參考材料，一若凡將、急就、元尚之取材於三倉。至云：「篆體復頗異」亦只客觀陳述篆、籀形體頗不同。

中篆文異於籀文者，何者曾經李斯輩所省改，其詳雖不可得而說，然參以今所見古文字資料，李斯輩即或有省改，亦當屬少數。史籀篇本非爲整齊文字而作，〔註12〕故籀文有異體（箕、牆二字各重二字籀文），其後籀文雖爲秦系文字之主流，然史籀篇成書以迄秦統一天下，時近八百年，此八百年間，秦文字固非一成不變，其間異體間作之情形恐亦不少。如籀文遬、𦥑、轚，石鼓文作速、𦥑、車（其中速字睡虎地秦簡作遬，同籀文，而小篆又復作速，同石鼓文，可知遬、速二字數百年並行不悖）；再如寫於秦統一前後之睡虎地簡，其時李斯等尚未編訂三倉，故遬速、膚臚、瘳瘵、劒劍、癸𦫳字仍同於籀文，然而更有說文載有籀文之雞、顏、垣、堵、城、昌、四、壞、膠、秦、秋、送、遳、棓、宇、襲、駕、陸、舜等字，睡虎地簡所作皆與小篆同，而斷非李斯輩所省改者，此類字原當即籀文異體〔註13〕（此當以廣義之籀文視之，即未以小篆統一文字前之秦系文字，其中部分可能係史籀篇原字，部分則爲史籀篇後新興異體），李斯等不過取其一式以入三倉，故秦欲以秦文統一天下文字，李斯輩之所爲，殆以整理秦系異體爲主，所省改者或僅少數！

第三節　或　體

許慎自序說文體例云：「今敘篆文，合以古籀。」然除古文、籀文外，重文中另有一大類（爲數近五百字）許慎並未明言來源之字，其表達形式，通常於所出重文後說解云「或」，如：

　　祀：禩，祀或从異。

　　蕙：薆，或从煖。萱，或从宣。

　　𢏚：𥯉，𢏚或从羽、氏。

　　屎：柅，屎或从木，尼聲。

〔註12〕　參龍師宇純，中國文字學，356～358 頁。

〔註13〕　此本龍師宇純論小篆或取籀文異體說，龍師云：「唯籀文亦有較小篆爲簡而亦不奇不怪者，如劒作劍，籤作籤、臚作膚、棄作棄、姙作妊、囊作𡲬。此等字小篆當即籀文或體。李斯等不過取其一式以入三倉；而其取之之際，又顯然不曾以『簡省』爲其一貫的標準。以此言之，籀文之繁而怪，小篆之簡而易曉，其小篆未必即出李斯等之省改。」參中國文字學，366～368 頁。

・17・

　　詾：說，詾或从兇。詍，或省。〔註14〕

此等字一般稱之爲「或體」，〔註15〕傳統以爲說文重文或體亦爲小篆，如：朱珔云：「說文之有重文也，所以別古文籀篆之異體……其云或从某者，篆文正體外之別體也。」，〔註16〕再如許瀚云：「說文重文，於古文、籀文、奇字外，又有或體俗體者，皆以紀小篆之異文也。」〔註17〕許氏又云：

　　古籀之外，又有奇字，古文之別體也；又有或俗，篆文之別體也。
　　許書古文宗孔氏，篆文宗倉頡篇；一字而數古文，皆孔氏，奇字則
　　異孔氏者也；一字而數或體，皆倉頡，俗體則異倉頡者也。異孔氏，
　　異倉頡，而必取之者，爲其合於六書也。〔註18〕

此殆緣於許君並未明言或體之來歷，而諸家參以許君「今敘篆文，合以古、籀」之體例，此等字既非古、籀文，其書體又爲篆體，非若古、籀之作科斗狀，遂以爲或體即小篆之異體。然而實情並非如此單純，學者於研究或體字時亦每感其例之駁雜，如或曰或體乃俗字，王筠辨之云：

　　說文之有或體也，亦謂一字殊形而已，非分正俗於其閒也。自大徐
　　本閒謂或作某者，小徐閒謂之俗作某，於是好古者概視或體爲俗字。

王氏欲辨或體非俗字，求其徵驗有四：一、正文有以或體爲偏旁者，則此等或體，必早於從之之正文，如龖之或體集，從之者有噍、雜、襍、鏶；雠之或體隻，從之者有毤、膭、準等。二、古文、籀文，有以或體爲偏旁者，則此等或體必早於從之之古、籀。如櫱之古文梓從奎之或體仐，則仐當亦古文；姻之籀文嫺從淵之或體豣，則豣非古文即籀文。三、今本說文及其他載籍所引說文有以說文之或體爲古文者，如昌爲疇之或體，惟大徐說文口部昌下則云：昌，古文疇。徙之或體征，韻會引說文作古文；厺之或體厺，睿之或體濬，蠱之或體

〔註14〕此外，鰜或體鯿，大徐說解云「又从扁」（繫傳又仍作「或」）；蝛字或體蜮，說解亦云：「又從國」，仍當視爲或體。

〔註15〕徐鉉於氾字下云：「前沿字音義同，蓋或體也」已有「或體」之名；段玉裁瑱字下注有「正體」、「或體」之稱；王筠說文釋例卷五則有「或體」一節，專論說文或體。

〔註16〕朱珔，說文重文考敘，見說文詁林前編上，330頁。

〔註17〕許瀚，與王君箓友（筠）論說文或體俗字，見說文詁林前編下，1086頁。

〔註18〕許瀚，說文答問，見說文詁林前編下，970頁。

蠡，玉篇皆以爲古文等。四、以文字發展之理推之，部分或體當古於正文。如互爲笁之或體、岀爲淵之或體，惟以文字孳乳之理觀之，則互、岀當爲古文。王氏於文末又云：「天官外府鄭注：古字亦多或，此古文有或體之證。」〔註19〕其後黃以周承王説，亦證之曰：

> 或字中有古文，此可以禮周官徵之，如特牲禮注云：「古文饎作糦。」
> 饎人注云：「故書饎作餼。」而説文饎字下，以餾、糦二字爲或作，
> 是或字中有籀也。或之者，疑之也，或古或籀，固不一其例，不必
> 俗字也。〔註20〕

王、黃二氏俱以爲或體中字亦有古文之例，以今存古文字資料比對，或體中字確有見諸先秦者，如：征延（征爲或體，延爲正文，下同）、达達、餗鬻、瑂唯、集纍、刈剃、尤秏、康穜、豚豚、灾烖、焦鱻、岀淵、灈砅、漁鱻、弓弨、毓育等字已見之甲骨文。悊哲、咏詠、赦赦、難鶏、叩饗、楳梅、蠱榲、麻休、參曑、謌歌、烻髮、復复、孚孚、疆畺、處処、尊鼻等已見於金文。詢詬、嚳毕、餌鬻、侎雉、隼雛、剿剝、飡餐、星曇、晨曟、欵歁、脖凶、鰽魴、蠹薑、堅防、挹搹、畝晦、逵馗、射躲、誘誃、耐耏等見於戰國簡、帛、鉢文（含睡虎地秦簡），甚至少數竟見於倉頡三篇中，〔註21〕可知或體中確有部分字來源甚早。然而其他尚未見於先秦文物者，恐有大半爲漢代後起字。如前云許瀚以爲或體即小篆異體，然許氏又云：

> 或體有數種，或廣其義，或廣其聲。廣其義者無可議，廣其聲者則
> 有古今之辨，此種蓋不盡出有秦篆，而亦有漢人坿益之者，如營，

〔註19〕 王筠，説文釋例卷五「或體」。此四條例爲單周堯所整理，見「説文釋例異體字諸篇管窺」，香港大學中文系集刊第二卷。

〔註20〕 黃以周，六書通故，見説文詁林，前編中，584頁。

〔註21〕 張標云：「1977年，安徽阜陽出土了漢初倉頡篇片斷，存字五百多。據筆者以其字迹清晰、可確認無誤者三百一十字與説文互勘，看到倉頡篇中絕大多數字都做了説文字頭，包括象在説文中有或體的亢、枱、紝……等九個字，倉頡篇中沒有出現它們的或體，而恰好與字頭正篆相合。但也有參、筐、籃、廈等四字，在説文中本是或體，卻出現在倉頡篇上。由此可以推斷，許著説文時，倉頡篇很可能是他確定字頭正篆的重要依據之一。但他對倉頡篇並不盲從，不是把倉頡中『正字』一律列爲字頭，而是依『字例之條』重新排列。這樣，説文的字頭和或體中必然都有倉頡篇中的字。」（大徐本説文小篆或體初探）

司馬相如說芎；蔆，司馬相如說作䔖；芝，杜林說作茅，此皆或體，於芎下明言或以發其例，餘可類推也。然以古音部分考之，營宮聲屬東部，芎弓聲則屬蒸部……唯皆一聲之轉，而與周秦之音不合，斯為漢人坿益之明證，類此者，鍚、易聲，或體作訑，則也聲，易、支部，也、歌部……此蓋亦出自漢人坿益，不知何人所說，則該之以或而已。即此可明制字之先後，聲音之變遷，要於六書之旨無乖，故許書錄之。〔註22〕

許氏欲以正、重文古韻不同部以證或體為漢人坿益，雖略有可商，〔註23〕然所云或體有漢人附益者應是實情，而「出自漢人坿益，不知何人所說，則該之以『或』而已」一語尤頗具啟示性！至馬敘倫，則具體言或體出自凡將、訓纂中：

或字者，蓋出凡將訓纂中，知者，漢書藝文志曰武帝時司馬相如作凡將篇……皆倉頡中正字，凡將則頗有出矣。至元始中，徵天下通小學者以百數，各令記字於庭中，楊雄取其有用者以作訓纂篇，順續倉頡……。今許書營下有芎字，說解曰：司馬相如說營或從弓。……舛下有踳字，說解曰：楊雄說舛從足、春。……蓋許書或字下引二家說獨多，其為凡將訓纂中字無疑。又許引杜林說……譚長說……如此者，蓋亦未央庭中之論，楊雄既取未央所記以為訓纂，則諸家之說亦存焉，是許所引諸家說者，或即由訓纂中得之。其楊雄說，則訓纂中有雄自記。又凡將、訓纂中字，未必皆有記語，許於或字下不引諸家說者，未必即非凡將訓纂中字。〔註24〕

馬氏說或體多出自凡將、訓纂，其實情若何，已無得徵驗，故不如依許瀚所云：「不知何人所說，則該之以或」猶近乎不知闕如之誼！

綜上所述，諸家或以為或體中有古字，或以為有漢人附益者，皆得其情，然猶未達一閒者，則何以許君統歸之為或體？龍師宇純於此有通達之論：

〔註22〕許瀚說，同註17。

〔註23〕單周堯指出：許瀚所舉正文、或體韻部旁轉之情形亦皆曾出現於先秦，故不能以此確證或體必漢時製字。單說見註19。

〔註24〕馬敘倫，說文解字研究法，26～27頁。

> 小篆有統一文字的要求，同時對若干文字有施以改造的舉措，是以表現於說文者，小篆無或體……過去學者認說文重文或體爲小篆，其實此等或體只是許慎將隸書寫成了篆書形式，說詳下。說文並無明言兩體並爲篆書者，凡重文注明爲篆文，其正文當非篆文。……說文中古文即孔子壁中書，爲一專稱，與今人泛言殷周文字者不同；籀文即史籀篇文字，兩者無出壁中書或史籀篇之外者。小篆則不盡在秦三倉之内，且未必字字皆秦時所有。因秦之三倉僅三千三百字，即合揚雄訓纂及賈魴滂熹而計之，亦不過七千三百八十字，而漢世通行者爲隸書，訓纂滂熹中文字又未必作篆體，且並爲秦時所有。故說文中至少有近二千字的「小篆」來歷不明。從三家詩與毛詩比較看來，漢世原有大量轉注專字產生。〔註 25〕更觀說文所收當時俗字，如躳作，先作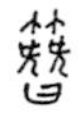、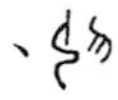作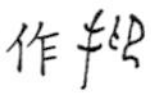、函作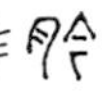、譀作、歡作，字出漢令，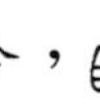字見秘書，下云今文，並作小篆形式而必不得爲「秦篆」。可知說文中「小篆」，小部分或竟是大部分，乃許君據其字說，將隸書逡寫爲篆書形式。模仿「隸定」的說法，可以稱之爲「篆定」。〔註 26〕

秦代所謂「秦篆」（班固語）、「小篆」（許愼語）僅只倉頡三篇三千三百字，此三篇中字乃秦用以統一天下之標準體，則當其頒行之日，原三千三百字中之秦文異體固當廢而不用，如睡虎地秦簡用劒、遬、膚、瘩、畝、尊、學等字，迨李斯輩定劔、速、臚、癃、晦、鐏、斆諸字爲秦篆正體，則諸秦文異體固當已廢，其或今日不廢者，殆因秦未幾而亡，推行未見徹底之故，以此言之，「秦篆」果不當有異體之存在（就官定文字言），而凡將、訓纂諸篇逐有遞增，所增字是否能當「小篆」之名，已不能無疑（今人所謂「小篆」，殆指說文當爲字頭之正文，此當爲廣義之「小篆」，非「秦篆」），由訓纂至說文又增益如許字，此其中宜如龍師宇純所云，含有大量漢代後起字（說文云：「尗，豆也」，段玉裁注云：「尗、豆古今語，亦古今字，此以漢時語釋古語也。」而豆部有「登，豆屬」、「豋，豆飴也」二篆，段玉裁於登字下注：「吳氏師道云：『古語衹稱菽，漢以

〔註 25〕轉注字名義見龍師宇純中國文字學第二章四、五節。

〔註 26〕龍師宇純，中國文字學，357～358 頁；377～378 頁。

後方呼豆』，若然，則登、豋字蓋出漢製乎？」又於赤之俗字赦下注云：「此可證朮、豆爲古今字，豆部之登字、豋字皆非古文所有。」是亦說文「小篆」含有漢製字之證），許君或不知其爲漢製，或雖知而因其字符合六書之理，故纂說文時亦兼採之；而前所云先秦已出現之或體，因其字不見於古文經及史籀篇，故許君於此二類字並以「或」字包之。說文體例：「敘篆文，合以古籀」，苟其字實屬古、籀，許君無用「或」字之理！[註27]

今更分析或體與正文所以異形之因，其譌變、存疑類較之古、籀文獨少；而於古文習見之「增益筆畫」類，或體竟無其例，僅此一端，已可見二者明顯之差異：或體無怪奇之形，其偏旁皆能分析而得，亦無隨意之繁化現象，此可證其形體已經「規範化」，應即製字於書體已穩定、成熟之時期，而此時期於漢字發展史言，殆爲秦、漢朝！

此外，或體與正文形構之差異，絕大部分表現於「異構」類之「形聲字：意符不同、聲符不同、聲意符俱異」，及「文字構造法則不同」類，而此類字中，正文多爲象形、會意字、或體則別製爲形聲字，如玨與瑴（上字爲正文，下字爲或體，下同），番與蹯，𠕋與唄、朧，𡿧與撥，看與翰，轟與𨍭，刃與創，凵與笸，采與穗，臽與扰、𢫧，帥與帨，髦與魅，汓與泅等皆其例。形聲字乃漢字發展史上最晚成熟之造字法，後造字亦幾皆以形聲字之形式出現，今說文或體類多形聲字，其於漢字史上所處位置，已不言可喻矣！

第四節　其　他

說文重文除古文、籀文、或體外，尚有少數許慎明確交待出處之字，依其性質相近，約可分爲三類：

一、篆文與秦刻石

（一）篆　文

依許慎自訂「今敘篆文、合以古籀」之體例，篆文本當居於正文之地位，然重文中亦有三十餘字爲篆文，段玉裁云：

[註27] 鬻字當爲變例，彌部：「鬻，五味盉羹美也。从鬲从羔，詩曰亦有和鬻。鬺，鬻或省。𩱧，或从美，鬻省。羹，小篆从羔从美。」此字末出小篆，則二「或」字當承正文而言（正文引詩，應爲古文，二或字亦並當爲古文）。

篆文謂小篆也。古籀謂古文籀文也。許重復古而其體例不先古文籀
文者，欲人由近古以考古也。小篆因古籀而不變者多，故先篆文正
所以說古籀也……其有小篆已改古籀，古籀異於小篆者，則以古籀
駙小篆之後曰古文作某、籀文作某。此全書之通例也。其變例則先
古籀後小篆，如一篇二下云古文十。丁下云篆文二。先古文而後篆
文者，以旁、帝字从二，必立二部，使其屬有所从。凡全書有先古
籀後小篆者，皆由部首之故也。〔註28〕

段氏以爲所以有先古籀後篆文之變例皆由於牽就部首之故，而其所謂「由部首
之故」，含義有二：其一乃正文爲部首而其重文爲篆文者，因後屬字皆以正文，
故篆文退爲重文。如「上」字以古文二爲正文，而篆文上爲重文，「以其屬皆以
古文上，不以小篆上，故出變例，而別白言之。」（段注〔註29〕）再如言，以篆
文𠴫爲重文，亦因所隸字𥛭、喜从言不从𠴫，故篆文退居重文。内，篆文蹂；
所隸字萬、禽、禹等皆从内，故蹂亦不入足部。其他正文爲部首而以篆文爲其
重文者若豚，篆文作豚，段注：「不入豚於豕部附以古文豚者，以有从豚之𧱵，
則不得不立此部首也。」呂，篆文膂，段注：「呂本古文，以古文爲部首者，因
躳从呂也，此二部之例也。」市，篆文韍，段注：「先古文後小篆，此亦二部之
例，以有从市之𩏶，故以市爲部首，而韍次之，假令無从市之字，則以𩏶入韋，
而以市次之。」臣，篆文頤，段注：「此亦先二後上之例，不如是則𦣞篆無所附
也。」く，篆文畎，く部無隸字，然以許書有𡿨、巜部，故亦特立く部，皆合
於段氏所言之變例！

　　其二，則篆文爲重文，而其正文並非部首者：如釆部「宷，悉也，知宷諦
也。从宀、釆。審，篆文宷，从番」，段注：「然則宷，古文籀文也。不先篆文
者，从部首也。」教部斅，重文：「學，篆文斅省」此則因部首爲教，而篆文爲
省體，故退爲重文。矢部躲，篆文射爲重文，段注：「何不以射入寸部，而以躲

〔註28〕說文敘：「今敘篆文，合以古籀」下段注。王國維著有「說文今敘篆文合以古籀說」，
　　　　對段氏所說有所修正，以爲敘所云「今敘篆文，合以古籀」者當以正字言，而非
　　　　以重文言，重文中之古籀乃古籀之異於篆文及其自相異者。正字中之古籀，則有
　　　　古籀篆文俱有此字者，亦有篆文所無而古籀獨有者。

〔註29〕說文諸本上字正文作丄，段玉裁以下屬帝、旁皆从二而改丄爲二，可从！唯段氏
　　　　改篆文上作丄則不可从（下字亦然）！

傳見也？爲其事重矢也。」飛部翼，篆文翼爲重文，段注：「翼爲飛之屬。」自部陸，篆文墥爲重文，段注：「曷爲不入墥於土部而陸爲重文也？其字本从自，以壞自爲義，而壞城次之，故入自部而墥爲重文也。」以上諸例殆因篆文不宜爲正文，如審於正文𡧛有所增形，學於正文斅有所增省；或因篆文所从部首非造字原意之故，遂退篆文爲重文。此外，如秝部秝、𥡥二字以篆文流、涉爲重文，段玉裁於流字下注云：「此亦二上之例也。或問曰：何不以流、涉入水部，而附秝、𥡥爲重文乎？曰：如是，則秝無所附，秝不附水部之末而爲部首者，以配屾部也。」又，鱻部漁，篆文漁爲重文；誩部譱，篆文譱爲重文；晶部曑，篆文曑爲重文；鰕部鰕，篆文餕爲重文，此諸字之共同特點爲部首所隸字皆甚少：秝部僅秝、𥡥二字，鱻部僅漁一字；誩部僅譱、競、讟三字；晶部僅曑、曑二字；鰕部僅鰝、鰭、鰕三字。故雖非不能入別部，以篆文爲正文，然許君恐著眼於部首隸字勿使太少，甚或影響部首是否能成立之故，遂有此以篆文爲重文之特例！

上舉諸例，皆合於段氏所歸納：「由部首之故」之變例，然其他與段氏所言不合諸例，段氏皆另有所解：〔註30〕

（一）或以爲淺人妄增，如𢪛字篆文从手作折，段氏云：「此唐後人所妄增。斤斷艸，小篆文也……從手從斤，隸字也。九經字樣云：說文作斲，隸省作折，類篇、集韻皆云隸从手。則折非篆文明矣。」焱部爽，篆文作𤕲，段注：「此字淺人竄補，當刪！爽字作爽，㸡之作㸡，皆隸書改篆，取其可觀耳，淺人補入說文云：此爲小篆。从焱既同，何不先篆後古籀乎？凡若此等，不可不辨。」虍部虞，篆文虞，段注：「五經文字曰：虞，說文也。虞，隸省也。然則虞爲隸字，不用小篆而改省古文，後人所增也。」

（二）或以爲「篆文」當改爲古、籀文，如仝，篆文全，段注：「篆當是籀之誤，仝、全皆从人，不必先古後篆也。」畾，篆文作畾，段氏改篆文爲古文，云：「古文，各本作篆文，今依玉篇正，凡先古籀後篆者，皆由文勢不得不入，此非其比也。」

〔註30〕此外，如焉，篆文雅，段注：「烏、焉、焉皆象形，惟首各異，故合爲一部。」木部榮，篆文作榮，段注：「說文之例，先小篆後古文，惟此先壁中古文者，尊經也。」段玉裁殆視二字爲特例。又有麗，篆文作丽，段氏未釋其先古籀後篆之因，此字殆篆文形變，本形本義難解，故退爲重文。

（三）或以爲篆體當互易，如膚，篆文作𤆄，段注：「𤆄與膚二體必當互易，淺人所改也。膚必古文，故盧以爲聲。且二字皆从由，無庸用先古後篆之例，故二體當互易，而膚下應曰古文。」

（四）或以爲篆文形體有誤當改，如聿部𦘞，篆文各本作𦘞，段氏改爲𦘞，注云：「此條先以古文，亦上部之例也。必先古文者，古文從聿，篆不從聿也。各本篆文右從聿則何不以篆文居首哉？肆從隶而隸作肆，肆亦同也，類篇不誤，今正。」隶部隸，篆文作𣜩，段注：「先古後篆亦上部之例，但先古後篆必古從隶，篆不從隶乃合，各本隸𣜩俱從隶則何取爾？有以知篆文必非從隶矣。」廾部界字，篆文各本作異，段氏改爲𥃣，且云：「此篆字當作籀，字之誤也。」

段氏執其「皆由部首之故」條例，於此等不合其例者皆不信今本説文所載，而謂當有所改易，恐亦自信太過！如全全、爽爽、𪔂𪔂、斫折、界異、𦘞𦘞之類，殆因篆文之形於索解本義有其難處，如爽从㸚从大會意，从㸚則於意難解；斫从斤斷屮會意，从手則非其本意等，故許君退其爲重文耳！

（二）秦刻石

秦始皇統一天下後，五度「巡行郡縣，以示彊，威服海內」[註31] 所到之處或刻石以紀秦德，據史記載，刻石凡七（繹山、泰山、琅玡臺、之罘、東觀、碣石、會稽），然今所遺拓本唯嶧山、泰山刻石並琅邪殘石較可信，可佐證秦文者爲數不多。據史記，始皇上繹山，登泰山事在二十八年，其時距天下一統已二年，而二十六年時已有「書同文字」之議，二十八年登琅邪臺，石刻且有「同書文字」之語，則秦刻石本應反映秦篆之面貌，然據説文重文所引秦刻石三字，卻與小篆字形有異：

「及　　逮也。从又从人，乁，古文及，秦刻石及如此。」

　　按：古文作乁者，于古無徵。説文云秦刻石亦作乁，徐鍇云：「秦嶧山、會稽山碑也。」（繫傳）然今二碑皆作及，與正文同，鈕樹玉曰：「今嶧山碑作及，雖經幡刻，要不甚遠，則原注及徐説並非。」（説文解字校錄）疑許慎未親見刻石，所引者或係誤文，或竟如清儒校説文者言「乁」爲後人所增（鈕樹玉）、「秦刻石及如此當是校語」（嚴可均）

〔註31〕史記、秦始皇本紀，秦二世詔書語。

「𣲫　行水也，从攴从人，水省。𣲫，秦刻石繹山文攸字如此。」

按：今嶧山碑徐鉉摹本作攸，與金文師酉簋作攸同，古文字未見作𣲫者，說文𣲫字所从水殆𣎳之譌，此亦未知許慎據誤字爲說抑歷代傳失眞所致！

「也　女陰也，象形。也，秦刻石也字。」

按：金文作也子仲匜，唯戰國信陽楚簡作也、也，睡虎地秦簡作也，秦詔權作也，西漢馬王堆帛書亦作也，皆與秦刻石同（嶧山碑、琅邪刻石同）。

據上，說文所引秦刻石三字，字形正確者僅也字，而其刻於莊重之碑石上何以仍與小篆異形，其因未詳（史無明言李斯等作三倉於何年，如時在諸刻石後，則或可解釋異形之因）！

秦刻石或係小篆前身，說文僅出三字，本文始入篆文之末！

二、奇字及古文經傳

（一）奇　字

說文倆引「奇字」者五，位於重文者有四字：

「倉　穀藏也，蒼黃而取之，故謂之倉。从食省，口象倉形，全，奇字倉。」

「儿　古文奇字人也，象形。孔子曰儿在下故詰詘。」

「涿　流下滴也。从水豖聲。上谷有涿鹿縣。㫃，奇字涿，从日、乙。」

「晜　盛皃……昏，籀文晜从二子，一曰㽒即奇字晜。」

「㒲　亡也。从亡，無聲。无，奇字無也，通於元者，虛无道也。王育說天屈西北爲无。」

說文敘云：「及亡新居攝，使大司空甄豐等校文書之部。自以爲應制作，頗改定古文。時有六書：一曰古文，孔子壁中書。二曰奇字，即古文而異者……。」故奇字實即古文所自異者（殆即古文中構形特異者，故亡新時自爲一體），實亦古文之派支。奇字本應不少，說文僅出五字，段玉裁云：「蓋其（許慎）所記古文中時有之，不獨此二字（指儿、㒲）。」

（二）古文經傳

說文敘云：「其倆易孟氏、書孔氏、詩毛氏、禮、周官、春秋左氏、論語、孝經，皆古文也。」王國維云：「說文解字實合古文、籀文、篆文爲一書。凡正

字中，其引詩、書、禮、春秋以說解者，可知其為古文……。」（說文今敘篆文合以古籀說）說文偁引經傳一般皆在正文之下，如：

「禂　　禱牲馬祭也，从示，周聲。詩曰：既禱既禂。」

「脤　　社肉盛以蜃，故謂之脤……春秋傳曰：石尚來歸脤。」

「祫　　大合祭先祖親疏遠近也……周禮曰：三歲三祫。」

「薍　　艸盛皃，从艸，稣聲。夏書曰：厥草惟薍。」

依王國維之說，則禂、脤、祫、薍皆古文。其特例則有於重文云古文作某後，復引經以證，如：

「撻　　𢽾，古文撻，周書曰：𢽾以記之。」

「譙　　誚，古文譙从肖，周書曰：亦未敢誚公。」

此外，重文中另有數例，偁引經傳而不言「古文」者，如：

「返　　還也……商書曰：祖甲返。彶，春秋傳返从彳。」

　　按：段玉裁注：「謂左氏傳也。漢書曰：左氏多古字古言，許亦云左丘明述春秋傳以古文，今左氏無彶字者，轉寫改易盡矣。」此字正文引商書，則返亦古文，重文引春秋左氏傳作彶，則殆係古文中之特異寫法。兩種寫法今均見於金文中：𤟭曾章鐘、𧺫鄂君啓節；𢓊姧蚉壺、𢓊中山王壺。

「玭　　珠也……蠙，夏書玭从虫、賓。」

　　按：段注：「謂古文夏書玭字如此作，从虫，賓聲。」

「觲　　饗飲酒角也……觝，禮經觲。」

　　按：段注：「此謂古文禮也。鄭駁異義（鄭玄、駁五經異義）云：今禮角旁單，古書或作角旁氏。然則古文禮作觝，或之云者，改竄之後不盡一也。」

「闢　　開也。从門，辟聲。𨳿，虞書曰：闢四門，从門从𠨜。」

　　按：桂馥云：「此古文尚書字，當以古文書之。」（說文義證）朱士端云：「許君於闢下不引書而於𨳿字下引書，必許君親見孔氏眞古文。」（說文校定本）玉篇注云𨳿為古文，今金文闢亦皆作𨳿。

「畜　　田畜也。淮南子曰：玄田為畜。𤰺，魯郊禮畜从田从茲，茲、益也。」

　　按：段注：「此許據魯郊禮文證古文从茲乃合於田畜之解也。」古鈢作𤱕，與魯郊禮引文同。

以上諸字，重文引古文經傳以明其出處，其字殆係古文。除此，尚有三字重文，雖非出自古文經傳，唯以其亦源自先秦古籍，故亦姑入此類：

「兜　兜鍪也。从冃，由聲。𩉥，司馬法冑从革。」

    按：漢書藝文志六藝略禮家，著錄軍禮司馬法百五十五篇。司馬法作𩉥，今荀子議兵篇：「冠軸帶劍」作軸，一切經音義十六引軸為古文。

「罬　网也。从网，畀聲。䍜，逸周書曰：不卵不䍜，以成鳥獸。䍜者羅獸足也，故或从足。」

「義　己之威儀也。从我、羊。羛，墨翟書義从弗。……」

    按：墨翟書从弗者乃我字之譌（晚周古文我字草率者形似弗，說詳下）。

上三字說文引司馬法、逸周書、墨翟書，雖許君所見本可能係隸字本（引入說文時「篆定」為篆體），然其書源自先秦（如墨翟書義从弗者必先秦文字之譌），今姑入此類。

本類重文為奇字及引自古文經傳者，其性質近於「古文」，且字數不多，故下文分析其文字異形類別時，附於「古文」之末，不另立書體類別。

三、通人說、俗字、今文、漢令、祕書

（一）通人說

許慎於重文另有一類引自漢朝通人之說者，如：淺字重文㳄，「司馬相如說淺从㳄」，徐鍇云：「漢書：司馬相如續倉頡作凡將一篇，亦解說文字，許慎采其異者著於此也。」（繫傳）段玉裁注云：「此當是凡將篇中字，藝文志曰：史游作急就篇，李長作元尚篇，皆倉頡中正字也。司馬相如凡將篇則頗有出矣。據是則倉頡篇正字作淺，凡將別作㳄，菅芎同此。」（段注）其他出司馬相如說者有菅字作芎；茵字作鞇；貔字作豼；鶆字作鶨；響作蚵；蟻作蟓，蓋皆凡將篇中異於倉頡篇之字。

重文又有引自楊雄說者，如扚，重文拌，「楊雄說扚从兩手。」段注：「蓋訓纂篇如此作。」其他如肊作肺；舛作踳；攤作拜皆出楊雄說。又有引自杜林說：芰，重文茤，「杜林說芰从多。」段注：「此蓋倉頡訓纂、倉頡故二篇中語。」（漢志六藝略小學類著錄杜林蒼頡訓纂一篇；杜林蒼頡故一篇。）又狄，重文怤，亦出杜林說。此外，啤重文㺔；叚，重文叚；沙重文沚，皆出自譚長說。

此類引自通人說之重文，性質殆近「或體」，故許瀚、馬敘倫皆逕以此類字爲或體（已見前）！

（二）俗　字

大徐說文重文又有十五字採自「俗字」：詓、肩、觓、膿、肣、鎡、豉、袖、踞、簪、嘅、抑、灘、凝、蚊；而大徐爲或體，繫傳爲俗字者有叨、稉、穗、躬、裳、裙、俛、栖、块等字，此類俗字殆多爲兩漢後出俗字，許瀚云：

> 不惟或體非俗，即俗體亦猶之或體也。俗，世俗所行，猶玉篇言今作某耳，非對雅正言之而斥其陋也。凡言俗者皆漢篆也。躬俗作躬，時通行作躬也。尢，俗作簪，時通行作簪也……累溯而上之，一時有一時之俗，許君所謂俗，秦篆之俗也。而秦篆即籀文之俗，籀文又即古文之俗也。〔註32〕

馬敘倫亦云：「此蓋由其字不見於史籀、倉頡、凡將、訓纂及壁中書，而世俗用之，故不得而削，別之曰俗字，如仌爲初文冰字，象水凝之形，而冰復從水，其不合六書，甚於褎之作袖，蟁之作蚊。」〔註33〕蓋其字雖後出，而爲世俗所用，製字亦不悖六書之理，故許君兼而採之！

（三）今　文

大徐本重文又一字云「今文」：〔註34〕

「灋　　刑也，平之如水，從水，廌所以觸不直者去之，從去。法，今文省。」

按：先秦文字皆作如正文，睡虎地秦簡亦同；西漢初馬王堆帛書則作㳒，㳒，蓋秦漢之際始省作之隸字。

（四）漢令、秘書

說文重文又有三字出自漢代律令、秘書：

「鬲　　鬲，漢令鬲從瓦，厤聲。」

按：段玉裁注：「謂載於令甲令乙之鬲字也。樂浪挈令織作紙。」

「織　　紙，樂浪挈令織從系从式。」

〔註32〕同註16。

〔註33〕馬敘倫，說文解字研究法，27頁。

〔註34〕大徐瀚字或體浣，繫傳作今文。

按：徐鉉云：「樂浪挈令蓋律令之書也。」段注：「樂浪，漢幽州郡名也。挈令者，漢張湯傳有廷尉挈令，韋昭曰：在板挈也……挈當作栔。栔、刻也。樂浪郡栔於板之令也，其織字如此。錄之者，明字合於六書之法則無不可用也，如錄漢令之鬲作甂。」

「瞋　眹，祕書瞋从戌。」

按：段注：「秘書謂緯書。易部亦云：祕書說日月為易，象陰陽也。」

此三字出漢代律令、緯書，蓋本亦隸字，許君採以入說文而「篆定」為篆體。

以上四類：（一）通人說；（二）俗字；（三）今文；（四）漢令、秘書，性質近於「或體」，故下文分析其文字異形類別時，附於「或體」之末，不另立書體類別！

第二章　省　構

　　文字係人類爲記錄語言而造，乃大眾傳播之工具，爲求便於掌握使用及求省時、省力以提高文字使用效率，故趨向簡易、簡化爲漢字字形發展之主要趨勢。

　　廣義之簡化可包含：（一）凡一字字形於發展過程中，省略原字形之構字部件者，如籀文🔣，小篆作中；小篆龠，或體作集；正文譱，篆文作善等。（二）利用更換部份偏旁或使用不同造字方法另造新字亦可達成字形簡化之目的：前者如籀文馘，小篆作城；籀文嬝，小篆作妘；籀文🔣，小篆作樞等；後者如籀文🔣，小篆作囿等。本文所謂「省構」乃指（一）類，其字於傳統字形有所簡省者而言，至於（二）類則因正重文每有偏旁結構上之變異，故一般均列爲「異構」處理！

　　就原字形簡省構字部件之省構，常見者爲簡省筆畫與偏旁。減少構字用線之筆畫數目乃是字形簡化之主要方式，漢字由早期甲金文之複雜圖象、線條演變成小篆之由簡省且粗細均勻之線條組合成字，主要即藉此種簡化方式以便於書寫。然因此種簡化爲漸進式的，古籀文未必能反映此種演化，故正重文表現此類筆畫簡省方式者反不多見，其中如籀文🔣、🔣、古文🔣，小篆作中、匸、🔣，均早已出現於先秦；而爲、宋、青、曲、豕，古文作🔣、🔣、🔣、🔣、🔣，此類簡率字形則未爲小篆所接受。由於簡省筆畫者例字不多，故本文併入「簡省不同偏旁」類，不另分類！

　　正重文關係爲省構者，主要爲簡省偏旁，又可分爲「簡省重複偏旁」與「簡省部分偏旁」。刪除重複偏旁乃爲文字發展通例，藉此可省書寫之時、力，故雖有時會破壞原字表義性，如纍省爲集，即失其眾鳥聚於木之表義性，然自文字漸演爲抽象符號後，此亦大勢所趨！「簡省不同偏旁」類者，或省其表意偏旁部分形構，或省其聲符之部分（衡字古文作奐，則聲符全省），雖似無規則可尋，然其省後形體殆需與他字足以區別，不致混淆，始能爲之！

　　本類省構字合簡省重複偏旁與不同偏旁觀之，其特點顯示：籀文確多繁複之形，而古文則多簡省之體！

第一節　簡省重複偏旁

一、正文簡省重複偏旁

（一）重文為古文

「槀　 𣝣，古文栗从西从二卤。」（卤部）

　　按：甲文作 𣏟 、 𣏟 ，象栗實之形，誤爲 𣏟 ，石鼓文作 𣏟 ，古文本應作 𣏟 ，其上體誤爲 𣝣 。

（二）重文為籀文

「讋　失气言……从言，龖省聲。讋，籀文讋不省。」（言部）

「融　炊气上出也。从鬲，蟲省聲。融，籀文融不省。」（鬲部）

「牆　垣壁也。从嗇，爿聲。牆，籀文亦从二來。」（嗇部）

「粟　嘉穀實也。从卤从米。粟，籀文粟。」（卤部）

　　按：甲文作 𣏟 ，象粟粒之形，或誤爲 𣏟 ，即籀文之所本，正文又省其重複之卤形。

「秦　 𥣫 ，籀文秦从秝。」（禾部）

　　按：甲骨文皆从二禾，與籀文同。

「襲　 𧟟 ，籀文襲不省。」（衣部）

　　按：致鼎作 𧟟 ，構形與籀文似。

「次　 𣢟 ，籀文次。」（欠部）

　　按：秦公鎛 𣢟 字及石鼓文 𣢟 字所從與籀文同。

「🔣　　縣也……🔣，籀文系从爪、絲。」（系部）

　　按：甲文作🔣、🔣、🔣、🔣，象以手持絲，所从皆爲絲或絲，篆文爲簡
　　　　省之體可知！

「🔣　　鼅鼄也……🔣，籀文黽。」（黽部）

　　按：甲文作🔣前四、五六、二，象蛙之大腹四足形，篆文由籀文省二足。

二、重文簡省重複偏旁

（一）籀　文

「畜　　盛皃，从弦从日……🔣，籀文畜从二子。」（弦部）

　　按：畜列弦部，金文弦作🔣弦瓠，古陶文作🔣，从弦之屏，金文作🔣廟
　　　　屏鼎，🔣屏陵矛。說文無孖部，今仍依說文，以籀文爲畜之省作（正
　　　　文畜來源早於籀文）。

（二）或　體

「延　　迻也，从辵止聲。延，徙或从彳。」（辵部）

　　按：延、止聲韻俱異，段玉裁遂改爲从辵止、會意（段注）。甲文作🔣後
　　　　下43·2，金文作🔣徙觶、🔣廣盉，楚帛書作🔣，則延字實从步會意，
　　　　段說亦非是！

　　甲文又有🔣甲五二八🔣甲一九三，與徙之或體「延」形同，然此字至金文
演變爲🔣盂鼎、🔣康侯簋、🔣王孫鐘，所以彳變爲乏，學者釋此字爲說文訓安
步延延之延（乏部，篆作🔣）。郭沫若曰：「徙即金文所習見之圖形文🔣觶文若
🔣徙尊，乃會意字，示人足在街頭徙荷，並非從辵止聲，亦非从辵止，斷無省
作延之理，許蓋誤會也。」（金文詁林引）然許愼既未見契文，此延字又非出自
古文、籀文，則許愼應曾見延或省一「止」作延者，而此字恰與甲文之🔣字
同形耳。

「🔣　　集，🔣或省。」（🔣部）

「星　　星，疊或省。」（晶部）

　　按：甲文作🔣、🔣，金文作🔣麓伯星父簋，與篆文同。楚帛書作星，與
　　　　或體同。

「震　　晨，震或省。」

「𤓾　火所傷也。从火、雥聲。焦，或省。」(火部)

（三）篆　文

「譱　吉也，从誩从羊，此與義美同意。善，篆文譱从言。」(誩部)

按：依說文則譱與善之關係爲意符不同，然實情卻非是！說文立爲部首之誩，龍師宇純以爲乃由分析文字偏旁所得，非本有此字。誩部隸字有三：競，甲文作，，本非从誩，金文譌若㝬鐘，乃得析爲从誩。讟所从二言，則爲別於讀字。譱，金文作善鼎，从二言蓋亦別於詳字（參龍師說文讀記之一，善字條）其後雖省一言作信陽楚簡，猶作上下式以別於左右式之詳字！

「𪓰　鼂，篆文从黽省。」(黽部)

「𣴨　水行也。从沝、㐬。㐬，突忽也。流，篆文从水。」(林部)

按：石鼓文作，象人於諸水中順流而下之形，以會水流之意，說文云从㐬（㐬，突忽也）不確，其「川」形殆亦水形。後省一水形作，𡩦螸壺作，形稍譌。

「𣦸　徒行厲水也。从沝，步。涉，篆文从水。」

按：甲文作、、、，象行步涉水之形，即正文所自昉。亦簡化作、、、。金文或从二水作散盤，或从一水作格伯簋，从一水者爲篆文所本。

「䰻　捕魚也。从鱻，从水。漁，篆文䰻从魚。」(鱻部)

按：甲文作，爲水中魚群之象，唯以契刻不易，多省作：、。金文漁白簋作，从二魚，殆正文所本。

第二節　簡省部分偏旁

一、正文簡省部分偏旁

（一）重文為古文

「道　（䢖，古文道从首、寸）。」(辵部)

按：篆、古文皆由金文所簡省而得其形！金文本从行从首作貉子卣，或加止形作散盤，由之而省「亍」作𡩦螸壺，即篆文之由來。其

衜字所从止形或譌爲「 」，如： 𢽾鼎；復譌爲从寸，如： 石鼓文，由之而省「行」，即古文所自昉（古陶文作 ）。

「疾　病也。从疒，矢聲。 ，古文。」（疒部）

按：甲文疒作 ，金文偏旁作 、 等，兩豎筆畫重疊即成 。疾，上官鼎作 ，江陵楚簡作 ， 即 之繁構。

「宄　姦也。外爲盜，內爲宄……（殳，古文宄）。」（宀部）

按：甲文作 、 ，金文作 𩰤鼎、 兮甲盤（殳、 、 義近，古文字偏旁或通作），正文作宄者即由甲、金文諸體簡省殳或 、 而得形。古文則由作 者簡省 符！

「保　養也。从人从𤓽省。𤓽，古文孚。 ，古文保不省。（ ，古文保。）」（人部）

按：篆、古文之形皆由古金文簡化而成。父己斝作 、保鼎作 ，象負子之形。後簡化爲 癸爵、 保卣、 非大鼎、 中山王鼎，後三形仍可見其負子之手形孑遺。篆文似保卣，特於子形左下增一畫以與右下對稱耳；古文作 者則與中山王鼎無別；古文 乃由 形而更省其人形。

（二）重文為籀文

「中　 ，籀文中。」（丨部）

按：甲文作 、 ，象旗之有斿，即籀文所自昉。甲文又作 ，省其斿形。

「送　遣也。从辵，侯省。遴，籀文不省。」（辵部）

「童　……从辛，重省聲， ，籀文童中與竊中同从廿。廿，以爲古文疾字。」（䇂部）

按：童，金文作 毛公鼎、 番生簋，上體从辛从目，或譌爲 牆盤、 毛公鼎𤧖字所从，籀文从廿乃从目之譌變，篆文省目而得形。

「鬻　 ，籀文鬻。」（㽉部）

按： 實爲鬲之甑形，詳見「譌變致異」鬻字。

「豎　堅立也（按：此從段注，餘本作豎立也）。從臤，豆聲。豎，籀文豎，从殳。」（臤部）

按：龍師宇純云：「豎義衹爲立，不必堅，許說終是一疑，余謂此本臣豎字（參王國維、林義光說），假借言立，其字原以從臣爲義，以殳爲聲，即甲骨文𦥑字；或從臣，豆聲，見古鈢文。籀文合二聲爲一……小篆省豎爲豎。」（說文讀記之一，49頁。又參中國文字學，325～328頁。）

「閵　今閵，似鴝鵒而黃。从隹，𠱤省聲。𠱤（此依繫傳，大徐作藺），籀文不省。」（隹部）

「靁　陰陽薄動靁雨生物者也。从雨，晶象回轉形。𩁹，籀文靁間有回，回、靁聲也。」（雨部）

「鸓　𤳊，籀文鸓。」（鳥部）

　按：靁、櫑、鸓三字皆篆从晶，籀从𤳊，𤳊即靁之初文，金文作𤳊父乙罍、𤳊齊侯壺、𩃬盠駒尊，晶則𤳊之省形。

「秜　𥞶，籀文不省。」（禾部）

「寤　寐覺而有言曰寤。从㝱省，吾聲……𡪏，籀文寤。」（㝱部）

「歊　吟也……从欠，鸛省聲。𣤶，籀文歊不省。」（欠部）

　按：此字亦可云：歊从堇聲，籀文从鸛聲。

「麇　麞也。从鹿，囷省聲。𪊺，籀文不省。」（鹿部）

「匚　受物之器，象形。𠥓，籀文匚。」（匚部）

　按：甲文作𠃑、𠃊、𠃌、𠃊，李師孝定曰：「此字當以許說爲本義，受物之器爲通名；以爲受主之匡，特其諸用之一耳。」（甲文集釋，匚字條）高鴻縉以爲匚者𠥓之省（中國字例，第二篇，曲字條）甲文𠥓字用爲祭名（唐蘭謂祊祭），匚則多用於匜、匦、匝合文。

　　其用於偏旁作受物器之意者，或作𠥓形若籀文，如：匠匠、匡匡；或作匚形若正篆，如：匡匡、匱匱、籃籃等，至篆文則全作匚形！

「車　轟，籀文車。」（車部）

　按：甲文作𨊠，金文作𨊠車且丁爵，𨊠孟鼎，𨊠師克盨蓋，乃整體象形，籀文猶似之而形已譌；後乃簡省作車彔伯簋、車同卣。

「軸　𨏂，籀文軸。」

（三）重文為或體

「巨　　規巨也，從工，象手持之。（榘，巨或從木、矢）」（工部）

按：金文作𢀜伯矩簋、𢀜伯矩鼎，巨即由其所簡化！

「梓　　楸也，從木，宰省聲。梓，或不省。」（木部）

「竈　　炊竈也。從穴，黿省聲。竈，竈或不省。」（穴部）

「㬸　　夏有水，冬無水曰㬸。從水，學省聲。讀若學。㵸，㬸或不省。」（水部）

按：學，甲文作𡥈、𤕌、𤕠等，本不從子，金文增意符「子」，作學，或更增意符攴作斆。說文於覺、斆、黌、嚳、鱟、㬸等字，均云從學省聲，實亦可能逕從𦥔得聲！

二、重文簡省部分偏旁

（一）古　文

「釆　　辨別也，象獸指爪分別也……𠦡，古文釆。」（釆部）

按：甲文作釆，金文作𤆊、𤆊，與正文同。

「氂　　彊曲毛，可以箸起衣。從犛省，來聲。斄，古文氂省。」（犛部）

「𨕬　　（道所行道也。從辵，從省……），古文道從首、寸。」（辵部）

按：篆、古文均由金文作如𧗻者簡省偏旁而成，說已見前！

「邇　　近也。從辵，爾聲。迩，古文邇。」

按：說文別爾、尔為二字，實則尔為爾之省，詳見龍師宇純、說文讀記之一，邇字條。

「及　　逮也。從又、人。己，亦古文及。」（又部）

按：甲文作𢦏，金文作𢦏、𢦏，石鼓文作𢦏，古文蓋為六國簡省之體。

「畫　　界也，象田四界，聿所以畫之。𤰶（依繫傳，大徐作畫），古文畫省。」（畫部）

按：甲文作𤰶後下四‧一一，金文作𤰶子畫簋，後增為𤰶吳方彝、畫毛公鼎，即篆文所由演變。古文則省其錯畫之形（金文或作𤰶𨬖侯簋、畫庶長畫戈）。

「與　　𦥝，古文與。」（舁部）

「爲　〔圖〕，古文爲，象兩母猴相對形。」（爪部）

　　按：爲本作〔圖〕曾伯陭壺，象手牽象之形，周秦間東土文字簡化作〔圖〕、〔圖〕，
　　　　說文古文即由此等形狀漸趨於左右對稱而形成（參龍師宇純中國文
　　　　字學，278頁）。

「棄　〔圖〕，古文棄。」（苹部）

「叡　睿，古文叡。」（奴部）

「衡　〔圖〕，古文衡如此。」（角部）

　　按：金文作〔圖〕毛公鼎，古文省聲符行字，〔圖〕則爲角之譌。

「豊　豆之豊滿者也。从豆，象形。〔圖〕，古文豊（依繫傳，大徐作〔圖〕）。」
　　　（豊部）

　　按：金文作〔圖〕衛盉、〔圖〕豊兮簋、〔圖〕牆簋。

「青　〔圖〕，古文青。」（青部）

　　按：吳方彝作〔圖〕，與篆文同，古文爲簡化之形。

「覃　長味也。从〔圖〕，鹹省聲。〔圖〕，古文覃。（〔圖〕，篆文覃省。）」（〔圖〕部）

　　按：金文作〔圖〕、〔圖〕等形，郭沫若云象器皿中盛果實之形，於器皿盛果實
　　　　以供食，自可得長味之義（金文詁林覃字條引「釋覃」）。其下器皿
　　　　形譌若〔圖〕，說文解爲从反亯，不確！此字重文既有古、篆文，則正
　　　　文當爲籀文，古、篆文即由之而簡省！

「稷　〔圖〕，古文稷省。」（禾部）

　　按：李師孝定云：「〔圖〕之古文當作〔圖〕，爲一人體象形字，古文从夊止者每
　　　　从省略。」（甲骨文字集釋，以下簡稱「甲文集釋」）

「寶　〔圖〕，古文寶省貝。」（宀部）

　　按：甲文作〔圖〕、〔圖〕，象屋中有貝、玉（玨）會意，金文始增「缶」爲聲
　　　　符（與正文同形），古文即其省體！

「宄　（宄　姦也。外爲盜，內爲宄。从宀，九聲，讀若軌。），古文宄。」
　　　（宀部）

　　按：古文由金文作〔圖〕者簡省〔圖〕符而成，說已見前！

「罔　（网），网或加亡。〔圖〕，古文网。」（网部）

　　按：古文由罔而省網目。

「㑣　　㕚，古文保。」（人部）

按：司寇良父簋作㑣，古文省人形。

「服　　朋，古文服从人。」（舟部）

按：甲金文作朋、朋、朋，古文省又形。

「畏　　惡也。从甶、虎省。鬼頭而虎爪，可畏也。㽙，古文省。」（甶部）

按：甲文作畏鐵一四六、二，金文作畏駒父簋蓋，特顯鬼手以示可畏，猶畏字（金文作畏蠹盨），从虎爪以示意。詛楚文作畏，手形演成爪形，即篆文所自譌，古文乃其簡省之形，段玉裁云：「（㽙）下象爪形」（段注）其說蓋是！

「豕　　而，古文。」（豕部）

按：甲文作豕、豕等，即象豕形。金文作豕、豕，石鼓文作而，與篆文形似；古文形體稍省。

「焱　　（光），古文。焱，古文。」（火部）

按：古文焱或由焱省作。

「（煙）火气也，从火，垔聲。𤎽，籒文从宀。窒，古文。」（火部）

按：煙訓火气，古文窒似不當从宀爲意符。疑說文古文當由古文字作如籒文者而省，哀成叔鼎作𤎽（用爲禋祀字，實則禋即煙之轉注字），與籒文形構正同。

「婁　　空也。从毋、中、女，空之意也。一曰：『婁務，愚也。』（婁，籒文婁，从人、中、女，臼聲。）㜰，古文婁如此。」（女部）

按：秦會稽刻石，數字从婁，與籒文近，然於字形偏旁，均難以索解其形義。三體石經婁字作婁（八當爲飾筆），金文作婁婁敦、婁長陵盉，與之同形。中山國胤嗣妾蚤壺、中山王嚳鼎皆有婁字，妾蚤壺銘云：「枋（方）嚳（數）百里。」張政烺云：「嚳言，从言，婁聲，又見嚳鼎『闢啓封疆，方嚳百里，列城嚳十』，皆讀爲數。按說文數『从攴，婁聲』（哲案：二字聲母之不同可以複聲母解釋）而婁『从毋，从中女』，其籒文『从人中女，臼聲』，分析字形不夠明白，又出一古文似从角从女，今據此字知婁蓋从女婁聲，說文之正文、籒文、古文雖稍有訛誤，猶依稀可辨。婁字字書不見，爾雅釋器講到

『治樸之名』，說『角謂之觷，大概就是這個字。』」〔註1〕然則正文、
籀文皆謁形，古文作 （夒）者，蓋省其 形。

「 象器曲受物之形，或說曲，竃薄也，，古文曲。」（曲部）

按：金文作 曲父丁爵，古文蓋簡省之形。

「總 十五升布也……，古文總从系省（段玉裁改爲『古文總从思省』，
是也！）」（系部）

按：古文省思之心旁。

「 四方土可居也。从土，奧聲。，古文壔。」（土部）

按：呂氏春秋云：「君因隅奧有竈，不知寒矣。」新序亦云：「隅隩有竈」，
龍師宇純因云：奧字原當爲會意字，本作 ，从兩手納 （象草根
之形，即芨之初文）入 以見意，其後 受 之同化，遂爲奧字（甲
骨文金文 字及其相關問題）。古文 所从之 ，亦 之謁，復省
其 （竈口形）及 形。

「堂 殿也。从土，尙聲，坓，古文堂。」

按：古文从尙省其口形，中山王墓宮堂圖作 ，與古文同形。古鉢作 ，
與篆文同。

「倉 ，奇字倉。」（倉部）

按：甲文作 前四、四四、六，从合， 聲，謁作 通五五，即篆文所自昉。
古幣文省作 、、、（以上俱見先秦貨幣文編），其末一形尤
似奇字之形。

（二）籀　文

「薅 拔去田艸也。从蓐，好省聲。薉，籀文薅省。」（艸部）

按：薅字甲文作 、 等，皆从又，無省作蓐者，此薅字籀文作薉，自
當如說文所說，爲薅之省體。則薅、薉二體，皆周代所本有，蓋李
斯等以薅字入三倉，史篇則二體並存（參龍師宇純中國文字學說史
篇有間列異體之例〔註2〕），是故說文以薅爲篆文，而收籀文作薉。
下列諸字，籀文視小篆簡者疑並當作如是觀！

〔註1〕張政烺，中山國胤嗣好夜壺釋文，240頁。

〔註2〕參第一章注釋13。

「歸　　女嫁也。从止、婦省，𠂤聲。𢞶，籀文省。」（止部）

　　按：甲文作🔣河六〇四、🔣鐵八一、三，又从止作🔣後二、三三四、🔣後二、四二、一二，即正文所本。金文亦大抵作🔣形，或增辵、彳部。甲金文皆從「𠂤」，爲其相同處，籀文或省𠂤作𢞶，然亦當有常見之「歸」爲其異體。

「誕　　詞誕也。从言，延聲。𧥝，籀文誕，省正。」（言部）

「爨　　齊謂炊爨。𦥑象持甑，冂爲竈口，𣏚推林內火。🔣，籀文爨省。」（爨部）

　　按：此字甲、金文未見，就其字形發展言，先有爨而省爲㸑，或先有㸑，增繁爲爨？無由究言，許君所云，蓋由常理推之。李師孝定云：「按爨部頗可議，其字从🔣，金文多有之，乃象兩手持倒皿，與甑、竈無涉，如金文釁字从此，乃象兩手持倒皿，注水以沬面；鑄字作🔣，象兩手持倒皿，注金液於範中是也。爨字蓋晚出，製字者借此形以象甑、竈，故許君云然耳。」（讀說文記，爨字條）然則㸑或由爨省。

「稛　　税，籀文稛省。」（禾部）

「鯤　　魚子已生者，从魚𩵋省聲。𩺬，籀文（繫傳作：籀文鯤省）。」（魚部）

（三）或　體

「蘜　　𦻼，蘜或省。」（艸部）

「蔰　　𡆃，蔰或省艸。」

「羍　　𡴁，羍或省。」（羊部）

「箹　　𦫳，箹或省竹。」（箹部）

「郖　　邴，郖或省。」（邑部）

「🔣　　🔣，鬻或省。（羮，小篆从羔从美）。」（弼部）

　　按：此字末既列小篆爲重文，則正文及或省之體皆爲古文或籀文！說文云：「🔣，歷也，古文亦鬲字，象孰飪五味气上出也。」所以🔣形實爲鬲之甑形，詳見「譌變致異」類𩰰字條！

「🔣　　窮理罪人也。从𡴆从人从言，竹聲。𩋆，或省言。」（𡴆部）

「憜　　不敬也。从心，墯省聲。春秋傳曰執玉憜。惰，憜或省阜。」（心部）

「灋　　法，今文省。」（廌部）

（四）篆　文

「虡　　鐘鼓之柎也，飾爲猛獸。从虍，象形，其下足。虞，篆文虡省。」
　　　（虍部）

第三章　繁　構

　　簡化乃漢字字形發展之主要趨勢，然而文字若過簡，每易造成混淆，不易識讀與區別，故而某些漢字亦有繁化之現象。簡化與繁化看似背道而馳，實際上皆爲使文字容易學習與記憶，故實爲相輔相成之兩種不同作用！

　　本文所謂「繁構」亦指一字於傳統字形上有所增繁者。依其增繁部件之不同，又可分爲「增益筆畫」、「增益意符」、「增益聲符」、「重複本體或偏旁」四類。

第一節　增益筆畫

　　增益筆畫之繁構，通常所增者僅爲一、二筆，與原字形所差無幾，究其作用，約可略分數項，其一：爲免字形混淆，遂增添筆畫以別嫌，如玉字，古文字常體作「王」，因易與「王」字混淆，古文作𤣥，所增二筆乃具別嫌作用，又如上、下字原作二、二，因易與二字混，後遂增筆作上、下（篆文作𠄞、𠄟）。其二，所增筆畫具指示作用，如折字一般作𣂸，籀文作𣂸，所增二筆以示折斷處。其三，所增筆畫或具表意之作用。如甲文天、帝、示、雨等字常於其起筆之橫畫上增一短橫，其作用或係使字形結構隱含「二」字而會在上之意（說詳下）又如尚字，說文云从羊省，而古文作羕，羊不省，實爲後起字，所增二筆，或即特意使其字變爲羊字（說詳下）。其四，晚周文字常於字形增繁點畫，通常

為裝飾性質，或略具使字形結構「疏密勻稱」之作用，說文古文乃晚周文字，故所表現者多為此類，如：正作𧻕；昏作昏；商作商；反作反；玄作玄；韋作韋；民作𢼅；至作至等皆其例。

　　於原字形上增益筆畫自甲骨文即已見，如上舉示、帝、天、雨等字，然僅屬偶見。其盛行期為晚周六國古文，故說文重文中屬增益筆畫多為古文。籀文僅四例，由此亦可證籀文仍當依傳統說法為西周末之字體，絕非繁飾筆畫常見之戰國文字，且其字體為西土所襲用，故於流傳過程中仍較穩定、保守！而或體竟無增繁筆畫之例，殆因其字多為後製，漢字自小篆規範化完成後，其下隸楷諸體已罕見增益筆畫之例，由是可知或體殆多為漢世製字，許慎將之「篆定」入說文！

一、正文增益筆畫

（一）重文為古文

「帝　𥘆，古文帝。」（上部）

　　按：古文字中，起筆為橫筆者，或有於其橫筆之上增益一短橫之現象，表現於說文者除帝字外，如古文𥘆、不，正文作𥚑、示等皆是。許慎於古文𥘆下云：「古文諸上字皆從一，篆文皆從二，二、古文上字。辛、示辰龍童育章皆從古文上。」然晚近學者對許君之說多持否定，如唐蘭解釋此增短橫之現象為「文字的增繁」：

> 文字的結構，趨向到整齊的方面，因是在許多地方添一些筆畫，使疏密勻稱，大約有五類……
>
> （2）凡字首是橫畫，常加一畫，例如：
>
> 兀 元（原注：兀、元本同字，所以虓就是蚖，髡就是髠，說文分二字，誤。元本作𠑲，元、首也。）
>
> 帀 帀
>
> 不 不
>
> 酉 酉
>
> 其餘像辛、示、帝等均已見說文。[註1]

_____

〔註 1〕唐蘭，古文字學導論，229～231 頁。

其後，唐蘭又解釋此類現象爲「裝飾性的繁複」。〔註2〕

　　此類現象始於甲骨文，盛行於戰國時期，研究戰國文字之學者亦皆以「使結構更爲疏密勻稱」或「繁飾」、「羨畫」爲其現象之解釋。然而現象之原始是否確爲上述之作用，則不能使人無疑。分析甲骨文，此類增一短橫之現象並不普遍，僅集中於兀（元）、天、帝、示、雨、辰、辛及以其爲偏帝之字中，〔註3〕他字首筆有橫畫者並未見此類現象，而此數字之增短橫，又非繁飾或結構上之作用所能概論，應個別予以考察：

1. 古兀、元同字，其本義當爲首，殷金文元作父戊卣作 𠂆，特顯其首，後變爲 兀，又增一短橫於其上，即元字。首之於人體爲最上。

2. 天：甲、金文作 夭、吴，繪人正面形而特大其首，學者故云其本義應爲首。字形變而爲 夭，復加短橫作 天。

3. 帝：甲文作 帝、帝，爲蒂之本字，假爲天神上帝字。

4. 示：甲文作 丁、示、示，用爲神祇字。

5. 雨：甲文作 雨、雨，象雨自天降之形，「一」表天，又加短橫作 雨。

　　上列五字，其形或義所代表者爲首，爲神，爲天，於人類心理皆有「高高在上」之含意，故所加短橫，疑具突顯其特徵之指示意味，甚或竟是先民基於上字作「二」，遂巧具用心，利賴施一短橫，使其字形之偏旁變爲從上字會意，增益其字之表意作用，可稱之爲「意化字形」。

　　至若辰、辛二字，疑其乃基於上述字形之同化作用，逐於字首平畫之上增一短橫，並無特殊作用，或可別爲一解：

6. 辰：甲文作 辰、辰，爲蜃之象形初文，其殼薄而堅，先民以之爲農具。甲文又作 辰，所增短橫，或即指示其介殼鋒利可用以工作之處。

7. 辛：甲文作 辛、辛，與辛字作 辛、辛形近，郭沫若謂二者初本一字，皆象形具曲刀之形。〔註4〕果如所言，則 辛上加一短橫或即爲區別辛字，抑或是辛字假爲天干字後採取之別嫌作用！

〔註2〕唐蘭，中國文字學，132頁。

〔註3〕此外「言」字，甲文作 言、言，從言之字亦然，僅一例作 言乙七六六。西周金文亦恆見作 言形，加短橫畫者盛行於春秋戰國時期。故甲文之特例，可視爲誤筆，或受上述字例影響之同化現象。

〔註4〕郭沫若，甲骨文字研究，釋干支。

綜上所論，雖未敢輕定上述甲文諸字之加短橫爲具指示作用或具「意化字形」之意圖，然其無關繁飾或使疏密勻稱應是不爭之實。此類加短橫於橫筆上之現象繼甲文之後，於西周金文繼續有所發展。如：

泉：［　］－［　］　　兩：［　］－［　］

章：［　］－［　］　　亥：［　］－［　］

更：［　］－［　］　　辟：［　］－［　］

至春秋戰國時期更形成普見之現象，如：

正：［　］－［　］　　平：［　］－［　］

不：［　］－［　］　　币：［　］－［　］

下：［　］－［　］　　石：［　］－［　］

而：［　］－［　］　　厎：［　］－［　］

丌：［　］－［　］　　酉：［　］－［　］

可：［　］－［　］　　復：［　］－［　］

唯此時，此現象已非「意化字形」或「具指示作用」所能解釋，僅能視爲因受古文字影響而同化產生之繁飾耳！

「示　　，古文示（繫傳作［　］）。」（示部）

「星　　，古文星。」（晶部）

　　按：卜辭用品（晶）爲星字，象眾星之形，以其形不顯，故或於星中加點作晶；或增「生」爲聲符：［　］、［　］，金文又復加點畫作［　］麓伯星父簋。

「曑　　，古文曑（大小徐俱作『［　］，曑或省。』，王筠依汗簡引說文作［　］，改爲『古文曑』，今從之！）」（晶部）

「電　　，古文電。」（雨部）

　　按：雨，甲文作［　］、［　］、［　］、［　］等。篆、古文所從申一作［　］，一作［　］，形體小異，本皆象電光閃耀之形，甲文作［　］，亦作［　］，或向左或向右，右文字無別！

「五　　五行也……乂，古文五省。」（五部）

　　按：甲文一見作［　］林一、一八、一三，猶以積畫爲之，與一、二、三、四同，

其後改易爲乂（合甲骨文編、續編僅二見）、𠃌（此形習見）。龍師
宇純謂數字五、六、七、八、九、十之形構僅爲純粹約定之符號，
其始五字作乂，六作𠆢（于省吾云：山東城子崖黑陶文之紀數字作
乂、𠆢，甲骨文第一期甲端紀數字相同）七作十……，其後變乂爲
𠃌，乃爲避免與七字、甲字混淆（中國文字學，192～194頁）。

「　（　，古文玄）。」（玄部）

　按：金文作𠄞，篆文上增一橫者，蓋如𠄞吉日壬午劍之增點而變爲橫。

（二）重文爲籀文

「　捐也，从𠃑推𦎧棄之。从㐬，㐬，逆子也。　，籀文棄。」（𠦬部）

　按：甲文作　後下二一、一四，金文作　散盤，皆从子（倒子亦子也）與
籀文同。篆文所从所謂逆子之㐬（　）說文謂爲𠫓之古文，其形从
倒古文子（古文子作　，說解云：巛象髮也。）龍師宇純取說文中
所有从𠫓或从㐬之字觀察，發現所謂讀同突的𠫓字原屬子虛，乃漢
儒見毓、棄、流等字从倒子之形而不得其解，於是望文生意將當時
語言中的「突」強加諸其上而平添之字。棄之小篆从㐬，當是誤解
了毓、流、疏、梳等字所從的㐬爲𠫓字以後所改的，甲、金、籀文
原不从㐬可知。（參考中國文字學，259～261頁；說文古文「子」字
考）。

二、重文增益筆畫

（一）古　文

「王　𤣥，古文玉。」（玉部）

　按：玉，古文字以作王者爲常體，或作　魚鼎匕、　古幣文、　詛楚文、　
仰天湖楚簡、　江陵楚簡、　古陶文，所增益之點畫蓋爲使與形近之「王」
字作區別。

「正　　，古文正从二，二、古上字。」（正部）

「　　　，古文从甘。」（口部）

　按：古文字雖有口、甘意符互作之例，然春秋戰國時期，從「口」形之
字，每於口形中增繁點、畫以爲文飾，如告字作　中山王壺、否字作　
中山王鼎、古字作　中山王壺、周字作　信陽楚簡、咠字作　中山王墓刻

石文等遂使其形與甘字相似。昏訓塞口，甘訓美，疑說文云从甘之「昏」字本亦從口而增益點畫，說文誤以爲从甘。

「商　商，古文商。」（㕯部）

按：金文作商、商，或作商蔡侯盤，於下體之豎筆增點爲飾，後點變爲畫，作商庚壺，即古文下半所从之由來。由增飾之點變爲橫畫，於古文字爲常例。

「孚　𤓽，古文孚从示。示，古文保。」（爪部）

按：金文作孚㝬簋，古文所增「八」形，蓋受子或作子番君鬲、保或作保鄘侯簋、孫或作孫鑄公簠之同化而產生。

「反　反，古文。」（又部）

按：旅鼎作反，與古文同。

「友　㕛，古文友。」

按：甲文多作㕛形，又一見增繁作㕛前七、一、四，舒連景云：「㕛，則疑即卜辭㕛之省，古文四聲韻作（哲按：作字衍）引石經作㕛，下畫正相聯。」（說文古文疏證）

「事　𠭥，古文事。」（史部）

按：龍師宇純云：「金文吏與事同字……疑事與吏其先只書作史字，其後由『事』發展爲『吏』，爲其字形的區別，而強改事字吏字作事、事或事，小篆則更區別吏與事字爲吏與事。」（中國文字學，297 頁）金文編收事、吏字六十餘字，多作事、吏，與篆文同，唯二字作𠭥，與古文同（亦有三字作事、一字作事）。其字作事已足與史字分別，作𠭥則增繁之體！

「用　用，古文用。」（用部）

按：甲金文皆作用，或於中豎畫加點爲飾：用邾公鐘，點變爲橫即用師遽尊。

「自　鼻也，象鼻形。𦣹，古文自。」（自部）

按：金文作自矢尊，或增點爲飾作自王子午鼎、自越王劍，後由點變橫畫，即古文所自昉。

「百　𦣻，古文百从自。」（白部）

按：甲文作▢乙六八六三，金文作▢矢方彝，石鼓作▢，又有增一橫作▢中
山王鼎者，古文非从自。

「䢅　　䢅，古文䢅。」（䏌部）

按：古陶文作䢅、䢅、䢅。

「玄　　𤣥，古文玄。」（玄部）

按：玄本作𤣥，篆文上增一橫畫者，蓋如𤣥吉日壬午劍之增點而變爲橫（茲
作𤣥彔伯簋，亦作𤣥石鼓，可證），古文玄增二點亦爲繁飾（𤣥亦作𤣥
者沪鐘可證）。

「巽　　𢍅，古文巽。」（丌部）

按：曾侯乙編鐘作𢍅，與正文近。古鉢作𢍅，古文似之而形體離析耳！

「平　　語平舒也。从亏从八。八，分也。爰禮說。𠀠，古文平如此。」（亏部）

按：古文字作𠀠都公鼎、𠀠石鼓，小篆形稍謁；增飾筆畫作𠀠陳侯午敦、𠀠
平阿右戈，與說文古文相似。

「旨　　美也。从甘，匕聲。𣅌，古文旨。」（旨部）

按：金文作旨伯旅魚父簠、旨匽侯鼎，或增飾筆畫作旨越王劍、旨國差蟾。

「舛　　相背也。从舛、口聲……𡏄，古文舛。」（舛部）

按：甲文作𡏄甲三三三九、𡏄鐵七七、四。商承祚云：「（古文）从美，文飾
而等齊，失之。」（說文中之古文考）古文構形應是有意之繁飾化。

「白　　𦣻，古文白。」（白部）

按：甲文皆作白，中从一橫畫，亦一見从二畫者作𦣻摭續六四，古文似之
而形稍謁。

「利　　銛也……𥝢，古文利。」（刀部）

按：甲文作𥝢粹六七三，又作𥝢佚四五七，商承祚云：「甲骨文作𥝢、𥝢，
象以刀割禾，彡者，禾之皮屑，示刀利意也。寫失則爲彡，金文師
遽尊作𥝢，利鼎作𥝢，意更明白。」（說文中之古文考）

「制　　裁也，从刀从未。未，物成有滋味可裁斷。𢶑，古文制如此。（繫傳
作𢶑）。」（刀部）

按：依大徐本，篆、古文相較，古文增彡形，段玉裁云：「從彡者裁斷之
而有文也。」（說文解字注，以下簡稱「段注」）朱駿聲云：「按：以

刀斷木，從未猶從木也。木老而堅，中材用，故從未。古文從彡，
象斫木紋。」（說文通訓定聲）

「茍　　自急敕也。從羊省從包省，從口……茍，古文，羊不省。」（茍部）

　按：甲文作￼、￼，金文作￼孟鼎、￼大保簋，或增口作￼師虎簋，吳大澂
云：「￼，古敬字，象人共手致敬也。」郭沫若云：「象狗貼耳而坐之
形。」〔註5〕李師孝定則云：「其字從卩或從人，上象丫角，非從包
從羊省，不知何以有敬義也。」（讀說文記，茍字條）其本形本義不
易究言，然當非如說文所云從羊省從包省！金文或作￼秦公鐘、￼秦
公簋，古鉢、楚帛書作￼，與古文同，殆書者見其上形似羊角（茍字
於敬字偏旁或作￼蔡侯盤、￼吳王先鑑等），遂譌增筆畫，使其即成羊
字耳！

「至　　￼，古文至。」（至部）

　按：甲金文作￼，與篆文同，象矢著地之形。金文作￼中山王鼎、￼齊鎛、
￼邾公牼鐘，由增點變橫，與古文同。

「民　　眾萌也，從古文之象。￼，古文民（繫傳作￼）。」（民部）

　按：甲文作￼，金文作￼盂尊，象有刃物刺目之形。金文又作￼牆盤、￼
克、￼秦公簋、￼王孫鐘等形，即正文所自昉。或又增點作￼䍪蚉壺，
即古文之所本。

（二）籀　文

「￼　　￼，籀文折從艸在￼中，￼寒故折。」（艸部）

　按：龍師宇純云：「折字甲骨文作￼或￼，以￼為其基因，從斤，￼象
木折斷之形。因避免與析字混同，或變為￼；或於￼之間加『二』
或『￼』示折斷之意，而作『￼』或『￼』，變而為￼見齊侯壺或￼
見於尊文。」（中國文字學，249頁）

「是　　￼，籀文是從古文正。」（是部）

　按：正字加一短橫作正乃戰國時期盛行之寫法，籀文似不當從古文正。
且是字西周時作￼毛公鼎、￼毛公旅鼎，春秋以降仍多作￼齊鎛、￼石

〔註5〕吳大澂說見說文古籀補；郭沫若說見兩周金文辭大系圖錄考釋，金文詁林茍字條
引。

鼓、🈁詛楚文形，後乃省作🈁楚帛書、🈁信陽楚簡，然亦未見作🈁者，疑籀文之寫法乃在其流傳過程中，經後人之「修改」或傳鈔致誤。

「兓　兓，籀文。」（廾部）

　　按：詛楚文乃戰國虎符皆作兓，與籀文同；庚壺則作兓，所增一橫或二橫，或爲使字體趨向於上下平齊耳！

「臧　臧，籀文。」（臣部）

　　按：繫傳作臧，从土。段玉裁說文解字注作臧，云：「按宋本及集韻、類編皆從二，今本下從土，非。」段氏所改可從！睡虎地秦簡皆作臧，古鉢或作臧（見說文古籀補補），所从與段注籀文似，蓋增益一或二橫於形體下方空隙，使字形方整。其作二橫者與古文「二（上）」形近，後人遂改爲从「上」（如大徐本），又誤成从土（如繫傳）。

（三）篆　文

「二〔註6〕　高也，此古文上……。上，篆文上。」（上部）

「二〔註7〕　底也，指事。下，篆文下。」

　　按：甲金文上下字作二、二，從短橫於長畫之上或下以示其意。其後上或作丄、上，下或作丅、下，蓋爲別於紀數字「二」而變易筆勢或增益筆畫之別嫌作用，唯二形孰先孰後則因材料有限，殊難確指，以常理言似當由二而丄而上，或結合二、丄二形爲上（下字亦然），然「上」、「下」二形始見於春秋金文蔡侯盤，晚周金文、古陶、鉢、幣文亦多作此形。金文僅一見丄平安君鼎，乃戰國時器，餘作「丄」、「丅」形者於陶、鉢、幣文亦不多見，由是觀之，則其作上者又似逐由二增益一豎畫而成（下字亦然），其情猶未易確定，姑存疑之。篆文屈曲其筆勢非李斯輩所爲，前已有之，若秦戈作上，〔註8〕已肇其端。

「𡘋　𡘋，篆文巺。」（丌部）

〔註6〕 大、小徐本作丄、丅，段玉裁易爲二、二，云：「古文上作二，故帝下旁下示下皆云从古文上，可以證古文本作二。」今从之！然丄、丅不宜偏廢，先秦亦有之！

〔註7〕 同上。

〔註8〕 1985 年出土秦戈，據考據乃秦昭襄王四十年所鑄（始皇統一六國前四十七年），見「釋遼陽出土的一件秦戈銘文」，考古，1992 年 8 月號。

按：曾侯乙編鐘作，古鉩作。

「仝　完也，人入从工。全，篆文仝从玉，純玉曰全。」（入部）

按：古鉩作、全，則篆文从玉者由增飾點變橫筆而來。包山楚簡仝、全二形並見。

第二節　增益意符

一字於原來傳統字形上增益意符之「繁構」，通常可視爲「累增字」，即所增益之偏旁，由表意之角度言，似爲可有可無，然實際上或非全無作用，藉由增益相關意義之意符，可增強或明確字義，如古文厷作爲象形，因形簡不易辨識，故小篆增又（手）以明其意與手有關，或體復累增肉符作肱。又如　，象酒器形，小篆增金作　，以示其器之材質。象龜兆之象形，唯其形所象或不明確，小篆遂加卜以明其意。增意符多爲累增性質，然亦有因原字形譌變，乃增意符以明其本義者，如丘，甲文作，金文已譌若，譌形難顯本義，古文增土作，以明其義！

增益意符，就古、籒、或體、小篆言，皆爲普遍之現象，不因書體不同而有特別差異，此因文字用以紀錄語言，當字形不明確、不足以表意時，增意符以求補救、增強字義亦勢所難免；而形聲字發達後，其一形一聲之形式亦每影響其他文字形式，故或加意符，或加聲符，使「同化」爲形聲字形式，此亦當爲增益意符之部分原因！

一、正文增益意符

（一）重文為古文

「厷　臂上也……，古文厷，象形。」（又部）

按：形難顯其意，故加又（手）以明之。

「𢾅　上所施下所效也……，亦古文教。」（教部）

按：甲金文皆作甲二〇六、前五、二〇、二兩形，與說文篆、古文同。字本从攴，爻聲，後增以（子）形以顯其意（未見作「」之形，故不謂「从攴从子，爻聲」）。

「𠧞　灼龜坼色，从卜，兆象形。，古文兆省。」（卜部）

按：段玉裁云：「古文祇爲象形之字，小篆加卜，非古文減卜也。」（段
注）

「得　　 ，古文省彳。」（彳部）

按：甲文作 粹二六二，又从「彳」作 京都二二三，非古文省彳。

「侯　　春饗所射侯也。从人，从厂象張布，矢在其下…… ，古文侯。」
（矢部）

按：甲金文皆與古文同，詛楚文作 ，始增人形。

「游　　（ ，古文游）。」（㫃部）

按：篆、古文皆由金文增意符。甲文作 ，金文作 篹文、 仲斿父鼎，
象人執旂形。其後或加水旁作   鬲平鐘，即篆文所自昉；或增辵作
中山王鼎，說文古文即由其所譌，舒連景《說文古文疏證》云：「古鉢
作 ……正始石經遊古文作 ， 从 ，殆 之譌。」

「望　　 ，古文望省。」（壬部）

按：甲文作 、 ，金文作 ，从月乃後增。

「淵　　回水也。从水，象形，左右岸也，中象水皃。（ ，淵或省水。） ，
古文从口、水。」（水部）

按：甲文作 、 ，从口，象四岸、中有水形，乃潭水之象，古文作 與
之同形。金文作 中山王鼎，則缺其上下兩岸。或體作 ，其中 形
乃水形之變。字復增水作 沈子簋，即正文所自昉，說文云 由淵
省，不確！

「雲　　雲覆日也。从雨，云聲。 ，古文或省。 ，亦古文雲。」

按：字本作云（ ），从雨者後增，本書陰即从云。

「封　　爵諸侯之土也…… ，古文封省。」（土部）

按：甲文作 、 ，象封土成堆，植樹其上之形，即古文所自昉。金文
或增手作 召伯簋，篆文易爲从寸（又、寸義近通用）。

「堯　　高也。从垚在兀上，高遠也。（ ，古文堯。）」（垚部）

按：契文有 後下三二、六字，用爲人名或國族名。孫海波云：「說文堯……
此从垚从兀，與古文同。」（甲骨文編）其說可从，唯字似从二土从
卩，非从兀（甲文兀皆作 、 形未見作 形者）。篆文變从兀而增

一土，古文變人跽形（⟨圖⟩）而爲人立形亦爲常例，復增一人形成⟨圖⟩，使左右對稱。

「⟨圖⟩　鹽也，从肉，从酉，酒以和醬也，爿聲。⟨圖⟩（繫傳作⟨圖⟩），古文。（⟨圖⟩，籀文）」（酉部）

　　按：中山王壺作⟨圖⟩，中山王墓官堂圖作⟨圖⟩，古鉢作⟨圖⟩、⟨圖⟩、⟨圖⟩，古陶文作⟨圖⟩，天星觀楚簡作⟨圖⟩，皆不从肉，意符肉非必要（醢訓肉醬，亦不从肉），疑牆之初文只作⟨圖⟩形，籀文增皿以示其器，篆文則从肉以示其質（睡虎地秦簡已有⟨圖⟩）。

（二）重文爲籀文

「磬　殸，籀文省。」（石部）

　　按：甲文作⟨圖⟩，與籀文同形，篆文增益石爲意符。

「臚　膚，籀文臚。」（肉部）

　　按：金文作⟨圖⟩弘尊，與籀文同，篆文所从盧即盧之累增字。

（三）重文爲或體

「癥　屰氣也。从广从屰、欠。欮，癥或省广。」（广部）

　　按：繫傳作：「（癥）從广，欮聲。」厂部厥，大小徐俱云从厂，欮聲。屰氣自可从屰从欠會意，从广作癥者蓋後起之字。

「淵　囦，淵或省水。」（水部）

　　按：參前古文部分。

「鐙　酒器也。从金，㠯象器形。㠯，鐙或省金。」（金部）

　　按：朱駿聲云：「（㠯）古文象形，非或體也。小篆加金旁。」（說文通訓定聲）其說是！先民製器物字，皆先圖其象，其後乃或加意符以顯其意或示其質，如：鬲與甂，冊與筭，戶與扅，⟨圖⟩與⟨圖⟩等是其比！

（四）重文爲篆文

「斅　覺悟也……學，篆文斅省。」（教部）

　　按：甲文作⟨圖⟩、⟨圖⟩、⟨圖⟩、⟨圖⟩、⟨圖⟩，金文乃見增子形作⟨圖⟩盂鼎，復增攴作⟨圖⟩沈子簋，此其文字累增發展大較，說文反謂學由斅省，悖其實！

「　小豕也。从古文豕，从又持肉以給祠祀也。豚，篆文从肉、豕（說
　　　解依段注本）。」（豚部）

　　按：甲文作、，與篆文同，金文增又作，與正文同。

二、重文增益意符

（一）古　文

「一　　，古文一。」（一部）

「二　　，古文二。」（二部）

「三　　，古文三从弋。」（三部）

　　按：一、二、三古文从弋，學者論之者眾矣，唯皆未厭人意，龍師宇純
　　　別爲一解，云：「說文云：『弟，韋束之次第也。』弟即次第字金文
　　　弟字作，其形構雖不易究言，主體從弋則無可疑。我國語言，數
　　　名與序數不別，一二三既爲數名，又爲序數，以故或加弋而爲弌、
　　　弎、弍，其意在此而已。」（說文讀記之一，弌字條。）

「社　　，古文社。」（示部）

「牙　　，古文牙。」（牙部）

「冊　　，古文冊从竹。」（冊部）

「　（鳳），古文鳳……，亦古文鳳。」（鳥部）

「　（箕），古文箕省（哲案：即箕之初文，非由箕省），亦古文箕。」
　　　（竹部）

　　按：甲文作，或增益形作掇二、三九九，古文似之而形稍譌！

「典　　，古文典从竹。」（丌部）

「工　　巧飾也，象人有規榘，與巫同意。，古文工从彡。」（工部）

　　按：工本象矩形，後引申有巧飾之意，遂增彡（毛飾畫文）以示意。

「巫　　巫祝也……，古文巫。」（巫部）

　　按：巫本作甲二三五六、齊巫姜簋，變爲巫侯馬盟書，即篆文所自昉。
　　　竹部筮：「易卦用蓍也。从竹、。，古文巫字。」古文字作史
　　　懋壺、侯鳥盟書，則字增艸亦巫之異構。至字所从，或即由
　　　巫之增作侯馬盟書而更求整齊對稱所演變。

「喜　　歔，古文喜，从欠，與歡同。」（喜部）

「全　　（仝），篆文全从玉，純玉曰全。𠓤，古文全。」（入部）

　　按：舒連景云：「仝，汗簡作𠓤，古文四聲韻載王庶子碑亦作𠓤，从屮屮持玉，入而藏之，故許訓爲完，𠓤下从ⴺ，疑即屮屮之形譌。」（說文古文疏證）

「冂　　邑外謂之郊……林外謂之冂。象遠界也。冋，古文冂从口，象國邑。」（冂部）

　　按：金文作冂盂鼎、〔註9〕冋師奎父鼎。

「游　　（旌旗之流也。……）遊，游。」（㫃部）

　　按：古文由金文作者增益意符而成，說已見前！

「宅　　𡧛，古文宅。」（宀部）

「丠　　土之高也，非人所爲也……坓，古文从土。」（丘部）

　　按：甲文作丘、丘，金文譌成丠商丘簋，即篆文所本，以其形難以顯意，古文復增土爲意符。

「鬼　　䰠，古文从示。」（鬼部）

「光　　明也。从火在人上，光明意也。炗，古文。」（火部）

　　按：甲文作光、金文作光、光，與篆文同。金文或作光吳王光鑑、光中山王鼎，下增飾筆，古文作炗者，所从「炎」形極似之！故古文或又於吳王光鑑、中山王鼎之形復增益火形而演成！

「赤　　南方色也。从大从火。烾，古文从炎、土。」（赤部）

　　按：金文作赤、赤，與正文同。楚帛書作赤。古文作赤，其大字形變爲灷，復離析其形即成灷，形近火字，古文即於此譌形復增土符，古陶文作烾、烾，與古文形似！

「戶　　𢽳，古文戶从木。」（戶部）

「圭　　瑞玉也……珪，古文珪从玉。」（土部）

「堯　　（堯），古文堯。」

　　按：古文堯由甲文作者增一人形而成，說已見前！

〔註9〕盂鼎：「易女𢀑一卣、冂衣、巿舃。」楊樹達云：「余謂此字雖作冂，必當讀爲冂。詩云：『衣錦褧衣』此冂衣即詩之褧衣也。」（積微居金文說）楊說可從！

「矛　　酋矛也……我，古文矛从戈。」（矛部）

「寅　　髕也……㙛，古文寅（繫傳作㙛）。」（寅部）

　　按：甲文作㒦、㒦、㒦、㒦，朱芳圃云：「甲文早期作㒦，晚期作㒦，口爲附加之形符，所以別兵器之矢於干支之寅也。間有作兩手奉矢形者，入周以後，字形頓異，要皆兩手奉矢形之演變也。」（金文詁林引「釋㒦」）金文作㒦、㒦、㒦、㒦，即篆文所自昉，又作㒦鄆孝子鼎、㒦陳猷金、㒦齊侯鐘，與說文古文所从者近，古文殆由此等形而增土符所成，寅篆作㙛，亦增土！

（二）籀　文

「齋　　䪼，籀文齋从㒦省。」（示部）

「祒　　（禱），禱或省。㒦，籀文。」

「祟　　㒦，籀文祟从㒦省。」

　　按：王國維云：「說文解字示部：齋，戒潔也，从示齊省聲。䪼，籀文齋从㒦省。又㒦下云：籀文禱。㒦下云籀文祟，从㒦省。案此三字齊、㒦、出皆聲，則疑从祒，意古當有祒字，而祒从示从㒦，是又當有㒦字……（㒦）實象人形……祒字象人事神之形，疑即古禱字，後世復加㒦以爲聲。」（史籀篇疏證）依王氏之說，則䪼、㒦、㒦三字，分別以祒从齊聲、㒦聲、出聲；如此則齋、祒、祟三字應爲簡省祒之偏旁「㒦」而來。然而誠如王氏所云：「祒，古文字中未之見。」且祟字从示、出，乃會意字，並非从「出」爲聲符，更非从祒、出聲，故王氏所云未爲篤論。祒字，玉篇以爲古文，王筠、朱駿聲並以爲字从㒦聲。㒦，甲文作㒦河五一六，即㒦（疇）之初文，甲文假爲祝禱字，後乃加「示」爲祒字（包山楚簡作㒦、㒦），實非由㒦省「㒦」而來。齋，經傳多以「齊」爲之，〔註10〕後乃加「示」符，與祒同爲轉注字，〔註11〕亦並非从㒦省「㒦」而來！故籀文䪼、㒦、㒦實應由齋、祒、祟增益意符「㒦」而形成！

「禋　　㒦，籀文从宀。」

〔註10〕例證可參桂馥說文義證，齋字條。

〔註11〕「轉注字」名義，詳見龍師宇純，中國文字學。

「登　　𤼷，籀文登从𠂤。」（癶部）

「雁　　鷹，籀文雁从鳥。」（隹部）

「叡　　壡，籀文叡从土。」（𣦼部）

「侖　　𠓝，籀文侖。」（亼部）

「屋　　𡱂，籀文屋从厂。」（尸部）

「𪋻　　鹿行，揚土也。从麤，从土。𡓉，籀文。」（麤部）

按：籀文增土而省鹿之部分形體，王筠云：「土在上者，揚之象也。二之者，埃塵左右皆蔽也。鹿無足者，爲塵所蔽，見其大略而已，不審諦也。」（句讀）

「煙　　𡨋，籀文从宀。」（火部）

「灸　　𩮑，籀文。」（灸部）

按：七篇上：「東，木垂華實也。」王筠曰：「灸之籀文𩮑，東聲不合，或會意邪！東部𩮦，徐楚金曰：言東之象木華實之相纍也，然則𩮑之從東或亦如以肉貫串也。」（說文釋例）今從之！

「靁　　（靁），古文𩂩。𩆂，籀文靁間有回，回，靁聲也。」（雨部）

按：金文作父乙罍、雷甗等，即古、籀文形之所自昉，又增益雨符作盠駒尊。

「臣　　𦣝，籀文从首。」（臣部）

「𠁁　　𦉢也。从甾、虍聲。讀若盧同。（𤮹，篆文𠁁。）𦈢，籀文𠁁。」（甾部）

按：𠁁本盧之初文，金文作趞曹鼎，即正文所由變，下本非从甾，字或累增皿作伯公父簠，籀文由之而復增益缶旁！

「繇　　（繇），古文从絲。𦆼，籀文繇。」（系部）

「堂　　殿也。从土，尚聲。𡩥，籀文堂从高省。」（土部）

（三）或　體

「蕁　　𦶽，蕁或从爻。」（艸部）

「菹　　𧂍，或从皿。」

「邁　　遠行也，从辵蠆省聲。𨖄：邁或不省。」（辵部）

按：繫傳作：「邁，从辵萬聲。蠆：或从蠆。」是也！金文邁作叔向簋王孫誥鐘，不从蠆，甲、金文萬字亦不从虫作，蠆蓋萬假爲紀數字後爲顯其本義而增「虫」之後起字。

「 鬻，卑或从卩。」（舁部）

「鬲 瓹，鬲或从瓦。」（鬲部）

「鬻 ，鬻或从水在其中。」（弼部）

「凮 ，凮或加手。」（凮部）

「厷 肱，厷或从肉。」（又部）

「夋 俊，夋或从人。」（又部）

「彗 篲，彗或从竹。」（又部）

「蒦 規蒦，商也，从又持萑。一曰視遽皃。一曰蒦，度也。，蒦或从尋，尋亦度也。楚辭曰：求矩彠之所同。」（蒦部）

「叡 壑，叡或从土。」（奴部）

「(巨) 規巨也，从工，象手持之。，巨或从木、矢。矢者其中正也。」（工部）

按：金文作伯矩簋、伯矩鼎，象人持工（矩）形，巨字即由其而簡化。或體作榘者，非由巨而增矢、木，其形即直承金文而增木以示其質（从矢者乃因夫、矢形近而譌）。

「夸 憍，夸或从心。」（夸部）

「冋 （冋），古文囗从口。象國邑。坰，冋或从土。」（冋部）

「休 庥，休或从广。」（木部）

「 馬絡頭也，从网、馬，馬，絆也。，羈或从革。」（网部）

「方 汸，方或从水。」（方部）

「厲 厤，或不省。」（厂部）

按：金文作五祀衛鼎、散伯簋，從虫者乃後加。

「囪 在牆曰牖，在屋曰囪，象形。窗，或从穴。」（囪部）

「亢 人頸也。頏，亢或从頁。」（亢部）

「谷 濬，谷或从水。」（谷部）

「乞　　鳦，乞或从鳥。」（乞部）

「閭　　壛，閭或从土。」（門部）

「乂　　芟艸也。从丿、乀相交。刈，乂或从刀。」（丿部）

「匭　　匦，匭或从竹。」（匚部）

「匡　　筐，匡或从竹。」

「畕　　耕治之田也。从田，象耕屈之形。㽪，畕或省。」（田部）

　　按：甲文作㽪、㽪、㽪等形，篆文从田乃後增。

「畺　　界也。从畕，三其界畫也。疆，畺或从彊、土（繫傳作：畺或从土，彊聲）。」（畕部）

　　按：畺字初文作畕，甲文畕用爲地名，金文㝬伯友鼎銘云：「萬年無畺畕」；後增畫界作畺（毛伯簋）；復增弓爲意符：甲骨文作弜[註12]羅振玉云：「吳中丞曰：『儀禮鄉射禮："侯道五十弓"。疏云："六尺爲步弓之古制，六尺與步相應"。此古者以弓紀步之證，古金文亦均从弓……』又此以畕象二田相比，界畫之義已明，知畕與畺爲一字矣。」[註13]金文作彊、彊、彊、彊、彊、彊 等形，其後彊或用爲弓有力之意，乃復增阜（彊南彊鉦）或土（彊蔡侯盤、彊王孫壽甗、彊王子啓疆尊）爲意符。

「防　　堤也。从阜，方聲。坊，防或从土。」（阜部）

「抑　　按也。从反印。抑，俗从手。」（印部）

四、篆　文

「宷　　悉也，知宷諦也。从宀、釆。審，篆文宷，从番。」（釆部）

〔註12〕説文弓部：「彊，弓有力也」，高鴻縉因云：「彊爲強弱之強之本字，疆爲疆界字，兹以彊代疆者，同音通假也，金文多如此。」（頌器考釋）然丁山云：「頗疑畺字出壁中古文（哲案，西周金文毛伯簋已作畺），疆爲商周間通用之字，疆爲周末新字，蓋其時彊已借爲強弱字，乃別从土作疆，以爲疆界專字。」（「闕義」，與上高氏説並引自金文詁林畺字條）金文畕、畺、彊均用爲疆字，未見彊用爲強者，故从丁氏説以爲弓疆字爲借字，畕→畺→彊→疆蓋逐累增意符之異體字。

〔註13〕羅説見甲文集釋引「增考」。

按：篆文从番（「獸足謂之番，从釆，田象其掌」）未能會悉之意。「釆」本兼具獸足（番）與辨別（釆）二語多，其情形與甲文月夕同形，帝或讀婦類同，龍師宇純謂之：「利用聯想，以象形字喻與其相關之某意，代表另一語言，字形上全不加變易。」其後獸足一義增田（說文云象獸掌）以爲區別，遂分化釆、畨二字。宷之作䆸非變更意符（畨無辨別義），乃釆之增田作畨後受其影響之同化現象。

第三節　增益聲符

增益聲符之現象較之增益符罕見，表現於正重文者僅九例！大多爲象形、會意字因形簡不易識別，或字形漸起譌變等原因，遂增益聲符以標明其音，藉助識別！

一、正文增益聲符

（一）重文爲古文

「齒　　，古文齒字。」（齒部）

　　按：甲文作、、，仰天湖楚簡、二形並見。

二、重文增益聲符

（一）古　文

「尣　　尳也，曲脛人也。从大，象偏曲之形。，古文从坓（聲）。」（尣部）

（二）籀　文

「甘　　（箕），古文箕（省）。，籀文箕。」（竹部）

　　按：甘本象形初文，金文作頌鼎，或增益兀聲作商立叔簠。

「鼓　　鼖，籀文鼓从古聲。」（鼓部）

「兒　　貌，籀文兒从豹省。」（兒部）

　　按：从豹省聲。

「厂　　厈，籀文从干。」（厂部）

　　按：散盤作厂，趞卣作，从干聲。

（三）或　體

「紵　　[字形]屬……从糸，宁聲。[字形]，紵或从緒省。」（糸部）

　　按：宁、者音近，木部楮之或體即作柠，疑此字乃累增者（省）爲聲符（紵
字古籍亦通作褚、緒）。形聲字類多一形一聲，一字而合以二聲者，
其例較鮮，龍師宇純曾舉數例，如：籀文豐乃合殳聲、豆聲於一體（甲
文豐作[字形]，古鉢作[字形]）。金文[字形]字或增聲作[字形]若[字形]若[字形]，或遂合二聲
作[字形]若[字形]。[字形]字轉注示旁作[字形]，或从示北聲作[字形]，或遂合二聲爲[字形]。
[字形]字或作[字形]，或从司聲作[字形]，或遂合己（或[字形]）司二聲爲[字形]。說
文[字形]字合[字形]聲之[字形]及次聲之[字形]爲一（見中國文字學，328頁）。

「処　　止也。从夊、几……處，処或从虎聲。」（几部）

「网　　庖犧氏所結繩以漁也……罔，网或加亡（聲）。」（网部）

第四節　重複本體或偏旁

　　重複本體即將其字形全體予以重疊所構成之文字形式，如業、某、宜古文
作二形複體：[字形]、[字形]、[字形]；屾、乃、卤籀文作三形複體：[字形]、[字形]、[字形]。其原
字形大抵本即較簡，故疊之亦不致太過繁重！重複偏旁即將其字部份偏旁予以
重疊，如篆文原，从泉，金文亦均从泉，正文作[字形]，从三泉；畀，古文作[字形]；
敗，甲文作[字形]，與篆文同，金文作[字形]，與籀文同等，皆於部分形體有所重複。

　　不論重疊本體或偏旁，皆明顯造成字形之繁化。至於何以繁複其形，或爲
別嫌之故，或爲使字形更趨方正美觀，或者乃是時代、地域之風氣（如楚系文
字各作[字形]信陽簡、月作[字形]信陽簡、[字形]作[字形]蔡侯盤、室作[字形]酓章鐘）等，情況不一！
此類字於說文重文中皆爲古文或籀文，小篆不取此類繁體，或體亦不見此種繁
複形式，蓋簡化爲文字形體之趨勢！

壹、重文重複本體

（一）古　文

「業　　大版也……[字形]，古文業。」（丵部）

　　按：金文作[字形]郾王職劍、[字形]中山王壺；或从二業爲繁構：[字形]晉公盦，即古文
之所本。

「某 酸果也……𣏕，古文某从口。」（木部）

按：金文作 𣏕 禽簋、𣒫 諫簋，與篆文同，古文無徵。

「宜 所安也……𡩿，古文宜。」

按：𡩿蚉壺作 𡩿，古鉢作 𡩿，與篆文近，古文無徵。

（二）籀　文

「屮 菌坴、地蕈……𦬸，籀文屮从三屮。」（屮部）

「𠄎 曳詞之難也……𠄏，籀文乃。」（乃部）

按：甲文作 𠄎、𠃌，金文作 𠄎、𠄎 等形，籀文無徵。

「卤 艸木實垂卤 卤 然，象形。𣡌，籀文三卤爲 𣡌。」（卤部）

按：說文無卣字，段玉裁、王筠等謂卤即卣之隸變，且謂艸木實垂者乃其本義，假借爲器名卣字。李師孝定則曰：「惟諸家或謂器名之卤亦假借，則似有未安；蓋物名之字，多屬象形，且必早出，重言形況之字，例當後起，且多假借，許君以卤篆類艸木之實，遂以象形說之，此疑議所以滋多也。卣字甲骨文作 𠧤 或 𠧤，金文作 𠧤 盂鼎、𠧤 毛公鼎、𠧤 昌壺，其形並同，𠧤 當象器形，圓底，上象歙口斜流，下其座也。或謂卤象艸木之實，然艸木之實，不一其形，安得以一卤字盡象之乎？字本象酒器之形，至重言形況之義，則爲假借，此義初亦但讀羊久反，麥秀之歌可證（哲案：桂馥說文義證云：『艸木實丞卤卤然，或借油字，箕子麥秀之歌：禾黍油油。』）至後始另有徒遼反一讀耳。（原注：條字从攸得聲，可爲一證。）」（讀說文記，卤字條；又參甲骨文字集釋卤字條）甲文 𠧤、𠧤、𠧤、𠧤、𠧤、𠧤 諸形（俱見甲骨文編）晚近學者均釋爲說文之卤（即經典習見之卣字），說文以卤爲部首，下隸桌、棗二字，唯桌甲文作 𣘻，本即象栗實形，又作 𣘻 者，乃形變；棗作 𣘻 象栗粒之形，又作 𣘻 者，亦形變，本皆不从 𠧤（卤），故說文云卤象艸木實垂之貌，實無其證，當依學者釋爲酒器之卤爲其本形之義（甲文卤字用爲器名或假爲脩），契文又有 𠧤𠧤 字，義不明；又有 𠧤𠧤𠧤 字，從三卤，與籀文近，用爲地名。卤象器形，繪一器即足以明其意，重疊其形者或即爲別嫌耳（如甲文用爲地名），其字爲籀文所保存！

貳、重複偏旁

一、正文重複偏旁

「厵　　水泉本也。从灥出厂下。原，篆文从泉。」（灥部）

　　按：金文原字數見，均从泉，不以灥。

二、重文重複偏旁

（一）古　文

「舁　　升高也……[古文字]，古文舁。」（舁部）

　　按：侯馬盟書作[字]，與篆文同，古文無徵。

「攴　　去竹之枝也。从手持半竹。[古文字]，古文攴。」（攴部）

　　按：朱駿聲云：「手持二[字]也。」（說文通訓定聲）

「惠　　[古文字]，古文惠，从卉。」（叀部）

　　按：叀，金文作[字]克鼎，亦繁其形作[字]惠卣、[字]彔伯簋。

「則　　[字]，古文則。」（刀部）

　　按：「則」所从貝乃鼎之譌，金文作[字]何尊、[字]攸从鼎，或从二鼎作[字]段簋，所从鼎已頗似貝之作[字]師遽簋、[字]召伯簋。

「畜　　田畜也。淮南子曰：『玄田爲畜』。[字]，魯郊禮畜从田从茲，茲，益也。」（田部）

　　按：金文作[字]秦公簋、[字]欒書缶，古鉢作[字]，由[字]而[字]或係重累其形，未必如許君所云从茲。

（二）籀　文

「蓏　　[字]，籀文蓏从䄏。」（艸部）

　　按：李師孝定云：「許書云自『芥』以下五十三文大篆皆从䄏，按古者偏旁多寡不拘，从屮、艸、茻、䄏多得通，至小篆則別爲數字者多矣，許君獨於芥以下五十三文特書之，蓋其時所見如此耳。」（讀說文記，十四頁蔥字條）

「敗　　[字]，籀文敗从賏。」（攴部）

　　按：甲文作[字]前三、二七、五，與篆文同。金文作[字]師旂簋、[字]南疆鉦，與籀文同。

「副　　判也……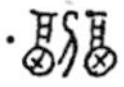，籀文副。」（刀部）

「就　　就高也。从京、尤。尤、異於凡也。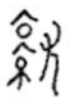，籀文就。」（京部）

第四章 異 構

　　同一字於演變過程中所產生之各種不同字形，今人通稱為「異體字」，異體字產生之過程及類型變化甚多，如前述於一字傳統字形有所增減筆畫、偏旁者可形成異體字；字形譌變亦可產生異體字。本章所謂「異構」，主要由偏旁角度分析，其字於偏旁結構有所變異，如偏旁相對位置、偏旁種類變化、構字方式上之變化等，此類變異多於傳統字形之偏旁結構有所變異，與省構、繁構、譌變之性質不同！

　　異體字之形成並非皆由異構，然異構殆為異體字中特別重要之現象，因其字多在偏旁結構上有所變異，故最能表現文字異形之現象。眾所周知，先秦尤其是戰國時代，文字異形現象盛行，而說文重文正大量保存先秦異體字，其中於偏旁結構有所變異之異構字，且多未見於已出土先秦古文字，若能分析其各類型現象，進而掌握某些規律，對釋讀先秦未識之古文字當有重要價值！本文分析說文正重文之異構字為七類：「象形字表現方法不同」、「會意字表意偏旁不同」、「形聲字：意符不同、聲符不同、聲意符俱異」、「文字構造法則不同」、「偏旁部位不同」！

第一節　象形字表現方法不同

　　表現方式自由無定本為象形字之特色。漢字早期象形字筆畫、偏旁繁簡頗不一致；或正或反或側，形式各異，故見之甲金文者，一字之異體或可達數十

種，如虎、鳥、鳳、馬等字於甲文各數十見而幾無一字全同；俎字所從肉形或一或二或三不定，俱可見象形字早期之不定性。

說文正、重文俱屬象形字，而其差異僅在筆畫、偏旁繁簡不一者已於第一章述之；所餘例字不多，或為獨體象形字之取象方式不同；或重文與正文一為獨體象形，一為增體象形；或同為增體象形，而於其所象之物取形不同或取形雖同而表意偏旁不同，其例如下：

一、獨體象形取象方式不同

「图　如野牛而青，象形……图，古文從八八。」（图部）

　　按：甲文作图者，即篆文所自昉。李師孝定云：「古文作图，蓋图乃自前視之形，下從『图』乃兩足，非從古文奇字人也。」（讀說文記，图字條）正文則側有四足之形。

「图　图，古文龜。」（龜部）

　　按：甲文作图者，與小篆近，為側視形。古文則為下視形。

「图　十一月，陽气動，萬物滋，人以為稱，象形。图，古文子，從巛，象髮也。图，籀文子。囟有髮，臂脛在几上也。」（子部）

　　按：甲文作图、图、图、图為地支子丑之子；以图、图、图為地支辰巳之巳及父子之子，图若图實為一字，皆象幼兒之形，唯表現方式各異：图象幼兒頭有髮及二足之形，金文作图利簋、图傳卣、图召伯簋，形較甲文為繁（甲文契刻不便，故視金文反或多省形），即籀文所自昉，籀文所謂在几上之几，殆足形之譌！作图者图者，蓋象幼兒在襁褓中，但見兩臂上舉，下僅一直畫或稍曲，不見兩脛，古文作图者，甲文作图後下四二、五可證，首上有髮形。

二、獨體與增體象形之不同

「图　獸足謂之番。從图，田象其掌。图，古文番。」（米部）

　　按：古文為獨體象形，正文則為增體象形。

三、增體象形之象形主體或表意偏旁不同

「图　冕也……從兒，象形。图，籀文图從廿，上象形。图，或图字。」（兒部）

按：段玉裁云或體之人，象上覆之形。則篆、籀、古文皆增體象形字而其象形主體皆異，表意偏旁或異。

「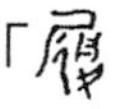　足所依。从尸从彳从夊，舟象履形……。，古文履从頁从足。」（履部）

按：此字篆、古文表形主體相同，表意偏旁不同。

「靁　陰陽薄動，靁雨生物者也。从雨，畾象回轉形。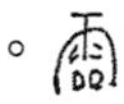（依繫傳，大徐作），古文靁。（，籀文）。」

按：甲文作、、，所从即申字，象電耀形，所从若若畾形蓋以示雷聲。

第二節　會意字表意偏旁不同

構成會意字之方式有數類，如利用不成文字之線條示意；利用現有文字加以增損改易；利用聯想，以象形字喻與其相關之某意，代表另一語言，字形不加變易；利用現有文字，構成畫面；利用現有文字，會合起來直取其意等（參龍師宇純中國文字學第二章第四節），其中利用現有文字會合直取其意者殆爲會意字發展最成熟之方式，故後造會意字多爲此類型，說文正重文同爲會意字者亦多屬此類。此類會意字藉表意偏旁會合以取意，而漢字表意偏旁事類相近者本不少，個人主觀意念亦不必相同，故同一會意字而所取以造字之偏旁或不相同本亦自然之事，然除少數例字如灋，古文作佱；馗，或體作逵等外，一般兩字皆有部份偏旁相同，即其偏旁不同者，亦多爲義類相近而可通者，如信，古文作口，言、口義近故可通；其義類不近者乃取意角度不同之故，如役之古文伇，朙古文作明等！

此類字合古、籀、或體近四十例，其中古文二十四例，例字較多！

一、正文與古文

「復　卻也。从彳、日、夊。一曰行遲。𢔶，古文从辵。」（彳部）

「後　遲也。从彳、幺、夊，幺、夊者後也。，古文後，从辵。」

「信　伷，古文从言省，訫，古文信。」（言部）

按：㝬叔鼎作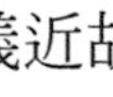，从口者非从言省，說文誤。言由口出，義近故通用。古文又從心作，段玉裁云：「言必由衷之意。」（段注）

「僕　給事者，从人菐，菐亦聲。蹼，古文从臣。」（菐部）

「兵　械也。从廾持斤，并力之皃。𠉲，古文兵，从人、廾、干。」

「農　耕也。从晨囟聲。（䢉，籀文農从林。）𦦵，亦古文農（繫傳作𦦵。）」（晨部）

按：甲文作農佚全五、農后上七、二、農乙二八二，从艸（林、森）从辰（蜃）會耕之意。金文或从田作農令鼎，或从林、田作農沕其鐘或增臼作農散盤，說文篆、古、籀皆有所本（篆、籀所从「囟」，蓋田之譌）。

「肅　持事振敬也。从聿在𣶒上，戰戰兢兢也。𢜎，古文肅，从心从卩。」

按：古文从心、卩，桂馥云：「從心者，鄭氏所謂恭在敬，敬在心也（哲案：鄭玄注書無逸）；從卩者，持事有節制也。」（義證）

「役　戍邊也，从殳从彳。伇，古文役从人。」（殳部）

「甚　尤安樂也。从甘、匹，匹，耦也。𠤃，古文甚。」

「嗇　愛濇也。从來㐭，來者㐭而藏之，故田夫謂之嗇夫。𤲸，古文嗇，从田。」（嗇部）

按：甲文作嗇佚七七二、嗇乙二二二五，與篆文合，象藏禾麥於㐭之形。又作嗇師友一、一三〇，从秝从田，會田禾成熟可收嗇之意，與古文合。

「困　故廬也，从木在囗中，𣓖，古文困。」（囗部）

按：甲文作困粹六一，與正文同，又有𣓖珠二五字，學者云从止从木省，與說文古文𣓖合，故以爲即困字。廣韻云：「橜、機闑、朱也。」段玉裁、王筠等皆以爲借朱（困）爲梱。俞樾則以爲困者梱之初文，从口者，象門之四旁，其中之木即橜，梱有限止義，故古文从木从止會意，凡困極、困窮之義皆从限止一義而引申，其後引申義盛行，乃更製从木之梱（兒笘錄），其說或是，今从之！

「朙　照也。从月、囧。明，古文朙从日。」（月部）

「仁　親也。从人、二。忎，古文仁从千、心。𡰥，古文仁或从尸。」（人部）

按：古文第一形从千，疑本亦从人，甲金文年字本从禾从人，人形或增點爲飾作年頌鼎，後即演成从千，可爲比。古文第二形从尸，古文字从尸从人得通（或謂古文从尸亦从人之形譌）。

「[企] 舉踵也。从人、止。[企]，古文企从足。」（人部）

　按：甲文作[圖]佚八一八，或分離足形作[圖]前五、二七、七，古文以止、足義
　　　近，故易从足。

「般 辟也，象舟之旋。从舟从殳，殳令舟旋者也。般，古文般从攴。」（舟
　　部）

「灋 刑也。平之如水，从水，廌所以觸不直者去之，从去，[圖]，古文。」
　　（廌部）

　按：王筠云古文從厽、正會意，厽者集也（句讀）。疑厽當爲倒口形，厽
　　　（集）經傳中未之見，說文从厽者若食、令、合、僉、侖、今、舍、
　　　會等字，實皆从倒口（詳龍師宇純中國文字學261～262頁）。

「吳 [圖]，古文如此。」（矢部）

　按：金文作[圖]師酉簋、[圖]伯吳盨，與正文同，或作[圖]吳姬匜，與古文同，矢、
　　　大皆象人形，故偏旁或通用。

「奏 奏進也。从本，从[圖]，从屮。屮，上進之意。[圖]，亦古文。」（本
　　部）

　按：奏，甲文作[圖]、[圖]，所从[圖]若[圖]，即說文訓爲艸根之茇字初文，
　　　正文所从「本」，即其譌形。篆从[圖]，古文从[圖]，義近故通用（參
　　　龍師宇純。甲骨文金文[圖]字及其相關問題）。

「閒 隟也。从門从月。[圖]，古文閒。」（門部）

　按：古鉢作[圖]，从外，〔註1〕古文作[圖]乃外之譌。段玉裁改古文字形作
　　　「[圖]」，是也！唯謂：「與古文恆同，中从古文月也。」（段注）則非
　　　是！恆字古文作[圖]，許君謂：「古文恆，从月」，實者，字乃从外非
　　　从月，段氏依許君誤說，故同其謬！李師孝定云：「閒字从門从月會
　　　意，从外則意不顯，蓋六國時誤字也。」（讀說文記閒字條）閒、恆
　　　本皆从月會意，六國古文从外者，蓋所謂淺人之所爲！

「絕 繼絲也。从系从刀从卩。[圖]，古文絕，象不連體絕二絲。」（系部）

〔註1〕 中山王嚳壺銘：「載之斿筓（策）。」張政烺云：「斿，从竹，从外。說文：『閒，隟
　　　也，从門、月，古文閒。』閒，从門，从外，見曾姬無卹壺，讀爲閒。此字蓋从閒省
　　　聲，斿筓即簡策。」（中山王嚳壺及鼎銘考釋）亦可證閒从外。

按：中山王壺作🐛，从刀斷絲會意，古文形稍譌。

「🔲 常也。从心从舟在二之間上下一心以舟施，恆也。死，古文恆从月。詩曰：『如月之恆』。」（二部）

按：甲文作亙，金文作🔲恆簋蓋、🔲昌鼎，均从月，金文復增从心，篆文从舟乃月之譌。古文易月爲外（楚帛書作死），猶閒字古文作閒，說已見前閒字。

「🔲 止也。从土从留省，土所止也。此與留同意。🔲，古文坐。」（土部）

按：坐字甲金文未見，睡虎地秦簡皆作坐（兩漢帛書、碑文亦皆作此形），與留字金文作🔲留鐘、空首布作🔲，睡虎地秦簡作🔲者所从並同。今仍依說文以字从留省，从土會意；古文則如朱駿聲云：从土从二人對坐（說文通訓定聲）。

「協 眾之同和也。从劦从十。叶，古文協从日、十。（叶，或从口）」（劦部）

按：徐鉉曰：「十，眾也。」段玉裁云：「十口所同亦同眾之意。」（段注）朱駿聲云：「眾之同和也，从劦从十會意，劦亦聲……古文當从日，與口同意，蓋同言之和也。」（說文通訓定聲）

二、正文與籀文

「農 🔲，籀文農从林。」

按：參前古文部分。

「🔲 出气詞也。从曰，🔲象气出形。🔲，籀文🔲，一曰佩也，象形。」（曰部）

按：篆从曰，籀从口。

「🔲 美言也。从日从曰。一曰日光也。詩曰：東方昌矣。🔲，籀文昌（繫傳作：🔲，籀文省作）。」（日部）

按：籀文所从亦當口，大徐籀文从口之形亦同古文作「丫」；汗簡口亦作「丫」，然昌字作🔲，與繫傳同。學者或謂甲文之🔲即昌字，然一般仍釋爲旦；捨此而外，昌字金文作🔲蔡侯盤（古陶文、幣文亦多見此形）、🔲蓮勺鑑，古陶文作昌、昌、昌、🔲等，古鉢作🔲、🔲、🔲、🔲、🔲、🔲等，古幣文作🔲、🔲、🔲、🔲、🔲、🔲等，異形

甚多，然大抵上从日，下以作凵、ㅂ、ㅂ爲常，其从口作者與籀文
同，昌既訓美言，故篆文易之以从日。

「仄　　側傾也。从人在厂下。𠂼，籀文从矢，矢亦聲。」（厂部）

「邕　　四方有水自邕城池者。从川从邑。𣲜，籀文邕。」（巛部）

　　按：王國維云：「盂鼎雝字作𧅓，从吕；毛公鼎雝字作𣶃，與籀文邕字皆
　　　　象自邕城池之形，篆文作邕，从邑蓋吕之變，始爲會意字矣。」（史
　　　　籀篇疏證，邕字條）金文雝字除王氏所舉外，又作𣶃雝鼎、𣶃雝伯原
　　　　鼎、𣶃馱鐘等，甲文作�、吕等，所从吕者ㅂ若ㅂ，即宮字。宮字
　　　　甲文作吕、ㅂ、ㅂ，亦从宀作𥩀、𥩀，金文皆作𥩀形，另有作吕形
　　　　者乃呂字。然則邕之變爲邕，或因吕（宮）、呂形近，爲求有別，遂
　　　　改易邕所从吕爲邑，邕字飜作𣲜，即與正文形構同。

「辤　　不受也。从受、辛，受辛宜辤之也。辝，籀文辤。」（辛部）

　　按：郱公𨥅鐘、齊鎛皆作辝，與篆文同。段玉裁云：「和悅以卻之，故从
　　　　台。」（段注）

三、正文與或體

「壻　　夫也，从士、胥聲……婿，壻或从女。」（士部）

　　按：从胥聲，於音不合，當依繫傳云从士、胥會意。壻从士，由男方言
　　　　之；由女方言之則易爲从女。

「頮　　低頭也。从頁，逃省……俛，頮或从人、免。」（頁部）

　　按：段玉裁云：「逃者多媿而俯，故取以會意，以逃猶从兔（哲按：應作
　　　　免）也。」（段注）

「耏　　罪不至髡也。从而从彡。耐，或从寸，諸法度字从寸。」（而部）

「燅　　於湯中爤肉。从炎从熱省。燂，或从炙。」（炎部）

「衇　　血理分衺行體中者。从𠂢、血。脈，衇或从肉。」（𠂢部）

「劦　　（叶，古文協从日、十。）叶，或从口。」（劦部）

　　按：說已見前古文部分。

「馗　　九達道也。似龜背，故謂之馗，馗，高也。从九从首。逵，馗或从
　　　　辵从坴。」（九部）

按：徐鍇云：「垚，高土也，會意。」（繫傳）

「[育]　　養子使作善也。从㐬、肉聲。虞書曰：教育子。[毓]，育或从每。」
　　　　（㐬部）

按：育之本義產子，其字於契文變體甚多，或作[字]、[字]（从每當爲母字之
　　訛，金文作[字]班簋）、[字]，字从女（母、每）从倒子（倒子亦子），
　　象女子娩子之形，子旁之點（金文作[字]毓且丁卣、[字]邵仲爵）乃羊水，
　　後與倒子形結合而成[字]，即所謂倒古文子，爲籀文所本。甲文或作[字]、
　　[字]、[字]，所从[字]若[字]乃女陰之形，[字]形後即訛爲篆文育字（參殷
　　虛文字類編育字引王國維說；龍師宇純、說文古文「子」字考；李
　　師孝定甲文集釋育字）。

「[尊]　　酒器也。从酋，廾以奉之……[尊]，尊或从寸。」（酋部）

第三節　形聲字意符不同

形聲字藉意符與聲符組合成字，其意符通常僅表示事物之大類別，除少數
字如船、頭、爹、爸等，意符與字本身同義；齒、斤、貌、圂等聲符乃後加，
意符即初文者外，一般意符與字義間只存在某種聯系，某字何以採用某爲意符，
並非絕須如此，捨此無他，由於選擇性大，異地異時異人，別有意符不同之異
體產生亦勢所必然！

同一形聲字而意符不同者，兩意符間之關係，依其性質可分二類，其一爲
含義有相重處之不同意符間，因意義相近，互易後，字形結構仍能依相同角度
予以合理解釋者，通常稱爲「義近通用」。此規律已常爲前賢用以考釋古文字，
然而必須注意者，並非所有義近之意符皆可隨意通用，如說文吟、嘖之或體作
訡、讀；詠、謕之或體作咏、喑，前人每言「口、言義近，故可通用」，實際上
兩者可以相通乃就表示發聲一點上而言，其他如啖與談、吃與訖、咳與該等則
非一字。膀訓臂，或體作髈，由人體組織言，因骨肉常相連，故膀可从肉，亦
可从骨，其他从肉與从骨因骨，肉本質原不相同，則未必相通。目與見亦於有
關視覺動作之字始可相通，如睹與覩，際與視同字，其他如眊與覒，睞與覩則
不同字，顯見意符之通用須就兩者意義密切相關之處始可爲之，並不可隨意濫
用！

第二類意符不同者，兩意符間意義本不相近，唯因造字時可由不同角度取意，故意符歧異，如說文咳訓小兒笑，笑由口見，故从口；古文作孩，則由小兒取意。襭訓以衣衽扱物，其事涉衣，故从衣；或體作擷，則與手之動作有關。此外，器物之材質、性能改變或多樣性亦能造成意符不同，如管或作琯；槃古文作鎜等皆此類！此類意符之不同看似頗爲靈活不定，實質上乃受具體字義之限制，不可謂「通用」，故絕不能隨意據以類推他字，如咳、孩同字，便推以口、子通作等！

形成同一形聲字而意符或不相同之故，除因意符通常僅表示大範圍之義類及爲求意符更符合器物、事務發展狀況而改易意符外，爲求簡化而變易亦爲重要因素，如从素之䋫、䋆，改用形簡之系爲意符；从覃之鹹、䲌，改採土爲意符等皆其例！

一、正文與古文

「咳　孩，古文咳从子。」（口部）

「起　赾，古文起从彳。」（走部）

「造　艁，古文造从舟。」（辵部）

「近　𣥠，古文近。」

「往　遉，古文从辵。」（彳部）

「嗣　𤔲，古文嗣从子。」（冊部）

「謨　暮，古文謨从口。」（言部）

「教　𢼄，古文教。」（教部）

　　按：商承祚云：「（古文）从言孝聲，教，誨色，故从言，與誨同義。」（說文中之古文考）

「睹　覩，古文从見。」（目部）

「𣨛　𣨶，古文殤从死。」（歺部）

　　按：段玉裁云：「從古文死，壹省聲。」（說文解字注）

「髀　囚，古文髀。」（骨部）

「脣　𦞤，古文脣从頁。」（肉部）

「鼕　鞀，古文鼕从革。」（鼓部）

「阱　汬，古文阱从水。」（井部）

「飪　𦙶（月，肉也），古文飪。」（食部）

「養　羧，古文養。」

「槃　鎜，古文从金。」（木部）

「貧　財分少也，从貝、分聲。𡧍，古文從宀，分聲（按：以上說解依繫傳本）。」（貝部）

「邦　，古文。」（邑部）

按：甲文作簠歲十八，與古文近，从田，丰聲。

「粒　𩚁，古文粒。」（米部）

「宅　厇，古文宅。」（宀部）

「視　眂，古文視。」（見部）

「觀　，古文觀从囧。」（見部）

按：玉篇收古文於目部，朱駿聲云古文从目，是也！古文目字於偏旁作（如省古文作、睦古文作），與囧之作形近易譌。

「(　歠也。从欠，酓聲。)，古文㱃，从今、水。，古文㱃，从今、食。」（欠部）

按：甲文作菁四、一，象人俯首吐舌，就尊歠飲之形，金文譌為中山王壺，向下之口舌譌為「今」，遂變為从欠、酉，今聲之形聲字（說文云酓聲，非是！）古文又易為从水或从食，今聲。

「嶋　𨺅，古文从阜。」（山部）

「驅　敺，古文驅从攴。」（馬部）

「狂　㤮，古文从心。」（犬部）

「憜　（不敬也。从心、𡐦省聲。）惰，憜或省𨸏。媠，古文。」（心部）

按：漢書、韋玄成傳：「無媠爾義。」張敞傳：「被輕媠之名。」，正用古文。

「懖　𦗊，古文从耳。」

「冬　四時盡也。从仌、从。，古文終字。，古文冬从日。」（仌部）

按：甲文作，金文作井人安鐘、曾侯乙鐘，用為終或冬者乃假借。

金文作陳騂壺，與古文同，蓋增日爲意符以專其意，爲轉注字（廣義之形聲字），篆文則从爲意符。

「扶　　𢪙，古文扶。」（手部）

「揚　　敭，古文。」

「播　　𢾺，古文播。」

「撻　　𢻂，古文撻，周書曰：𢻂以記之。」

「奴　　伖，古文奴从人。」（女部）

按：大徐奴云从女从又，繫傳作从女，又聲。朱駿聲云：「（奴）从又，手所以執事，女聲。古文从人，女聲。」（說文通訓定聲）今從之！

「弼　　輔也，重也。从㢶，丙聲。，（𢐀），並古文弼。」（㢶部）

按：金文作毛公鼎、番生簋、者沪鐘。王國維云：「毛公鼎、番生敦均有簟茀、魚服、語茀字，二器皆作𢐄，余謂此茀之本字也。說文：『㢶，彊也，从二弓』，又『弼，輔也，重也。从㢶，丙聲』。案：說文說此二字皆誤。㢶者柲之本字……柲所以輔弓，形畧如弓，故从二弓，其音當讀如弼，或作柲、作柴、作閉皆同音假借也。㢶之本義爲弓檠，引申之則爲輔，爲重，又引申之則爲彊，許君以㢶之第三義系於㢶下，又以其第二義系於弼下，胥失之矣。……（𢐄）从因，㢶聲，因者古文席字。」（釋𢐄）王氏說弼从㢶聲可从，古文易爲从攴，㢶聲。

「繘　　𦃡，古文从絲。」（糸部）

「蠢　　𢧢，古文蠢从𢦏，周書曰：我有𢧢于西。」（䖵部）

按：朱士端說文校定本引江氏尚書A（集）注云：「𢧢从𢦏，萅省聲。」今从之！

「野　　郊外也。从里，予聲。，古文野从里省从林（繫傳作：古文野从林）。」（里部）

按：甲、金文皆作，从林从土；睡虎地秦簡皆作，與古文同，乃增益予爲聲符（可視爲从埜，予聲之形聲字）。古鉥又作，繹山碑作，秦簡五十二病方作，西漢簡帛亦多作、老子甲本、相馬經、武威簡，知所謂从里，予聲之野本从田从土，予聲，後田、土乃合爲里字（漢即作）。

「動　　運，古文動从辵。」（力部）

「勇　　恿，古文勇从心。」

「鈕　　玨，古文鈕从玉。」（金部）

「隤　　讀，古文隤从谷。」（阜部）

「辜　　𣧑，古文辜从死。」（辛部）

　　按：𣦵，古文死字，舒盉壺作𣦻，與古文同。

「返　　彶，春秋傳返从彳。」（辵部）

　　按：鄂君舟節作𨒀，舒盉壺作𨓚。

「翼　　蹼，逸周書曰：不卵不蹼，以成鳥獸……。」（网部）

二、正文與籀文

「㫗　　溥也……雱籀文。」（一上上部）

　　按：王國維曰：「魚部魴下重文鰟，大徐本云魴或从旁，小徐本云籀文魴从旁，如小徐本是，則籀文固有旁字而以雱爲旁者假借字也，雱之本義爲雨盛，詩曰：『雨雪其雱（原注：毛傳雱，盛皃）』从雨方聲。」（史籀篇疏證）然籀文固有重文之例，如說文所出「箕」、「牆」重籀文一字，故王氏所云不必是！甲文旁字皆从方聲，其義符所以Ｈ、片則與凡字同形，孫海波云：「此與金文並从片，不从二、方，片古文凡，以爲風字，故旁有四面八方之意。」（甲骨文編）从凡（風）亦可有普遍之意，與許訓旁溥之意合，王筠說文句讀曰：「旁溥連語，即旁薄也。」其後或因「旁」義有引申，或因从Ｈ、片意漸不顯，籀文又別造从雨之雱字，段玉裁云：「籀文从雨，眾多如雨意也，毛（傳）云盛與許云溥正合。」（段注）

「嘯　　歗，籀文嘯从欠。」（口部）

「趲　　憳，籀文趲从心。」（是部）

「鞀　　薞，籀文鞀从殸召。」（革部）

「叜　　㝗，籀文从寸。」（又部）

「雞　　鷄，籀文雞从鳥。」（隹部）

「雛　　鶵，籀文雛从鳥。」

「雕 鵰，籒文雕从鳥。」

「雎 鶋，籒文雎从鳥。」

「雇 鳸，籒文雇从鳥。」

「離 鸝，籒文離从鳥。」

「肬 黓，籒文肬从黑。」（肉部）

「胗 疹，籒文胗从疒。」

「劍 剱，籒文劍从刀。」（刃部）

「牆 牆，籒文从二禾。（牆，籒文亦从二來。）」（嗇部）

「槃 盤，籒文从皿。」（木部）

「櫑 罍，籒文櫑。」

「糟 醩，籒文从酉。」（米部）

「瘴 癉，籒文从兂。」（疒部）

「岫 窋，籒文从穴。」（山部）

「豪 豪，籒文从豕。」（希部）

「甄 䰛，籒文甄从弼。」（瓦部）

「蚔 螷，籒文蚔从䖵。」（虫部）

按：說文分別虫、䖵、蟲為音義俱異之三字：

「虫，一名蝮，博三寸，首大如擘指，象其臥形。物之微細，或行或飛，或毛或蠃，或介或鱗，以虫為象。」許偉切

「䖵，蟲之總名也，从二虫……讀若昆。」古魂切

「蟲，有足謂之蟲，無足謂之豸；从三虫。」直弓切

學者或謂三字實一字，[註2] 其論之詳者，若饒炯云：

「虫、䖵、蟲一字重文，緣借虫以名微細動物，後人遂以二虫之䖵為蟲總名；三虫之蟲為蠕物有足謂之蟲，例與中、艸、茻、䒑分為數字相同，音隨義變，而䖵蟲以眾寄聲，強為別之。觀各部从䖵、蟲

〔註 2〕 如段玉裁云：「古虫、蟲不分，故以蟲諧聲之字，多省作虫，如融、蝕是也。」（段注，虫字條）徐灝云：「字形或重二或重三，則非蛇類明矣。戴氏侗曰：蟲或為䖵，或為虫者，從省以便書。」（段氏說文解字注箋，說文詁林虫下引）等。

者多从虫，从蠱聲者亦从虫。王筠説虫、蚰、蟲同物，即同字，如古文以中爲艸之比，是也。」（部首訂）

高鴻縉亦云：

「按三字實一字，羅振玉釋甲文 曰：象博首宛身之狀是也。殆其複體，或其籀文，許書分別三字，今以所从之偏旁觀之，知其意無別，字音亦當爲一音之分化。」（中國字例）〔註3〕

此説所據之論證，乃三部所从屬字每从虫从蚰从蟲互作，如虫部蝘或作蠹，蚳籀文作蠢，強籀文作彊；蚰部蠶或作蜙，螽或作蚤，螽或作螺，蠹或作蠹，蠹或作蜜，蠹或作蚊，蟲或作蚤，蠹或作蚄；蟲部蟲或作蚄，古文作蚌，蟲或作蚍，蟲或作蜚等字，然三字果如説文所云爲音義俱異之三字，則或从虫或从蚰从蟲自可視爲義近互作之例（三字繁簡不同，誼仍可通），未必爲三者同字之確證！

甲文除虫字外，亦多見 、字，用爲殷先公或神祇名或方國、地名。又數見 字，从从土，用爲人名，金文作子癸蠶觶、師酉鼎，亦用爲人名，均不足徵虫、蚰、蟲爲一字抑三字。迨睡虎地秦簡「秦律十八種」之田律云：「旱（旱）及暴風雨、水潦、螽（螽）蚰、羣它物傷稼者，亦輒言其頃數。」注云：「蚰，昆蟲，指其它蟲害。」〔註4〕又「法律答問」云：「當者（諸）侯不治騷馬，騷馬蟲皆麗衡厄軛靽轅軥，是以炎之。」注云：「騷，擾。騷馬或騷馬蟲指馬身上的害蟲。」則似別蚰、蟲爲二字。今仍依説文別三字爲異字，凡从虫从蚰若蟲互作者（如上舉説文諸例），仍視爲意符之不同！

「垣　龃，籀文垣从亶。」（土部）

「堵　罇，籀文从亶。」

「墾　壐，籀文从玉。」

「城　觚，籀文城从亶。」

「壞　嚾，籀文壞。」

「陴　韡，籀文陴从亶。」（阜部）

「醬　鹽也。从肉，从酉，酒以和醬也，爿聲。牆，籀文。」（酉部）

〔註3〕饒炯説見説文詁林蚰下引部首訂。高鴻縉説見金文詁林蚰下引。

〔註4〕見里仁書局版睡虎地秦墓竹簡，注者不詳。

按：朱駿聲云籀文从酉从皿，爿聲（說文通訓定聲）今从之！

「醢　　肉醬也。从酉，葢（繫傳作盍聲）。䤅，籀文。」

　　按：段玉裁云：「从艸謂芥醬、榆醬之屬也。从鹵謂鹽也。从葢猶从盍聲
　　　　也。」（段注）皿部：「葢，小甌也。从皿，有聲。讀若灰，一曰若
　　　　賄。葢，葢或从右。」

「箕　　匼，籀文箕。」（竹部）

三、正文與或體

「瑱　　䪾，瑱或从耳。」（玉部）

「玩　　貦，玩或从貝。」

「靈　　靈巫也，以玉事神，从玉，霝聲。靈，或从巫。」

　　按：靈訓靈巫，本自可从巫作靈，然其過程乃經一轉折，龍師宇純云：「金
　　　　文巫字作 𠀬 ，見齊姜簋，說文古文玉作 𤣩 ，兩者形近，疑從玉之靈
　　　　本亦從巫。」（說文讀記之一，靈字條）

「岃　　芬，岃或从艸。」（艸部）

「蔦　　樢，蔦或从木。」（艸部）

「湓　　盥，湓或从皿，皿器也。」

「唾　　涶，唾或从水。」（口部）

「哲　　悊，哲或从心。」

「嘖　　讀，嘖或从言。」

「吟　　訡，吟或从音。訡，或从言。」

「呦　　欨，呦或从欠。」

「延　　征，延或从彳。」（辵部）

「退　　徂，退或从彳。」

「遴　　僯，或从人。」

「徯　　蹊，徯或从足。」

「豧　　齵，豧或从齒。」（牙部）

「跟　　䟘，跟或从止。」（足部）

「躧　　鞭，或从革。」

「鼈　　箆，鼈或从竹。」（龠部）

「詠　　咏，或从口。」（言部）

「訝　　迓，訝或从辵。」

「詩　　悖，詩或从心。」

「譜　　唶，譜或从口。」

「鞬　　韄，鞬或从韋。」（革部）

「鬻　　鬻也，从弼，毓聲。鬻，鬻或省从米。」（弼部）

　　　按：或體从鬲从米，毓省聲。

「鬻　　餌，鬻或从食，耳聲。」（弼部）

「鬻　　煮，鬻或从火。」

「叔　　村，叔或从寸。」（又部）

「粆　　伇，粆或从人。」（攴部）

「翟　　鴛，翟或从鳥。」（隹部）

「雂　　瑪，雂或从鳥。」

「鶪　　雎，鶪或从隹。」（鳥部）

「鶯　　雤，鶯或从隹。」

「鶛　　雓，鶛或从隹。」

「鶹　　雓，鶹或从隹。」

「歺　　朽，歺或从木。」（歺部）

「膀　　髈，膀或从骨。」（肉部）

「虧　　𧇠，虧或从兮。」（亏部）

「鼖　　大鼓謂之鼖……从鼓賁省聲。鞼，鼖或从革，賁不省。」（鼓部）

「管　　琯，古者管以玉，或从玉（依段注之意）。」（竹部）

「盎　　瓷，盎或从瓦。」（皿部）

「阱　　穽，阱或从穴。」（井部）

「歙　　糦，餈或从米。」（食部）

「饎　　糦，饎或从米。」

「缾　　瓶，缾或从瓦。」（缶部）

「麳　　俫，麳或从亻。」（來部）

「羴　　莘，羴或从艸。」

「韌　　弴，韌或从弓。」（韋部）

「緞　　緞，緞或从系。」

「孍　　孍，孍或从要。」

「櫬　　鐯，或从金。」（木部）

「枱　　鈶，或从金。」

「櫑　　罍，櫑或从缶。㿻，櫑或从皿。」

「樵　　積木燎之也。从木从火，酉聲。禋，柴祭天神，或从示。」

「稑　　蓬，稑或从艸。」（禾部）

「黏　　粘，黏或从米。」（黍部）

「宋　　誅，宋或从言。」（宀部）

「寓　　庽，寓或从广。」

「竅　　竅，竅或从穴。」

「袷　　韐，袷或从韋。」（巿部）

「郂　　岐，郂或从山、支聲。因岐山以名之也。」（邑部）

「罧　　槮，罧或从㐱。」（网部）

「輟　　輟，輟或从車。」

「霬　　霬，霬或从雨。」（西部）

「常　　裳，常或从衣。」（巾部）

「幗　　襐，幗或从衣。」

「幝　　襌，幝或从衣。」

「帙　　袠，帙或从衣。」

「皤　　顱，皤或从頁。」（白部）

「儐　　擯，儐或从手。」

「俟　　娡，俟或从女。」

「襭　　擷，襭或从手。」（衣部）

「歌　　謌，歌或从言。」（欠部）

「頂　　𩕳，或从眞作（依段注本）。」（頁部）

　　按：大小徐本或體作𩕳，鈕樹玉曰：「小徐作：或從眞作，知篆本作𩕳，
　　　　玉篇、廣韻皆作𩕳。」（說文解字校錄）顏、頯之籀文从𥫃，其形較
　　　　古，此字或體作𩕳似爲不類，或當如鈕氏所云作𩕳，傳鈔譌爲𩕳！

「頿　　疕，頿或从广。」

「髮　　𩠦，髮或从眞。」（髟部）

「鬣　　𩬆，鬣或从毛。𤜶，或从豕。」

「匈　　胷，匈或从肉。」（勹部）

「厎　　砥，厎或从石。」（厂部）

「肆　　髤，或从髟。」（長部）

「𧱏　　蟲也，似豪豬而小。从希，胃省聲。蝟，或从虫作。」（希部）

「犴　　狐，犴或从犬。」（豸部）

「獘　　斃，獘或从死。」（犬部）

「鼢　　蚡，或从虫、分。」（鼠部）

「鼬　　貓，或从豸。」

「熬　　䴬，熬或从麥。」（火部）

「態　　意也。从心从能。𢛘，或从人。」（心部）

　　按：態訓意也，从能難以索解，慧琳一切經音義十五卷態注引說文：恣
　　　　也，从心，能聲。桂馥、王筠亦均主从能聲，孔廣居云：「態諧能聲，
　　　　不必強作會意解。」（說文疑疑）今从之。

「憚　　痑，或从广。」

「汀　　平也。从水，汀聲。𣶒，汀或从平。」（水部）

「雩　　𩁹，或从羽。雩，羽舞也。」（雨部）

「職　　聀，職或从眞。」（耳部）

「抗　　杭，抗或从木。」（手部）

「搴　　㯮，搴或从木。」

「姷　　侑，姷或从亻。」（女部）

「媿　　愧，媿或从恥省。」

按：段玉裁云：「（从恥省）即謂从心可也。」（段注）

「鹽　　櫱，鹽或从木。」（匚部）

「紙　　茯，紙或从艸。」（系部）

「綌　　帤，綌或从巾。」

「緆　　糲，緆或从麻。」

「韓　　綽，韓或省。」（素部）

「繛　　緩，繛或省。」

按：韓、繛篆从系，說文云从素省，然素亦从系，義或可通，从系自可
　　表意，故朱駿聲逕云从系，今从之！

「蝘　　蠱，蝘或从虫。」（虫部）

「菫　　蟁，菫或从虫。」

「蟹　　鱖，蟹或从魚。」

「盏　　蚩，盏或从虫。」（蚰部）

「蟊　　螯，或从虫。」

「蟊　　蚕，蟊或从虫。」

「蠱　　蛮，蠱或从虫。」

「蠹　　蚝，蠹或从虫。」（蟲部）

「蠿　　蛭，或从虫。」（黽部）

「鼀　　蛛，鼀或从虫。」

「坥　　陒，坥或从阜。」（土部）

「塱　　陌，塱或从阜。」

「墰　　隑，墰或从阜。」

「鏝　　槾，鏝或从木。」（金部）

「鑣　　觼，鑣或从角。」

「軝　　靳，軝或从革。」（車部）

「輗　　梘，輗或从木。」

「阯　　址，阯或从土。」（阜部）

「醮　　禡，醮或从示。」（酉部）

「嗥　獆，譚長說嗥从犬。」（口部）

「䘑　腫血也。从血，農省聲，膿，俗䘑，从肉，農聲。」（血部）

「䜁　豉，俗䜁从豆。」（尗部）

四、正文與篆文

「飛　𩙿也。从飛，異聲。翼，篆文翼从羽。」（飛部）

「頤　（臣），篆文臣。𦣞，籀文从首。」（臣部）

> 按：此字籀文由正文增益意符而成（已入增益意符類），亦可視為从首，臣聲之形聲字，篆文乃就籀文易意符為頁。

「盧　（㢝），篆文盧。𤬛，籀文盧。」（𠙹部）

> 按：籀文本由盧累增皿成盧後又增益缶旁而來，說已見前「增益意符」類之籀文𤬛字條。然此字亦可視為廣義之形聲字：从缶，盧聲。篆文即由此而更易意符為㢝。

第四節　形聲字聲符不同

　　說文敘云：「形聲者，以事為名，取譬相成，江河是也。」許慎以為形聲字聲符與其字語音間為「譬況」之關係，並非嚴格要求同音。原本二者應以同音為理想，然而某些形聲字於始造之初即不以完全同音之字為聲符，此殆因聲符不宜用生僻或字形繁複者充當，故形聲字於選取聲符時，遇值有其音而無其字或雖有字而嫌於其字生僻、繁重之情況，常稍放寬聲符之語音條件。然此云「放寬」，實際上聲符之語音要求仍必須聲母與韻母同時兼顧，並非僅止於聲母或韻母之片面關係（參龍師宇純中國文字學三章八節論音韻之運用）。正重文形聲字聲符不同者，其重文聲符與正文之音韻關係亦絕大多數符合聲、韻母兼顧之原則，雖有少數例外諧聲之現象，然亦或有平行事例，顯示其聲音之差異，為方言音異或古今音變所致！

　　形聲字聲符與其字語音既為譬況關係，則凡音同音近者本皆得為聲符，雖因約定俗成之故，尚不致於泛濫，然由時殊地異產生聲符不同異體亦勢所難免。據本文分類，「形聲字聲符不同」者，合古、籀、或、篆約二百九十例，而亦有聲符不同關係之「形聲字意符俱異」類，計約八十例，故正重文同為形聲字而其聲符不同者合此二類約三百七十例。朱駿聲六書爻例曾依六書分類統計說

文中字，其中形聲字七千六百九十七字，今以朱氏所統計以計算，則說文中形聲字平均約有百分之四點八有聲符不同之重文，即每將近二十字形聲字，即有一字有聲符不同之重文，比例不可謂不高（依相同方式計算，意符不同者約百分之三點六）。

造成形聲字聲符不同之原因，主要殆係因文字非一人一時一地所造，故有方言異音與古今音變，爲求更能反映當時當地之實際語音遂更易聲符，如唐，甲文作，說文云从口、庚聲，然唐、庚聲母有別，古文改从音近之易聲作啺；其他如蠹，俗字作蚊；籀文𩍰，小篆作駕，从加聲等皆其例！此外，爲求簡化而改易聲符，如籀文嬻、媢、𡡓，小篆作妘、姻、衺；小篆譋、墣、煙，或體作謟、圤、烟等，亦爲部分因素。說文重文保存許多因古今音變及方言音異所造成之聲符不同字，對研究古代漢語音韻爲一重要資料來源！

一、正文與古文

「璿　璚，古文璿。」（玉部）

「瑁　玥，古文省。」

按：冒，目古音近，或體固可从目爲聲，未必篆文之省。

「玕　𤧆，古文玕。」

「唐　啺，古文唐从口易。」（口部）

「遜　𨘢，古文遜。」（辵部）

「詩　𧥒，古文詩省。」（言部）

按：王筠等云古文从㞢聲，今从之！時之古文旹，亦从㞢聲。

「謀　𧫷，亦古文。」

「訊　𧧘，古文訊从鹵（按：鹵，古文西。）」

「訟　䜰，古文訟。」

「譙　誚，古文譙从肖。周書曰：亦未敢誚公。」

「鞄　韇，古文鞄从亶。」（革部）

「睦　，古文睦。」（目部）

按：古文、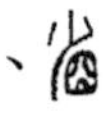、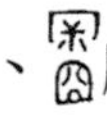所从囧，即目之形譌。

「雉　鮷，古文雉从弟。」（隹部）

「姐 㛤，古文姐从夕从作。」（夕部）

「簬 籚，古文簬从輅。」（竹部）

「飽 餘，古文飽从孚。䭇，亦古文飽从卯聲。」（食部）

「櫨 桙，亦古文櫨。」（木部）

「麓 㯟，古文从彔。」（林部）

「岐 （郊），郊或从山、支聲。因岐山以名之也。梈，古文郊从枝从山。」
（邑部）

「時 㫑，古文時从之日。」（日部）

　　按：甲金文作㫑甲三〇、㫑中山王壺，與古文同。

「霸 𩁹，古文霸。」（月部）

　　按：或云𩁹者雨之譌，然雨爲常見字，似無由譌爲不常見之形，古文字中
　　　　亦未見此類譌變。疑古文从月，𠭯聲，𠭯即番之古文—𠭯（側之即
　　　　與古文所从形近），霸、番（𠭯）古聲同、韻近。

「糙 糝，古文糙从參。」（米部）

「容 㝐，古文容从公。」（宀部）

「侮 㑄，古文从母。」（人部）

「旬 偏也；十日爲旬。从勹、日。𠣙，古文。」（勹部）

　　按：甲文旬作𠣙、𠦬、𠦬、𠣙等，學者論其本形者眾，李師孝定曰：「旬
　　　　字何以作此形，則殊難塙指。」（甲文集釋旬字條）十日爲旬，故金
　　　　文加日以確指其義作：𠣙王來奠新邑鼎（本形本義不詳，未悉其爲累
　　　　增字或轉注字，今姑以爲廣義之形聲字：𠣙、𠣙聲）古文旬則从日、
　　　　勻聲，金文作𠣙王孫鐘。

「磬 硁，古文从巠。」（石部）

「裁 秌，古文从才。」（火部）

「恕 忞，古文省。」（心部）

　　按：段玉裁、朱駿聲以爲古文从女聲，今從之！

「懼 愳，古文。」

　　按：朱駿聲云古文从䀠聲，（四篇上䀠字音讀與瞿同）今從之！䀠，金文
　　　　作㗊目癸鼎、㗊䀠𣪘等，古鉢作㗊。

「悟 恙，古文悟。」

　　按：朱駿聲云古文从五聲，今從之！吾為五之繁構。

「愸 慸，古文。」

　　按：八篇下「兂，飲食㱃气不得息曰无。从反欠，先，古文兂。」既從兂聲。

「患 憂也。从心上貫吅，吅亦聲。悶，古文从關省。」

　　按：段玉裁云：「（从心上貫吅，吅亦聲）此八字乃淺人所改竄，古文當作：从心，毌聲四字，毌、貫古今字。」（段注）毌、患音近，段說或是！

「恐 忎，古文。」

「漾 瀁，古文从養。」（水部）

「漿 酢漿也。从水，將省聲。𤖅，古文漿省。」

　　按：段玉裁云：「（古文）从爿聲。」（段注）今從之！

「湛 沒也。从水，甚聲。淡，古文。」

　　按：古文所从淡乃炎字變體（金文作炎、炏），古文从水，炎聲，湛宅減切、炎以贍切（據王仁煦刊謬補缺切韻艷韻）古聲、韻俱近。本部另有淡字，訓「薄味也」，殆與此淡（湛）字為同形異字！

「閾 閾，古文閾从洫。」（門部）

「聞 䎽，古文从昏。」（耳部）

「紹 綤，古文紹从邵。」（系部）

　　按：大小徐古文作綤有誤，段注本依玉篇、廣韻、汗簡改正為綤。

「綫 線，古文綫。」

「蠶 蝅，古文省。」（虫部）

　　按：王筠、朱駿聲並云古文从夅聲，今從之！

「坚 聖，古文坚从土、即。虞書曰：龍，朕坚讒說殄行。坚，疾惡也。」（土部）

「壞 圵，古文壞省。」

　　按：衣部褱从㒰聲，朱駿聲故云古文从㒰聲，今從之！然此㒰字當讀其冀切（褱、鰥以之為聲符），與說文目部訓目及，音徒合切之㒰（遝、罬、鰥、罷以之為聲符）為同形異字（詳見龍師宇純，再論上古音-b尾說）。

「勳　　勛，古文勳从員。」（力部）

「勥　　勥，古文从彊。」

「鐵　　銕，古文鐵从夷。」（金部）

「鈞　　銞，古文鈞从旬。」

「觶　　鄉飲酒觶。从角，單聲。禮曰：一人洗舉觶，觶受四升。觗，禮經
觶。」（角部）

二、正文與籀文

「祺　　禥，籀文从基。」（示部）

「薇　　蔽，籀文薇省。」（艸部）

　　按：王國維云：「案蔽从艸敳聲，許言薇省者承篆文言之也。」（史籀篇
疏證）此謂籀文字形視篆文字形為簡省。非籀文從薇而省「彳」。就
文字發展而言，甲金文已有敳字，微則石鼓文始見，故籀文乃从敳
聲，非从微省！

「薇　　籤，籀文从微省。」（竹部）

　　按：同上薇字。

「蓬　　艂，籀文蓬省。」

　　按：王國維云：「籀文此字从艸，夆聲，許云蓬省亦承篆文言之。」（史
籀篇疏證）

「迹　　速，籀文迹从束。」

「退　　遺，籀文从虘。」

「述　　遯，籀文从秫。」

「速　　遬，籀文从欶。」

「遲　　遲，籀文遲。」

「逋　　逋，籀文逋从捕。」

「話　　譮，籀文話从會。」

「詢　　詖言聲，从言，勻省聲。……詢，籀文不省。」

　　按：詢，金文作　　敄錄簋，从言勹聲（勹即旬之初文），非从勻省聲；籀文
从勻聲。

「戴　　䵧，籀文戴。」（異部）

按：段玉裁云：「弋聲、𢦔聲同在一部，蓋非從戈也。」（段注）其說可从！

「䴉　　鸍，籀文䴉从廛。」（鳥部）

「飴　　𩜾，籀文飴从異省。」（食部）

「樹　　木生植之總名也。从木，尌聲。尌，籀文。」（木部）

按：石鼓文樹字作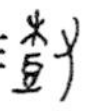，與籀文近（从寸殆从又增筆），疑本从（寸）从木，豆聲；篆文易爲从壴聲，豆、壴古音近。

「𦳝　　𣡳，籀文。」

「枱　　𣐍，籀文从辝。」

按：辝爲辭之籀文。

「糂　　䊉，籀文糂从朁。」（米部）

「枲　　𣏟，籀文枲，从林，从辝。」（𣏟部）

「宇　　寓，籀文宇从禹。」（宀部）

「寑　　臥也，从㑴聲。𡩤，籀文寑省。」

按：唐蘭云：「（卜辭）、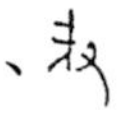，乃㝲字……說文無㝲字，於蔓、𡩤、祲、梫、駸、綅、埐等字並謂爲从㑴省聲……今據卜辭有㝲字，則㑴字正從㝲聲，其餘從㝲作之字，亦非從㑴省矣（原注：凡从㝲之字得變从㑴，如蔓爲蘉，𡩤爲寑，是非㑴省。）」（唐蘭殷墟文字記，甲文集釋第三㝲字條引）

「疛　　𤵸，籀文从𠬝（按：此依段注本，大小徐作𤵸）。」

「癃　　𤺋，籀文癃省。」

按：王筠云：「隆從生，降聲；降從𨸏，夅聲。則㾈從夅聲自合。」（說文句讀；以下簡省稱「句讀」）其說可从，篆籀自可視爲聲符不同之異體，未必有簡省關係。

「仿　　俩，籀文仿从丙。」（人部）

「褏　　𧜭，籀文褏从𣏟。」（衣部）

「頌　　額，籀文。」（頁部）

「頂　　顥，籀文从鼎。」

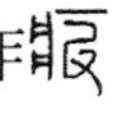

「騧　　驕，籀文騧。」（馬部）

「騥　　驒，籀文从丞。」

「鼰　　🐭，籀文省。」（鼠部）

　　按：依說文，𠀎爲終之古文。甲文作🔸，金文作🔸，均用爲「終」字。

「穮　　以火乾肉，从火，稫聲。𤎅，籀文不省。」（火部）

　　按：徐鉉云：「（稫聲）說文無稫字，當从𥝩省，疑傳寫之誤。」然繫傳亦作「稫聲」，且無籀文𤎅。然則說文或偶漏稫字，甚或稫即𥝩之異體（禾、黍義近，黍部：「𥝩，治黍、禾、豆下潰葉。」故𥝩自可从禾作稫。）

「烖　　（災，或从宀、火。𤈦，古文从才。）災，籀文从𖦦。」（火部）

　　按：戋本兵災專字，𖦦、水災專字，後各益之以火字爲意符，轉爲形聲字（本當言轉注字，可視爲廣義之形聲）。

「悄　　慁，籀文。」（心部）

「霿　　雺，籀文省。」（雨部）

　　按：朱駿聲云籀文从矛聲，今从之！

「鱣　　鯉也。从魚，亶聲。鱣，籀文鱣。」（魚部）

　　按：段玉裁、朱駿聲並云籀文从蟺聲，今从之！

「魴　　鰟，籀文魴从旁（依繫傳）。」

　　按：大徐以鰟爲或體，然小徐及玉篇皆云籀文，石鼓文亦作鰟，今從繫傳！

「妘　　嫘，籀文妘从員。」（女部）

「姻　　婣，籀文姻从開。」

「妣　　𣬈，籀文妣省。」

　　按：甲文假匕（🔸、🔸）、比（🔸、🔸）字爲妣，金文各增以女符作🔸陳侯平錞、🔸籥侯簋，乃轉注字（可視爲廣義之形聲字，𣬈从匕聲，妣从比聲）。

「娟　　嬛，籀文娟从爾。」

「嫡　　㜤，籀文嫡。」

「繪　　帛也……繪，籀文繪从宰省。揚雄以爲漢律祠宗廟丹書告。」（系部）

按：段玉裁云：「宰省聲也。不曰辛聲，定爲宰省聲者，辛與曾有眞、蒸之別。宰省與曾爲之蒸之相合……綷爲祠宗廟丹書告神之帛，見於漢律者字如此作，楊雄言之。雄甘泉賦曰：上天之綷，蓋即謂郊祀丹書告神者，此則从宰不省者也。」（段注）

「紟 綌，籀文从金。」

「𧯫 𧯫，籀文艱从喜。」（堇部）

按：甲文作𧯫、𧯫，金文增繁作𧯫不𢦏簋、𧯫，即籀文所自昉。龍師宇純云：𧯫於契文既爲鐘鼓字，又讀同「還師振旅樂」之豈（篆作𧯫，係由𧯫所改變；𧯫本作𧯫，爲鼓字，象鼓在架中之形，𧯫字亦取鼓形見意）。龍師云：「𧯫與艱同字，亦與歖同。說文云歖字从豈聲，讀若墾。清儒以墾即艱字。墾、豈二字雙聲對轉。」〔註5〕

「陸 高平地。从𨸏，从坴，坴亦聲（繫傳作：從𨸏，坴聲）𨸏，籀文陸。」（𨸏部）

按：早期金文作𨸏父乙卣、𨸏義伯簋，从𦰩聲（𦰩、𦰩蓋疊其形），後作𨸏邾公鈀鐘，从坴聲。

「孳 汲汲生也。从子，茲聲。𡥛，籀文孳从絲。」（子部）

按：𡥛即子之籀文。

「酸 䤍，籀文酸从畯。」（酉部）

三、正文與或體

「祀 禩，祀或从異。」（示部）

「禱 𥙃，禱或省。」

按：或體即从𠃚聲，前已言之！壽亦从𠃚得聲！

「縍 祊，縍或从方。」

「瓊 璚，瓊或从矞。瑓，瓊或从巂。琁，瓊或从旋省。」（玉部）

「球 璆，球或从翏。」

「璂 璂，璂或从基。」

「琨 瑻，琨或从貫。」

〔註 5〕 中國文字學，190～191 頁，又參 130、347～349 頁。

「藼　蕿，或从煖。萱，或从宣。」

「𦾓　蓾，𦾓或从鹵。」

「薟　蘞，薟或从斂。」

「䓞　菼，䓞或从炎。」

「菣　𦽦，菣或从堅。」

「莕　荇，莕或从行同。」

「蔪　𧃒，蔪或从槧。」

「𧂭　藔，𧂭或从潦。」

「蒸　𦱳，蒸或省火。」

按：段玉裁、王筠等以爲或體从丞聲，今從之！

「薻　藻，薻或从澡。」

「噍　嚼，噍或从爵。」（口部）

「喟　嘳，喟或从貴。」

「嘒　嚖，或从慧。」

「遲　𨒈，遲或从𡰥。」

按：李師孝定云：「甲骨文作，與或體同，其左从二人相違，篆作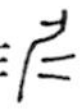，下从二短畫，古人作字，重文有此例。」（讀說文記，遲字條）

「達　达，達或从大。」

「迺　逎，或从西。」

「齰　齚，齰或从乍。」（齒部）

「蹶　𨇴，蹶或从闕。」（足部）

「跀　䟒，跀或从兀。」

「舓　䑛，舓或从也。」（舌部）

「讇　諂，讇或省。」（言部）

按：繫傳云：「讇或從臽。」今從之！閻即从臽聲。

「𧩯　𧦝，𧩯或从包。」（言部）

「謣　誇，謣或从夸。」

「詾　𧦝，詾或从兇。訩，或省。」

按：朱駿聲云訩即從凶聲，今從之。

「諓　　謯，訴或从言、朔。」

「詘　　詘，詘或从屈。」

「讕　　譋，讕或从閒。」

「謳　　……从言區省聲。讔，或不省。」

　　按：繫傳云：謳从晶聲，讔或從區（聲），今從之！

「謑　　譐，謑或从臭。」

「詬　　詢，詬或从句。」

「鞠　　鞫，鞠或从𩍂。」（革部）

「鞉　　鞺，鞉或从兆。」

「鞔　　鞥，鞔或从宛。」

「鞼　　韚，鞼或从革贊。」

「赦　　赦，赦或从赤。」

「睅　　睆，睅或从完。」（目部）

「旬　　目搖也，从目勻省聲。眴，眴或从旬。」

「脩　　盷，脩或从𠃊。」

「翍　　翄，翍或从羽、氏。」（羽部）

「鶌　　鷲，鶌或从秋。」

「鸇　　鷐，鸇或从㢡。」

「鴇　　鴤，鴇或从包。」

「鵝　　鵾，鵝或从㕯。」

「鵜　　鵜，鵜或从弟。」

「歾　　歾，歾或从𣨛。」（歺部）

「肬　　臆，肬或从意。」（肉部）

「胑　　肢，胑或从支。」

「膍　　肶，膍或从比。」

「臂　　膟，臂或从率。」

「膫　　膋，膫或从勞省聲。」

「腜　　臡，腜或从難。」

「剝　　卜刂，剝或从卜。」（刀部）

「穮　　耘，穮或从芸。」（耒部）

「觶　　觝，觶或从辰。」（角部）

「籭　　簁，籭或从彔。」（竹部）

「箟　　簍，箟或从妾。」

「盇　　盍，盇或从右。」（皿部）

「衉　　衉，衉或从贛。」（血部）

「饡　　饋，饡或作貴。餴，饡或从奔。」（食部）

「飲　　餰，飲或从齊。」

「饎　　餥，饎或从巸。」

「籑　　饌，籑或从巽。」

「餯　　餳，餯或从傷省聲。」

「麩　　麱，麩或从甫。」（麥部）

「梅　　楳，或从某。」（木部）

「桮　　㮉，或从㫚省，㫚，籀文寷。」

「杶　　櫄，或从熏。」

「樗　　檴，或从蒦。」

「楮　　柠，楮或从宁。」

「松　　㮤，松或从容。」

「槸　　槷，槸或从艸。」

　　按：繫傳作：「或從藝作。」是也！火部熱，說解云从火埶聲，說文無埶
　　　字蓋失收。

「植　　櫃，或从置。」

「梠　　梩，或从里。」

「柄　　棅，或从秉。」

「床　　柅，床或从木、尼聲。」

「櫓　　樐，或从鹵。」

「欁　　槷，欁或从木辥聲。」

「暱　　昵，暱或从尼。」（日部）

「籚　　鑪，籚或从遺。」（瓜部）

「旃　　擅，旃或从亶。」

「穋　　穆，穋或从翏。」（禾部）

「齋　　秋，齋或从次。」

「秔　　粳，秔或从更聲。」

「稈　　秆，稈或从干。」

「黏　　靭，黏或从刃。」（黍部）

「氣　　槩，氣或从既。」（米部）

「韲　　虀，韲或从齊。」（韭部）

「瓞　　瓝，瓞或从弗。」（瓜部）

　　按：段玉裁云：「弗當作弟，篆體誤也。尚書平秩亦作平豑；釋草稊亦曰
　　　　芙，是其例。」（段注）

「宛　　惌，宛或从心（繫傳作：『或从怨。』）。」（宀部）

「癆　　療，或从寮。」（疒部）

「冕　　絻，冕或从系。」（日部）

「罶　　罺，罶或从婁。春秋國語曰：溝眔罺。」（网部）

「罬　　挈，罬或从孚。」

「罝　　罻，罝或从系。」

　　按：段玉裁等俱以爲或體从組聲。

「幒　　褷，幒或从松。」（巾部）

「俴　　偰，俴或从剡。」（人部）

「袗　　裖，袗或从辰。」（衣部）

「襱　　襩，襱或从賣。」

「蠃　　裸，蠃或从果。」

「髳　　髦，髳或省。漢令有髦長。」（髟部）

按：朱駿聲云或體从矛聲，今從之！

「髢　　髶，髢或从也聲。」

「髡　髨，或从元。」

「𠣞　𠣝，或省彳。」（勹部）

按：牆盤作，與或體同，當如朱駿聲云从复聲。

「陖　峻，陖或省。」（山部）

按：或體當如朱駿聲云从夋聲。

「确　殻，确或从㱿。」（石部）

「貔　豼，或从比。」（豸部）

「驘　⿰馬羸，或从羸。」（馬部）

「麔　麂，或从几。」（鹿部）

「麠　麖，或从京。」

「猵　獱，或从賓。」（犬部）

「爤　燗，或从閒。」（火部）

「煙　烟，或从因。」

「爟　烜，或从亘。」

「⿰赤巠　赬，⿰赤巠或从貞。䞎，或从丁。」（赤部）

「竢　䇃，或从巳。」（立部）

「䇓　⿰立芻，或从芻。」

「懋　⿱矛心，或省。」（心部）

按：朱駿聲云或體从矛聲，今從之！

「愆　⿱寒心，或从寒省。」

「惕　悐，或从狄。」

「悑　怖，或从布聲。」

「涽　㳷，涽或从聒。」（水部）

「瀾　漣，瀾或从連。」

「淦　汵，淦或从今。」

「漉　淥，漉或从彔。」

「澣　浣，澣或从完。」

「𠗨　凌，𠗨或从夌。」（仌部）

「霰　　霓，霰或从見。」（雨部）

「鯁　　鯿，鯁又（繫傳作：或）从扁。」（魚部）

「鰻　　鰛，鰻或从匽。」

「鯽　　鯽，鯽或从即。」

「鱷　　鯨，鱷或从京。」

「聃　　甜，聃或从甘。」（耳部）

「聭　　聲，聭或从叔。」

　　　　按：說文無叔字，艸部蓛、邑部郰（从邑、叔省聲）皆苦怪反。爾雅有叔，
　　　　　　音義曰：叔，苦怪反，又墟季反，是貴、叔音近可諧！

「捡　　撙，捡或从禁。」（手部）

「搹　　挬，搹或从戹。」

「抒　　抱，抒或从包。」

「抍　　撜，抍或从登。」

「拓　　摭，拓或从庶。」

「揂　　抽，揂或从由。挎，揂或以秀。」

「妗　　姼，妗或从氏。」（女部）

「甄　　藝，甄或从埶。」（瓦部）

「弬　　聏，弬或从兒。」（弓部）

「弛　　虝，弛或从虎。」

「紝　　絍，紝或从任。」（系部）

「縊　　緹，縊或从呈。」

「𥾈　　綦，𥾈或从其。」

　　　　按：𥾈，各本作綥，段玉裁改為𥾈，云：「此用𦥑部之𦥔為聲。非用开
　　　　　　部之𠀝為聲也。𦥑部之𦥔从甘缶之甘為聲。」（段注）𠀝、𥾈聲韻
　　　　　　俱異，𠀝不當為聲符，蓋𦥔、𠀝形近而誤𦥔為𠀝！

「紘　　絋，紘或从弘。」

「緁　　緝，緁或从習。」

「紲　　緤，紲或从枼。」

「纊　絖，纊或从光。」

「緰　緯，緰或从辡。辡，籀文弁。」

「螾　蚓，螾或从引。」（虫部）

「蜾　蠃，蜾或从果。」

「蚣　蜙，蚣或省。」

　　按：朱駿聲云或體从公聲，今从之！

「蜩　蚋，蜩或从舟。」

「蜦　蜧，蜦或从戾。」

「蟘　蟈，蟘或从國。」

「蟲　蠱，蟲或从昏，以昏時出也。」（蚰部）

　　按：說文義證、說文句讀、說文通訓定聲所據本或體作蠱，可从！日部
　　　　昏訓日冥，解云一曰民聲，蠱亦从昏（昏）聲，未必爲會意字！

「飆　颮，飆或从包。」（風部）

「黿　䵶，黿或从酋。」（黽部）

「墣　圤，墣或从卜。」（土部）

「垠　圻，垠或从斤。」

「鐵　銕，鐵或省。」（金部）

　　按：戴从戜聲，王筠、朱駿聲云或體从戜聲，今从之！

「鏶　鍓，鏶或从咠。」

「鋙　鋙，鋙或从吾。」

「鐘　鏞，鐘或从甬。」

「輮　輈，輮或从需，司馬相如說。」（車部）

「輢　輢，輢或从宜。」

「醻　酬，醻或从州。」（酉部）

「釀　酲，釀或从巨。」

「茵　鞇，司馬相如說茵从革。」（艸部）

「莒　芎，司馬相如說莒或从弓。」

「菠　蘧，司馬相如說菠或从遽。」

「芰　　芰，杜林說芰从多。」

「鸇　　鷁，司馬相如說从鳥夌聲。」（鳥部）

「鶂　　鷁，司馬相如說鶂从赤。」

「𦙫　　食所遺也，从肉仕聲。𣎜，揚雄說𦙫从弗。」（肉部）

「狋　　怯，杜林說狋从心。」（犬部）

「觹　　觥，俗觹从光。」（角部）

「𧚇　　袂也。从衣，采聲。袖，俗𧚇从由。」（衣部）

「織　　紭，樂浪挈令織从系从式。」（系部）

第五節　形聲字聲意符俱異

　　前二節形聲字意符不同、聲符不同類及本節聲、意符俱異皆於形聲字之偏旁有所變異，唯上二類仍有部分偏旁：或表意或標音，正重文間仍得有所聯繫，此節則聲意符俱不同，至其何以造成偏旁不同之原因及顯示之現象，與上二類類同，茲不贅述！

　　形聲字為漢字造字法中最後發展成熟且能產生性最高者，而因方域或古今之殊異而導致之文字異形現象亦最能於形聲字結構變異現象中表現出。正重文間形聲字偏旁不同者合意符不同、聲符不同及聲意符俱異三類，計約五百七十字，佔重文總數之百分之四十五左右，比例相當高！而其中值得注意者，一般皆以為六國古文文字異形現象較西土秦地為嚴重，然合此三類字，古文約一百一十餘例，籀文約九十例，以重文中古、籀字數而言，籀文比例高於古文甚多，此現象實顯示秦域文字異形現象亦相當多，前人未通盤分析重文文字結構，又注目於古文形體譌變劇烈之現象，以為即文字異形現象之證，遂以為文字異形為六國古文所專擅，其誤於此可見！尤有進者，或體多秦以後字，然其形聲偏旁不同之三類字約三百六十餘字，佔或體總數逾七成，顯示秦小篆雖於整齊先秦文字形體有很大作用，然文字終究是群眾集體之創造，政治強制力消失後，文字異形現象又隨之而復興！

一、正文與古文

「速　　警，古文从欶从言。」（辵部）

「遷　　拪，古文遷从手西。」

「謀　　㫚，古文謀。」（言部）

「簠　　医，古文簠，从匚夫。」（竹部）

「築　　篁，古文。」（木部）

按：古文，大徐作䈞；小徐作𡏤，云：「從土、筥聲。」

「期　　𣅀，古文期从日、丌。」（月部）

「䊆　　鞠，䊆或从麥，鞠省聲。」（米部）

「帷　　匯，古文惟。」（巾部）

「份　　彬，古文份从彡、林，林者从焚省聲。」（人部）

「視　　眡，古文視。」（見部）

「膌　　㾊，古文膌。从疒、朿，朿亦聲。」（肉部）

「閔　　弔者在門也。从門，文聲。𢘑，古文閔（繫傳曰：古文閔从思、民。）」（門部）

按：古文所从上體當是民字古文𢀓（三體石經民作𢀓，𠫑盗壺作𢀓）之譌。然玉篇思部有䜬字，注云：傷也，痛也，古文愍。汗簡閔字作𢘑，馬敘倫謂此字當即說文所自譌，字从心，昏聲，即惛、愍字，古或假爲閔，說文誤廁爲重文（說文解字六書疏證），說可存參，今仍从說文，古文从思，民聲。

「弼　　㢸，古文弻。（繫傳作：弼或如此）」（弜部）

按：王國維云弼，从西，弜聲（釋弼）；㢸則从弓，弗聲。

「蚳　　𨑩，古文蚳从辰、土。」

「𧖿　　蟲食草根者，从蟲，𢆉象形。蛑，古文𧖿从虫从牟。」（蟲部）

按：鈕樹玉云：「玉篇作蟊，蟊从蟲，矛聲，古文矛作𢦤，此或从古文省，後人改作𢆉爲象形。」（說文校錄）嚴可均曰：「𢆉即矛字，衣部籀文𧝓，系部古文𦅸，皆如此作。」（說文校議）桂馥亦云：「象其形當作矛聲，本從古文矛，傳寫譌謬，後人不識，遂改諧聲爲象形。」（說文義證）今从之！

「席　　藉也……从巾，庶省聲。𡩍，古文席从石省。」（巾部）

按：古文从囦，石省聲（龍師宇純說）。囦即西之初文，乃席之象形。

「玭　　珠也。从玉，比聲……蠙，夏書玭从虫、賓。」（玉部）

「𣧻　羽獵韋絝。从𣧻，夲聲。𧝷，虞書曰：鳥獸𧝷毛。从朕从衣（以上依
　　　繫傳）。」（𣧻部）

二、正文與籀文

「剛　　刀劍刃也，从刀㓶聲。䂁，籀文剛从韧、各。」（刀部）

「觴　　觶，實曰觴，虛曰觶，从角煬省聲（繫傳作从昜聲）。𧣟，籀文觴从
　　　爵省。」（觴部）

　　按：金文作𤉢觴姬簋，从爵，易聲，形構與籀文似。

「籩　　匽，籀文籩。」（竹部）

「餔　　𥹝，籀文餔从皿，浦聲。」（食部）

「梧　　匤，籀文梧。」（木部）（按：繫傳作匤。）

「駕　　犌，籀文駕。」（馬部）

「愆　　𠍴，籀文。」（心部）

「柩　　匶，籀文柩。」（匚部）

　　按：玉篇：「匛，棺也，亦作柩。」柩乃自匛累增偏旁，匛則从匚，久聲，
　　　說文蓋闕漏匛字。

「強　　𧖑，籀文強从蚰、彊。」（虫部）

「地　　隧，籀文地从𨸏、土，彖聲。（依段注本）」（土部）

　　按：大徐作「墬，籀文地从隊。」繫傳作「墬，籀文地從𨸏、土，象聲。」
　　　段玉裁依小徐而改象聲為彖聲，今從之！

「齈　　陋也。从𪔅，𦰩聲，𦰩、籀文嗌字。𪙉，籀文齈从𪔶、益。」（𪔅部）

三、正文與或體

「禂　　驕，或从馬壽省聲（繫傳作騜）。」（示部）

「薾　　稉，薾或从禾。」（艸部）

「𦯔　　藞，𦯔或从麻。」

「菹　　酢菜也。从艸，沮聲。薀，或从缶。」

　　按：朱駿聲云：「（薀）从艸从缶、皿，且聲。」（說文通訓定聲）今從之！

「薅……从蓐，好省聲……茠，薅或从休。」（蓐部）

「吻　脣，吻或从肉从昬。」（口部）

「迹　蹟，或从足責。」（辵部）

「矮　蜲，或从虫爲。」

「逃　逃也（依繫傳，大徐作兆也）……糶：逃或从藋从兆。」

　　按：段玉裁云：「从兆者从逃省也，从藋者藋聲也。」（段注）

「远　踂，远或从足从更。」

「譛　愬，訴或从朔心。」

「鞀　鼗，鞀或从鼓从兆。」（革部）

「鸞　粖，鸞或省从末。」（弼部）

　　按：當如朱駿聲云：「从米，末聲。」（通訓定聲）

「鬻　餰，鬻或从食衍聲。飦：或从干聲。餰，或从建聲。」（弼部）

「鬻　餗，鬻或从食，束聲。」

「鬴　釜，鬴或从金，父聲。」（鬲部）

「雇　鳸，雇或从雩。」（隹部）

「舊　鵂，舊或从鳥休聲。」（萑部）

「鴇　鳵，鴇或从隹臾。」（鳥部）

「膌　癠，膌或从豦。」（肉部）

「觼　鐍，觼或从矞。」（角部）

「籣　觸，籣或从角从閒。」（竹部）

「劗　叙，劗或从又，魚聲。」

「衋　衋也。从血，莇聲。衋，衋或从缶。」（血部）

　　按：朱駿聲云：「（衋）从血从缶，且聲。」（說文通訓定聲）今從之！

「否　相與語唾而不受也。从𠂆，从否，𠂆亦聲，歆，否或从豆欠。」（𠂆部）

　　按：段玉裁云：「欠者，口气也。豆者，聲也。」（段注）

「嗇　秙，嗇或从禾。」（㐭部）

「饕　叨，饕或从口，刀聲。」（食部）

「高　小堂也，从高省，冋聲。廎，高或从广、頃。」（高部）

「雞　𦶎，雞或从艸、皇。」（彔部）

「韇　墊，韇或从秋手。」（韋部）

「𦸫　　芎，𦸫或从艸从夸。」（艸部）

「稃　　粰，稃或从米，付聲。」（禾部）

「寏　　院，寏或从𨸏。」（宀部）

「傀　　瓌，傀或从玉、鬼聲。」（人部）

「歅　　映，歅或从口从夬。」（欠部）

「頞　　䶊，或从鼻、曷。」（頁部）

「厽　　相訹呼也。从厶从羑。誘，或从言、秀。」（厶部）

　　按：羊部羑：「進，善也。」音與厽同，王筠謂羑者教之以善；厽从厶，
　　　　謂誘之以惡，二字天淵不可以相從，故云：厽當從羑聲（句讀），今
　　　　從之！

「溯　　遡，溯或从辵、朔。」（水部）

「緹　　祇，緹或从氏。」（糸部）

「紕　　鞴，紕或从革，菊聲。」

「螽　　螺，螽或从虫，眾聲。」（虵部）

「蠹　　蜜，蠹或从宓。」

「蠹　　蜉，蠹或从孚。」

「𧑓　　蝥，𧑓或从敄。」（蟲部）

　　按：𧑓从矛聲，說已見前。

「蠥　　虮，蠥或从虫，比聲。」

「坻　　汷，坻或从水从夊。渚，坻或从水从者。」（土部）

　　按：大、小徐本或體第一文篆體皆作汷，而說解卻云「从夊」，段玉裁云
　　　　从夊聲，與坻音不合。宋保諧聲補逸云：「重文作汷，夊聲，又作渚，
　　　　者聲。」夊，玉篇：竹几切；廣韻：豬几切，與坻古音切合，今從
　　　　宋保說或體从夊聲。

「勇　　戇，勇或从戈、用。」（力部）

「斲　　斫也。从斤，亞（繫傳作：『亞聲』是也！）斸，斲或从畫从屵。」
　　（斤部）

　　按：玉篇斸作斸，从畫聲與斲聲合，鈕樹玉校錄，嚴可均校議、段玉裁、
　　　　王筠、朱駿聲等並云畫乃畫之譌，或體當从畫聲，今從之！

「轙　钀，轙或从金从獻。」（車部）

「獮　秋田也。从犬，璽。狝，獮或从豕，宗廟之田也，故从豕、示。」（犬部）

按：或體从示，豕聲。

「蟁　蚊，俗蟁从虫从文。」（䖵部）

「邠　周大王國，在右扶風美陽。从邑，分聲。豳，美陽亭即豳也。民俗以夜市，有豳山。从山，从豩，闕。」（邑部）

按：段玉裁云：「從山，豩聲，非有闕也。」（段注）今从之！豕部豩，大徐音伯貧切，又呼關切。

「鼒　鎡，俗鼒从金从茲。」（鼎部）

「歗　噈，俗歗从口从就。」（欠部）

四、正文與篆文

「䨓　塞上亭守㷭火者。从𨸏从火，遂聲。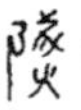，篆文省。」（𨸏部）

按：朱駿聲云㷭从火，㒸聲，今从之！

第六節　文字構造法則不同

形聲字比重不斷上升乃漢字發展之主要趨勢，依李師孝定「從六書觀點看甲骨文字」一文統計，甲文中象形、指事、會意字合計佔五成六，遠勝形聲字所佔二成七。其後所造新字即以形聲字爲主流，據朱駿聲六書爻例所統計，說文中形聲字已佔八成以上。在此趨勢下，原爲象形、會意字者亦受此影響而變易爲形聲字，如古文、、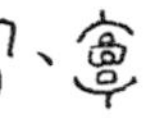，小篆作鞭、嶽、墉；小篆舞、表，古文作翌、褾（此情形，小篆形體乃沿襲傳統，古文反爲後造）等。其中部分變易之原因爲文字因演變、譌變後意義不明確或字形不易辨識，遂改易爲形聲字，如古文、、，小篆作蕢、雹、沇等。亦有因形體繁複或不易書寫而改易，如鳳本象形，後易爲從鳥、凡聲；籀文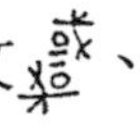、，小篆作誖、嗌等。

由象形、會意字改易爲形聲字是主流，然而亦有少數特例，如：哲之古文作嚞，乃由形聲變易爲會意字；𡿨之古文作甽，乃由象形易爲會意字；酉之古文作丣，則由原爲假借爲用之字另造會意本字（說詳下），此類均可謂「變例」，因例字不多，今不另爲別立類別！

一、正文與古文

「毒　　箌，古文毒从刀筶（此依段注，大徐作𦵮，小徐作𦵮，俱為誤形）。」
（屮部）

　　按：龍師宇純云：「說文云：『每，艸盛上出也。』疑此字（毒）本從每
字取義，上從重艸以別於每字，後變為兩橫。」（說文讀記之一，頁
41）段玉裁云：「古文毒从刀筶，从刀者，刀所以害人也，从筶為聲。
筶，厚也，讀若篤。」（段注）

「蕢　　艸器也。从艸，貴聲。𠥏，古文蕢，象形。」（艸部）

「哲　　知也。从口，折聲。嚞，古文哲从三吉。」（口部）

「鳳　　神鳥也……。从鳥，凡聲。𪃫，古文鳳，象形。」（鳥部）

　　按：甲文作𪃫掇二、一五八，即說文古文所自昉；或加凡聲作𪃫後上一四、
八，然象形之鳳難寫，後遂改易為从鳥凡聲之形聲字。

「簋　　黍稷方器也，从竹、从皿，从皀。匭，古文簋，从匚、食、九（此
依段注：『各本作从匚飢。飢非聲也。从方，从食，九聲也。』）朹，
古文簋或从軌。杚，亦古文簋。」（竹部）

　　按：甲文作𣪊後下、七、十二，金文作𣪊寏簋、𣪊舟簋，所从之「𣪊」乃簋
之原始象形字，小篆累增竹、皿，為後起字。說文所出三古文則轉
為形聲字，段玉裁云：「公食大夫禮注曰：古文簋皆作軌。易損二簋，
蜀才作軌。周禮小史故書簋或為九，大鄭云：九讀為軌，書亦或為
軌……軌、九皆古文假借字。」則匭、朹實為轉注字。

「鞭　　驅也。从革，㑌聲。𤔲，古文鞭。」（革部）

　　按：金文作𤔲九年衛鼎，象手執鞭之形，古文與之形近。

「厚　　山陵之厚也，从𠦝、从厂。垕，古文厚从后土。」（𠦝部）

　　按：古文从土，后聲。

「舞　　樂也。用足相背。从舛，無聲。翌，古文舞从羽、亡。」（舛部）

　　按：無本舞之本字，甲文作𣥠前六、二一、一，借為有無字，後增舛（乃
兩足形）為偏旁，以狀舞容，即舞字。古文翌則後起形聲字。

「櫱　　伐木餘也。从木，獻聲。𣏌，古文櫱从木無頭。」（木部）

「暴　　晞也。从日、出、廾、米。曓，古文暴，从日，麃聲。」（日部）

「表 上衣也。从衣、毛。古者衣裘，故以毛為表。襮，古文表从麃。」（衣部）

按：古文从衣、麃聲。

「屋 居也。从尸，尸所主也。一曰：尸象屋形；从至，至所至止，室屋皆从至。（屋，籀文屋从厂）𡇆，古文屋。」（尸部）

按：古璽作𡇆，與古文形近。王筠云：「下半从室，上半乃屋之華飾。」（說文釋例）蕭道管則云上象屋脊形（重文管見），蓋皆以象形解其上「丰」形，然事涉猜測，無以見其必是！說文握之古文作𡇆（繫傳作𡇆），黃錫全注意及屋、握古文所从之𡇆、𡇆、𡇆等與吉字變化類似，云：「甲骨文第一期貞人殼作𣎳（甲84）、𣎳（前4.4.2）等，卯殼敦作𣎳，召卣作𣎳，楚帛書作𣎳，其吉形的演變關係為𣎳→𣎳→𣎳→𣎳。」（汗簡注釋，153頁、186頁）吉及从吉之字與屋字古音皆在屋部喉牙音，然則古文屋原或从至，吉聲（握之古文則假屋為握），後形譌而不為人所識矣。

「嶽 𡴭，古文象高形。」（山部）

按：甲文作𡴭、𡴭，象層峯疊嶂，山外有山之形，即古文所自昉，篆文為後起形聲字。

「廟 尊先祖皃也。从广，朝聲。庿，古文。」（广部）

按：廟、朝聲母懸隔，从朝聲之說可疑！段玉裁云：「小篆从广、朝，謂居之與朝廷同尊者，為會意。」（段注）會意之說較長！雖𣎳伯簋从朝為廟，銘云：「用孝宗朝（廟）。」；趙簋亦然，銘云：「王格于大朝（廟）」，然此二例似可解為从廟省，否則明紐、端紐諧聲之說，終難為釋！

「沇 𠫑，古文沇。」（水部）

按：段玉裁云：「各本篆作𣲖，誤，今正。臣鉉等曰：口部已有，此重出。按口部小篆有𠫑，然則鉉時不从水旁也。」（段注）其說蓋是！今本作𣲖，蓋涉篆从水而衍，本部另有沿字。口部「𠫑，山間陷泥地。从口，从水敗皃，讀若沇州之沇，九州之渥地也，故吕沇名焉。」龍師宇純云：𠫑讀若沇，非獨標其音，蓋亦以常見字釋罕見字，二

「津　　水渡也。从水，聿聲，䑦，古文津从舟、淮。」

按：叟生盨作🔲，與古文形構同，當係从水，从舟，有鳥於其間之水渡
畫面，說文析爲从舟、淮，不確！篆文易爲形聲，爲後起字！

「沬　　洒面也。从水，未聲。湏，古文沬从頁。」

按：李師孝定云：「金銘習見『以勻釁壽』之語，其字形變甚繁，一體作
🔲國差繪，其下从湏，即許君沬字古文。」（讀說文記，沬字條）

「〈　　水小流也。周禮匠人爲溝洫……廣尺深尺謂之〈……倍洫曰〈〈。𤰝，
古文〈，从田从川。（甽，篆文〈，从田，犬聲，六甽爲一畝。）」（〈部）

按：正文象形，古文會意，篆文形聲。

「睿　　深通川也。从𣥐、谷……。濬，古文睿。」（谷部）

按：古文从水，睿聲，睿即叡之古文。

「雹　　雨水也。从雨，包聲。🔲，古文雹。」（雨部）

按：段玉裁云：「象其磊磊之形。」（段注）桂馥、王筠、朱駿聲諸氏亦
皆云🔲爲象形。

「姦　　厶也。从三女。惢，古文姦从心，旱聲。」（女部）

「🔲　　禁也，神農所作……象形。🔲，古文珡从金。」（珡部）

按：古文从瑟之象形古文🔲，金聲。

「🔲　　庖犧所作弦樂也。从珡，必聲。🔲，古文瑟。」

按：古文🔲蓋象形。

「終　　絿絲也。从糸，冬聲。🔲，古文終。」（糸部）

按：甲文作🔲續五、三、三、🔲乙三六八、🔲屯南七四四，徐中舒主編甲骨
文字典云：「象絲繩兩端或束結，如🔲，或不束結，如🔲，以表終
端之意，爲終之初文。說文終字古文作🔲，與甲骨文形近……絿絲
即糾束絲結于終端，此即冬之本義。」今從之！〔註6〕金文作🔲善夫
克鼎、🔲臧孫鐘，即古文所昉，篆文易爲形聲字。

〔註6〕終之本形本義頗有異說，葉玉森云：「象枝垂葉落，或餘一二敗葉碩果之形，望而
知爲冬象」（甲文集釋引）蓋臆辭耳。高鴻縉云：「🔲原象繩端終結之形（或即結繩
之遺）」（中國字例）李師孝定云：「徐灝謂🔲爲絿絲之器，郭沫若引爾雅釋木，謂
🔲爲牛棘，皆無確據，朱駿聲謂🔲象絲一束，尤不可信。經籍終多訓窮、極，或謂
爲冬之引申，然甲骨、金文冬均無秋冬誼，其初形朔誼，蓋難言矣。」（讀說文記）

「續　　連也。从系，賣聲。賡，古文續，从庚、貝。」（系部）

　　按：爾雅釋詁：「賡、揚，續也。」尚書益稷謨：「乃賡載歌。」孔傳云：
　　　「賡，續。」經典釋文：「賡，說文以爲古續字。」清儒有見於此，
　　　遂多以爲賡續爲二字，賡當讀古行切，唯以義同而許君誤爲一字。
　　　然段玉裁仍从許君云：「說文非誤也，許謂會意字，故从庚、貝會意，
　　　庚貝者，貝更迭相聯屬也。唐韻以下皆謂形聲字，从貝，庚聲，故
　　　當皆行反也，不知此字果從貝、庚聲，許必入貝部、庚部矣。其誤
　　　起於孔傳以續釋賡，故遂不用許說。抑知以今字釋古文，古人自有
　　　此例，即如許云舄，鵲也，非以今字釋古文乎？毛詩西有長庚，傳
　　　曰：庚，續也。此正讀庚與賡同義。庚有續義，故古文續字取以會
　　　意也。」（段注）其說亦極合理，朱駿聲亦云：「爾雅釋詁：賡，續
　　　也。蓋以今字釋古字也，庚、賡二字義略同而聲則異，後人音讀誤
　　　耳。」（說文通訓定聲）然徐灝駁段氏云：「毛傳庚訓爲續，而讀如
　　　更，則賡亦用庚爲聲可知（哲案：此說無據！）。孔傳以續釋賡，豈
　　　讀賡爲續乎？釋名：賡，猶更也。蓋賡從庚聲，有更端之義，歌者
　　　更唱迭和，故賡歌訓爲續，此古義也。賡至以爲續字，斯繆矣！此
　　　由後人因傳記有以賡代續者，遂誤仞爲續字，而妄改許書耳。」（說
　　　文段注箋）徐氏舉釋名「賡，猶更也。」似能證賡音庚之說，然檢
　　　校原文，釋名釋天本作：「庚猶更也。」故徐氏所辨亦無所據。今仍
　　　依許君段氏之說，續、賡二字重文，一形聲，一會意。

「綱　　維紘繩也。从系，岡聲。，古文綱（繫傳作）。」

　　按：朱駿聲云：「古文从木从，按象繩糾，與弦同意，綱者維網之大
　　　繩也。」（說文通訓定聲）

「墉　　城垣也。从土，庸聲。，古文墉。」（土部）

　　按：甲文作、，金文作毛公鼎、國差罉等，即古文所自昉，本爲
　　　宮垣之象形，篆文爲後起形聲字。

「酉　　就也。八月黍成，可爲酎酒。象古文酉之形也。丣，古文酉从丣，丣
　　　爲春門，萬物已出，丣爲秋門，萬物已入，從一、，閉門象也（說
　　　解依繫傳）。」（酉部）

　　按：酉，甲文作、、，金文作、等，象酒罇形，假爲地支第十

位。古文作卯，郭沫若云：「小篆从卯作之劉、聊、桺諸字，古文
均从卯作，而卯於骨文有作[字]者，則卯字實古卯字耳。」（釋干支）
然卯部：「卯，冒也。二月萬物冒地而出，象開門之形，故二月爲天
門。」與本字卯爲春門，萬物已出，酉爲秋門，萬物已入云云，說
解自成體系，則爲知此卯字非戰國陰陽五行家者取其說以製之字？
王筠云：「卯、酉二字，葢特爲干支而作，非如它字之借用也。許說
曰卯爲春門，萬物已出，酉爲秋門，萬物已入，其詞甚直，不似解
它干支字之委曲矣……卯、酉之意難於仿像似製字，故寄其象於門，
門開則出，物與事無不出也。門開則入，物與事無不入也。與孔子
曰乾坤其易之門，同爲比象之詞矣。苟以會意常例論之，卯字兩戶
相背，當是開字。酉字兩戶相連，當是閉字，乃別製門閉字者，知
此特爲干支作也。」（釋例）王氏云酉乃特爲干支而作之字，極具啓
示，葢酉者用爲干支字乃假借，而卯則取[字]从一以會意之干支專字。
桂馥云：「魯襄公二十一年歲在己酉，何休謂歲在乙卯；昭二十二年
十有二月癸酉朔，杜注以長歷推絞前後，當是癸卯，朔書癸酉誤。」
（說文義證）或可爲卯、酉形近易混之例！

「闢　　開也。从門，辟聲。闢，虞書曰：『闢四門』，从門、卯。」（門部）

按：金文盂鼎、闢罍同古文，象以雙手開門之形，爲會意字。

「[色]　　顏气也。从人从卪……[字]，古文（繫傳作[字]）。」（色部）

按：古文右旁所从，大小徐本略有別，繫傳从彡，朱駿聲云古文爲从首
从彡，疑省聲；龍師宇純以爲从[字]（葢顏字異構，小篆作顏，籀文
作[字]）、[字]聲（即疑字，金文疑或作[字]；色、疑古韻同部，聲母一
心一疑母，葢古有心-疑複聲母，例證詳龍師說文讀記之一，罘字條）。
然依大徐右旁所从作[字]（說文詁林本），竊疑即彳之譌，古文或即从
首，疑聲（同於金文作[字]者）。

二、正文與籀文

「嗌　　咽也，从口益聲。[字]籀文嗌，上象口，下象頸脈理也。」

按：盂鼎作[字]，侯馬盟書作[字]，[字]，與籀文同，嗌則後起形聲字。

「誖　　亂也……[字]，籀文誖从二或。」（言部）

按：誖字金文作![字]，从倒正二![字]，![字]即爵文之![字]，此字从倒正二![字]以會亂意，後同化於或字作![字]，[註7] 即籀文之所昉，其後改易爲形聲字「誖」。

「囿　苑有垣也，从囗，有聲。一曰：所以養禽獸曰囿。![字]，籀文囿。」（囗部）

　按：甲文作![字]、![字]，象草木圍以牆垣之形，囿爲後起形聲字。

「奢　張也。从大，者聲。奓，籀文。」（奢部）

　按：段玉裁、朱駿聲均謂籀文爲會意字，今从之！

「虹　螮蝀也，狀似蟲。从虫，工聲。![字]，籀文虹从申，申，電也。」（虫部）

　按：籀文从虫从申，段玉裁云：「電者陰陽激燿也，虹似之，取以會意。」（段注）徐灝非之，而云：「籀文从申葢取舒長之意耳。」（說文段注箋）桂馥曰：「釋天：疾雷爲霆霓，春秋：震電，穀梁以電爲霆。馥謂從申即霆霓之義。」（說文義證）王筠則云：「![字]象電光閃爍屈曲之狀……虹與電相似，故從之。」（句讀）其意與段氏近，諸家皆以會意釋蚰，今从之！篆文則後起形聲字。

「辭　訟也。从䛥、辛，䛥猶理辜也。嗣，籀文辭从司。」

　按：篆文會意字，籀文形聲字。

三、正文與或體

「珏　瑴，珏或从㲀。」（珏部）

　按：甲骨文作![字]後下二○、一五、珏鄴三、四二、六，瑴从玉㲀聲，爲後起形聲字。

「番　蹞，番或从足从煩。」（釆部）

　按：或體从足，煩聲。

「衒　行且賣也，从行从言。街：衒或从玄。」（行部）

　按：或體从玄聲。

「復　卻也。一曰行遲也，从彳从日从夊。衲，復或从內。」（彳部）

〔註7〕參龍師宇純、中國文字學，270～271頁。

按：甲文⟨字形⟩乙六五四九、⟨字形⟩鐵一三二、三，于省吾以為即退之或體㘨，字從
內聲（見甲文集釋第二，復字條引）。李師孝定云：「其字當以作㘨、
㘨為正，復為後起。」（讀說文記，復字）

「谷　　口上阿也，从口，上象其理……唂，谷或如此。臄：或从肉从豦。」
　　　　（谷部）

按：唂，从口，卻聲。臄，从肉，豦聲。

「癶　　引也，从反廾……攀：癶或从手从樊。」（癶部）

「看　　睎也，从手下目。䀤，看或从軡。」（目部）

按：䀤从目，軡聲。

「羴　　羊臭也，从三羊。羶，羴或从亶。」（羴部）

按：羶从羊，亶聲。

「雛　　祝鳩也，从鳥，隹聲。隼，雛或从隹、一。」（鳥部）

按：古⟨金文⟩作⟨字形⟩、⟨字形⟩。

「筋　　筋之本也，从筋省，夗省聲。腱，筋或从肉、建。」（筋部）

按：徐灝云：「筋腱一聲之轉，筋即筋之小省。」（段注箋）筋即筋省一
筆而分化之字，說文云夗省聲不確。腱則後起形聲字。

「劓　　刖鼻也。从刀，臬聲。……劓，劓或从鼻。」（刀部）

按：甲文作⟨字形⟩乙三二九九（⟨字形⟩即鼻之初文），為會意字。金文作⟨字形⟩辛鼎，
　　　所從之「臬」，甲文作⟨字形⟩前五、一三、五，其音與劓相近，金文遂以為
　　　聲。

「刅　　傷也，从刃从一，創，或从刀倉聲。」（刃部）

按：金文作⟨字形⟩壺、⟨字形⟩觶。

「虡　　鐘鼓之柎也，飾為猛獸，从虍，異象其下足。鐻，虡或从金，豦聲。」
　　　　（虍部）

「凵　　凵盧，飯器，从柳作之，象形。匷，凵或从竹，去聲。」（凵部）

「餐　　吞也。从食，夊聲。湌，餐或从水。」（食部）

「㐭　　穀所振入……从入，回象屋形，中有戶牖。廩，㐭或从广从禾。」（㐭
　　　　部）

按：甲文作🦌前四、二六。李師孝定云：「本部又有稟字，訓『賜穀也』，
竊謂㐬、稟、廩當爲同字，後世歧而二之耳。㐬爲象形，廩爲形聲，
後世倉廩已爲固定建築物，故其字从广，轉以稟爲聲符，稟則會意
字，訓賜穀，其引申義也。」（讀說文記，150頁）

「茶　兩刃臿也。从木、ㄚ，象形。鈣，或从金从亐。」（木部）

按：或體从金，亐聲。

「囮　譯也。从口、化（繫傳作从口、化聲），率鳥者繫生鳥以來之名曰囮，
讀若譌。五禾切𡆥，囮或从繇。又音由」（口部）

按：囮與由、繇古音不切，廣雅釋言：「囮，𡆥也。」學者遂以爲本爲二
字。然杜其容先生云：「囮字一般讀同譌字，但大徐『又音由』的讀
法是值得注意的。第一、字林及廣雅曹憲音已經說囮字音由；第二、
或體从繇，繇與由同音。可能囮本是會意字，或體𡆥則是形聲字，後
人將會意的囮字誤認爲形聲，才有讀若譌的說法。或者，從許愼開
始就讀錯了，亦未可知。」（說詩經死麕）今從之！

「采　禾成秀也，人所以收，从爪、禾。穗，采或从禾惠聲。」（禾部）

「舀　抒臼也。从爪、臼，抌，舀或从手、宂。𦥔，舀或从臼、宂。」（臼
部）

按：抌、𦥔俱从宂得聲。

「帥　佩巾也。从巾、𠂤。帨，帥或从兌。」（巾部）

按：金文作𢁔、𢁀，象巾在門右之形（从二「𡨄」，即門字），字以古時
生女子設帨於門右之習俗爲製字背景（詳龍師「說帥」一文），帨則
爲後起形聲字。

「屍　髀也。从尸下丌居几。脽，屍或从肉、隼。𦡳，屍或从骨，𣪊聲。」
（尸部）

按：脽，从隼聲。

「皃　頌儀也。从儿，白象面形。貌，皃或从頁，豹省聲。」（皃部）

「次　慕欲口液也。从欠从水。㳄，次或从侃。」（欠部）

按：段玉裁等云侃水从侃聲。

「靦　面見也。从面、見，見亦聲……䩉，或从旦。」（面部）

　　按：靦他典切、見之聲母不相及，見非聲，[註8] 此字當从面从見會意耳。
　　　　或體䩉則从面，旦聲。

「𪊨　截也。从𣦵从斷。劗，或从刀，專聲。」（𣦵部）

「參　稠髮也。从彡从人……鬒，參或从髟，眞聲。」（彡部）

「魖　老精物也。从鬼彡，彡、鬼毛。魅，或从未聲。」（鬼部）

「𦃃　絆馬也。从馬，○其足。縶，𦃃或从系，執聲。」（馬部）

「麀　牝鹿也。从鹿，牝者。麀，或从幽聲。」（鹿部）

「烖　天火曰烖，从火，𢦏聲。灾，或从宀、火。（𤆎，古文从才。災，籀文从巛。）」（火部）

　　按：甲文作者，與或體同，以火起室中會意為火災，或作，从火才
　　　　聲，與古文同；甲文又有為兵災專字，有、為水災專字。
　　　　說文所收烖、災字葢於兵災、水災字益之以火為意符，使成从火，𢦏
　　　　聲、巛聲之形聲字（本當言轉字注，可視為廣義之形聲字）。

「黥　墨形在面也。从黑，京聲。剠，或从刀作。」（黑部）

「泟　棠棗之汁也。从赤、水。泟，泟，或从正（以上依段注本）。」（赤部）

　　按：大、小徐本俱以泟、泟為經之重文（經訓赤色），段玉裁云：「各本
　　　　轉為舛誤，今正。泟與經音雖同而義異，別為一字，非即經字也。
　　　　棠棗汁皆赤，故从赤、水會意。」（段注）玉篇、廣韻經下皆無泟、
　　　　泟為重文。桂馥亦以為泟、泟二字自為一義（說文義證），今从二氏。

「囟　頭會腦蓋也，象形。膟，或从肉宰。」（囟部）

　　按：三體石經作（用為宰），古陶文作，並與或體近，囟、宰聲母雖相
　　　　關，然古韻不同部，或體似不當从宰聲。蕭道管云：「○：頭會𡆿蓋也，
　　　　為人一身主宰，故从宰。」（重文管見）解為會意字，其說可參！

「㳤　浮行水上也。从水、子……泅，㳤或从囚聲。」（水部）

　　按：甲文作，與正文同。

〔註8〕構成合體字的獨立單元，既取其意，又取其聲，此類現象謂之「亦聲」，亦聲字因
　　　　係語言孳生而轉成，故其聲必須是聲母、韻母雙方面的音同、音近關係。詳見龍
　　　　師宇純、中國文字學第三章第六節，「論亦聲」。

「砅　　履石渡水也。从水、石……。濿，砅或从厲。」

　　按：甲文作𣲙、𣲙，與或體近，濿从厲聲。

「卥　　鳥在巢上，象形。……棲，西或从木、妻。」（西部）

　　按：甲文作𠧝、𠧝、𠧝等形，王國維、羅振玉謂象鳥巢之形，甲金文借
　　　　爲西方字，或體遂另造形聲字。

「彈　　行丸也。从弓，單聲。弜，彈或从弓持丸。」（弓部）

「系　　懸也，从系，𠂆聲。繫，系或从㲃、處。」（系部）

　　按：系甲文作𦃣，象以手持絲之形，說文云从𠂆聲，非是！或體從處，
　　　　㲃聲。

「蠹　　木中蟲。从𧉪，橐聲。螙，蠹或从木，象蟲在木中形。」（𧉪部）

　　按：段玉裁、王筠、朱駿聲等並云或體爲會意字。

「𡊅　　墣也。从土、凵，凵屈象形也（依繫傳說解）塊，𡊅或从鬼。」（土
　　　　部）

　　按：或體从鬼聲。

「𦈡　　車輪耑也。从車，象形，轊，𦈡或从彗。」（車部）

　　按：段玉裁云轊从車，彗聲。（段注）

「舛　　踐，揚雄說舛从足、春。」（舛部）

　　按：正篆會意，揚雄說形聲。

「譀　　誕也。从言，敢聲。詾，俗譀从忘。」（言部）

　　按：朱駿聲云：「忘者，妄也。會意。」（說文通訓定聲）龍師宇純云：「俗
　　　　譀從忘，音義兩無可說。疑本從妄會意。」（說文讀記之一）

「躳　　身也。从呂，从身。躬，俗从弓、身。」（呂部）

　　按：俗體从弓聲。躳、弓，中、蒸二部旁轉，猶營，司馬相如說或作营。

「兂　　首筓也。从儿，匸象形。簪，俗兂从竹从朁。」（兂部）

　　按：俗體从竹，朁聲。

「冰　　水堅也。从水、仌。凝，俗冰，从疑。」（仌部）

　　按：俗从仌，疑聲。

「鬲　　鼎屬……䰛，漢令鬲从瓦，麻聲。」（鬲部）

　　按：先秦鬲皆象形文，漢令作䰛殆漢時俗製形聲字。

四、正文與篆文

「🐦　雖也，象形，雖，篆文舄从隹从昔。」（舄部）

　　按：篆文从隹，昔聲。

「呂　脊骨也，象形……膂，篆文呂，从肉，旅聲。」

「巿　韠……从巾，象連帶之形。韨，篆文巿，从韋从犮。」（巿部）

　　按：正篆象形，篆文爲聲字。

「く　水小流也……。畖，篆文く，从田、犬聲。六畎爲一畞。」（く部）

第七節　偏旁部位不同

　　早期漢字中，某些合體字偏旁之相對位置並不固定，會意字如甲文男既作畖，亦作畖；般作般、般、般；寶作寶、寶；昔作昔、昔；金文閒作閒，亦作閒，初作幼、幼等。形聲字如甲文雇作雇、雇；汝作汝、汝，金文柳作柳、柳；杜作杜、杜；祜作祜、祜等是。然而並非所有合體字皆具此特性，尤其是會意字之偏旁，每不能隨意變易位置，如鳥止於木爲集，故其鳥形恆在木上；人止息於木旁爲休，故人、木恆作左右式；企象人舉踵，故止形恆位於人下。而文字孳乳浸多後，形聲字蔚爲大宗，其或有以相同偏旁構成之形聲字，則必利賴偏旁位置之不同以爲別嫌，如同从心，台聲，一作怡，一作怠；同从心，中聲，一作忡，一作忠，又如旱與旰，詳與誩等皆如此，由此亦顯見合體字亦應有其結構上之規律，龍師宇純曾歸納合體字之結構原則有四：一、藉位置關係以見意顯形；二、求方正；三、爲構成緊密整體；四、爲別嫌（見中國文字學第三章三節）。此類偏旁易置之字見於說文重文者不多，且必無其別嫌之對象，其例如下：

一、正文與古文

「吝　恨惜也。从口，文聲。吝，古文吝从彣。」（口部）

　　按：彣爲文之累增寫法。此字雖左右橫列三偏旁，然以文字形體上下豐而中細，遂置口與彡於其中段，既不悖於文字方正之原則，亦顯其特意之經營！

「李　李果也。从木，子聲。杍，古文。」（木部）

「師　𠵀，古文師。」（巿部）

按：甲文作 𝕭，金文或增繁爲 𝕭禾。三體石經作 𝓍，將白字移上橫寫，說文古文亦如此而形體誚譌。

「熾　盛也。从火，戠聲。𩰪（依王筠說文句讀），古文熾。」（火部）

按：大徐古文作 𩰪，繫傳作 𩰪，皆誚誤。王筠句讀本引說文五音韻譜作 𩰪，可从！金文戠字正作 𩰪 䭫簋、𩰪 豆閉簋、𩰪 免簋二。此熾字古文移火於下。

二、正文與籀文

「璿　美玉也。从玉，睿聲。𤩫，籀文璿。」（玉部）

按：睿即奴部叡之古文。籀文从叡，而置玉於又形之下，結體更爲方正。

「衇　血理分衺行體中者，从辰从血。𧖧，籀文。」（辰部）

「覝　衺視也。从辰見。𧠷，籀文。」

「（封）𡴀，古文封（省）。𡎐，籀文从𡴀。」（土部）

按：甲文作 𡴀、𡴀，金文作 𡴀 召伯簋封字偏旁，即古文所自昉。魯少司寇封孫宅盤作 𡎐，與籀文近，蓋將土形移於旁側。

三、正文與或體

「䀏　蔽人視也。从目，汗聲。讀若攜手，一曰直視也。𦣻，䀏目或在下。」（目部）

「怛　憯也。从心，旦聲。恖，怛或从心在旦下。詩曰：信誓恖恖。」（心部）

第五章　譌變致異

漢字形體由甲骨文、金文、戰國文字及至小篆，個別字形始終變動不居，有些爲逐漸演變，字形至小篆雖經變化，仍可由小篆字形分析其字義；另有些字形於演變過程中發生較大之變化，因而脫離與原字義之聯繫，此類變化即稱之爲「譌變」。

譌變之產生乃起於對字形與字義之關係不明瞭甚至有所誤解，因而破壞原字形結構或改變原偏旁形體，以致造成字形結構之譌誤，難以再由字形以解析本義，例如南，金文作，學者云象樂器之形，其字形小篆作，許慎析其形爲从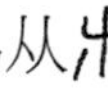，羊聲，與原形原義差以千里！又如多，甲文作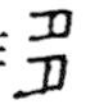，象重肉之形，後漸譌成从重，亦失其本義！文字本群眾用以交際之工具，一般使用者並不著意其本形當如何，對文字之本形本義亦不會有深入研究，僅要求其能達成記錄語言之目的即已足，故字形於廣大民眾之使用下產生譌變乃勢所難免！

字形譌變之方式多端！其最常見者爲：因字形相近而混淆，如篆文肩譌爲俗字肩，此類通常罕見字爲習見者所同化。此外，字形爲求簡化或書寫時苟簡急亦常產生譌體，如籀文鼎、鼎皆从鼎，小篆从貝作員、則；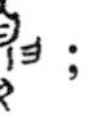；古文譌簡爲；巸字古文作等皆其例。字形增添筆畫、形體亦能致譌，如古文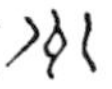，篆文作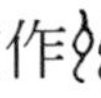；乃，古文作；本，古文作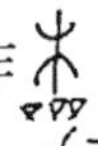。而形體離析如君字古文作；革，古文作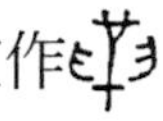，或形體誤合如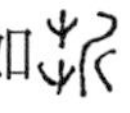，篆文作；叚，古文作等，亦會阻礙本義之探求，故仍屬譌變之範疇！

戰國時代乃漢字形體演變最劇，譌變情況亦最烈之時期，此殆因知識、教育已由貴族壟斷轉而普及平民，使用文字者之階層日漸擴大，然而文字修養較差者對字義與字形關係之理解更低落，兼且六國文字趨向苟且簡易，故形體譌變亦達於漢字發展史之最高峯！就本文分析，合重文譌變與正重文俱譌兩類，古文產生譌變者約六十餘例，遠高於籀文之十例，於此可見六國古文爲形體變動劇烈之區域；籀文則因流傳於西土秦域，形體之演變較爲守舊、保守，故譌變較少，而或體總數近五百字竟僅七例爲譌變類，顯示經秦代之文字規範化後形體之演變已趨於穩定！

第一節　正文譌變

一、重文爲古文

「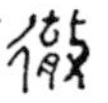　，古文徹。」（攴部）

按：金文作𠫑羌鐘，本从鬲，因形近而譌成育。

「　艸木至南方有枝任也。从𣎵，羊聲。，古文。」（𣎵部）

按：金文作散盤、駒父須蓋。

「　，古文。」（貝部）

按：甲文作、、，象屋下有人（从兀或从元），金文增貝作𨜏王鼎者，即古文之所自昉，正文則譌變至不可識其本義。

「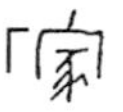　居也。从宀，豭省聲。，古文家。」（宀部）

按：龍師宇純云：「語言上家與豭具有孳生關係，家爲豭的孳生語。蓋古初無室家之制，男子就女子而居，猶豭之從婁豕，故即以豭喻男子，而家的名稱亦遂由此衍出。左氏定公十四年載宋野人之歌云：『既定爾婁豬，盍歸吾艾豭』，史記載秦會稽刻石云『夫爲寄豭，殺之無罪』，從此二語，可以考見家字語言的由來。而甲骨文家字或作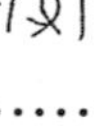、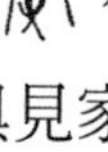，金文亦或作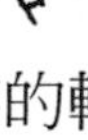，所从並即豭之象形，頌鼎且即以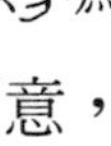爲家字……俱見家是象形豭字的轉注字，說文豭省聲之說雖非原意，但象形的豭字既已變而爲豕，於是變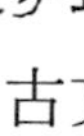聲爲豭省聲，亦屬合乎情理的發展。」（中國文字學 39～320 頁）古文殆即由金文作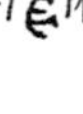枝家卣者所演變，亦豭之象形。

「𣢎　歙也。从欠，㱃聲。（𣢎、𣢼，古文）。」（欠部）

按：甲文作𦥑菁四、一，象人俯首吐舌，就尊歙飲之形，金文譌爲𣢎中山王壺，向下之口舌形譌爲「今」，遂變爲从今聲之形聲字。

「𻤤　水中可居者曰州……从重川……。𻤤，古文州。」（川部）

按：甲文作𻤤、𻤤，金文作𻤤、𻤤，降及楚帛書亦作𻤤，信陽楚簡作𻤤。古文仍似甲金文而形略失，至篆文則高土形變而爲三，水形遂不顯。說文云从重川，即據誤形爲說！

「霣　霣，古文霣。」（雨部）

按：員者鼎之譌，參下員字。

「西　鳥在巢上，象形……㓰，古文西。（卤，籀文。）」（西部）

按：甲文作𤰸、𤰸、𤰸、𤰸等形；金文作𤰸禹鼎、𤰸散盤、𤰸戊甬鼎、𤰸五祀衛鼎、𤰸國差𪉷等形，古、籀文由之而演變，至篆文則上體變爲所謂鳥形。

「開　張也。从門、幵。𨴠，古文。」（門部）

按：古鉢與古文同形，正文从幵乃譌形。

「黃　地之色也，从田从炗，炗亦聲。炗，古文光。（𡕛，古文黃。）」（黃部）

按：甲文作𡕛、𡕛、𡕛、𡕛，金文作𡕛師俞簋者猶似契文，然多譌爲𡕛召尊、𡕛此鼎，即篆文所自昉。古文𡕛入「存疑」類！

「金　五色金也……从土，左右注，象金在土中形，今聲。𨥄，古文金。」（金部）

按：甲文未見金字，金文多見而變化甚繁，如：𨤾、𨤾、𨤾、𨤾、𨤾、𨤾、𨤾、𨤾、𨤾、𨤾、𨤾、𨤾、𨤾、𨤾、𨤾、𨤾、𨤾、𨤾（以上俱引自金文編）等形，說文釋形有誤，字本非从土（西周金文土作𡈼、𡈼、𡈼等），亦似非从今聲（甲文今作𠔼、𠔼、𠔼、𠔼等形，金文作𠔼、𠔼、𠔼、𠔼，而上引金文金字前數形，形體較古而必非从今字），其形構不易究言，勞榦先生云：「金字上部爲一坩鍋，其下部爲一器范，其旁長點則表示流注銅液」（古文字試釋，金文詁林引）。篆文作金者（睡虎地秦簡作𨤾），或係人爲之

改造，使成從今聲。金文或作中子化盤、屡敖簋、陳肪簋，即古
文所自昉。

二、重文爲籀文

「則　　等畫物也，從刀貝，貝，古之物貨也。，籀文則從鼎。」（刀部）

「員　　鼎，籀文從鼎。」（員部）

　　按：甲、金文則、員本皆從鼎，與籀文同，鼎古文字作者，與貝之作
　　　　形近，故籀篆鼎、貝每互作，從貝者乃鼎之譌。

「饕　　貪也。從食，號聲。土刀切，籀文從饕省。」（食部）

　　按：王筠謂籀文從唬聲自諧，朱駿聲亦云從食，唬聲，然土刀切之饕與
　　　　號若唬，聲母有舌頭、喉音之大別，饕若從號、唬爲聲符，於音理
　　　　難解。陳韻珊云：「籀文疑從虎食會意。後因食字譌變，其形不顯，
　　　　遂有形聲之說，疑非饕聲。」（小篆與籀文關係的研究，333 頁）其
　　　　說較長，唯亦可進一解：饕本從虎會意，籀文增益口符，篆文易爲
　　　　從號。

「　　卤，籀文。」（西部）

　　按：參前古文部分。

三、重文爲或體

「歀　　意有所欲也。從欠，窾省。欵，款或從柰。」（欠部）

　　按：字當以欵爲初形，篆作歀乃譌形，與隸字篆文作隸情形同，詳參下
　　　　「重文譌變」隸字。

四、重文爲篆文

「栞　　槎識也。從木、兓、闕。夏書曰：隨山栞木。，篆文從幵。」（木
　　部）

　　按：此字正文引夏書，則栞當爲古文，許君亦不解其從兓之形義。龍師
　　　　宇純云字讀若刊，當從干爲聲，篆文作栞從二干，乃爲別於杆（說
　　　　文無，殆失收）而作上下式結構，又嫌於「」形過長，遂從二干作
　　　　栞，以趨方正。古文作栞者乃栞之譌形（篆文作栞蓋亦承籀文，非
　　　　古文由篆文變）。

第二節　重文譌變

一、古　文

「[字形]　[字形]，古文象君坐形。」（口部）

按：金文作[字形]、[字形]、[字形]等形，上體漸如兩手相接之形，分之則爲兩手。侯馬盟書作[字形]。與古文同！

「[字形]　[字形]，古文周字从口文及。」（口部）

按：舒連景等謂「[字形]」當即「[字形]」之形譌或寫缺。

「正（[字形]，古文正）[字形]，古文正从一足，足者亦止也。」（正部）

按：從足之正蓋從「[字形]」而譌變，楚王酓忑鼎作[字形]、楚帛書作[字形]，止形遂譌若足形。

「遠　[字形]，古文遠。」（辵部）

按：金文作[字形]克鼎、[字形]訣簋，與篆文同，古文乃譌形。

「革　[字形]，古文革从三十，三十年爲一世而道更也。臼聲。」（革部）

按：革，金文作[字形]康鼎、[字形]革同簋、[字形]鄂君啓車節，本爲整體象形，正文形猶近，古文形體離析，許君遂誤以爲从臼聲。

「目　人眼，象形，重童子也。[字形]，古文目。」（目部）

按：目本象眼形，甲金文作[字形]甲二一五、[字形]弟目父癸爵，豎之則爲[字形]（父乙觥，相字偏旁）、[字形]古鉢，即篆文所自昉。古文字中，目字變形頗多，如[字形]古鉢、[字形]古匋文、[字形]古匋文，偏旁中作[字形]駒父盨、[字形]中山王墓宮堂圖、[字形]古鉢、[字形]叡編鐘、[字形]中山王鼎。說文古文[字形]（繫傳作[字形]）及从目之字如省作[字形]、冒作[字形]、睦作[字形]之囧形（汗簡作[字形]）皆爲譌形。

「[字形]　[字形]，亦古文重。」（重部）

按：朱駿聲云：「古文从[字形]，即[字形]，从[字形]即[字形]也，作者形稍變耳。」（說文通訓定聲）今从之！

「[字形]　[字形]，古文閵。」（妥部）

按：金文作[字形]琱生簋，與篆文同。

「[字形]　剮骨之殘也。从半冎。[字形]，古文冎。」（歺部）

按：甲文作[字形]乙八八二八、[字形]林一、三○、五。

「☐ ☐，古文死如此。」（死部）

「腆　設膳腆腆多也。从肉，典聲。☐，古文腆。」（肉部）

　　按：古文从⊙，似日字，然肉、日義不相及，不當以日爲意符。月部期
　　　　之古文作☐，疑腆之古文本作☐，後下體同化於☐而譌成☐！

「（箕）☐，古文箕省。☐，亦古文箕（繫傳以☐爲籀文）。」（竹部）

　　按：古文由金文作☐頌鼎、☐兮仲鐘者離析形體致譌。

「☐　曳詞之難也。象气之出難。☐，古文乃。」（乃部）

　　按：語詞類無正字，多假借。乃甲文作☐、☐、☐、☐、☐、☐等形，郭
　　　　沫若云：「乃字自當爲象形之文，余以爲象人側立，胸部有乳房突出，
　　　　是則乃葢奶之初文。」（金文叢考 311～312 頁，金文詁林引）金文
　　　　孔字作☐虢季子白盤、☐王孫誥鐘，篆文作☐，所从し、（並象乳形，郭
　　　　氏之說似可从！金文乃作☐應公鼎☐舀壺、☐乃孫作祖己鼎，即篆文所
　　　　昉。古文作☐，已失其象形之意！

「☐　殘也。从虍，虎足反爪人也。☐，古文虐如此。」（虍部）

　　按：詛楚文作☐、☐，古鉢作☐，即古文所自譌。

「☐　嗇也，从口、亩，亩，受也。☐，古文啚如此。」（亩部）

　　按：金文作☐康侯啚簋、☐雍伯啚鼎、☐鱗鎛。

「☐　中國之人也。从夊从頁从臼，臼、兩手，夊，兩足也。☐，古文夏。」
　（夊部）

　　按：秦公簋作☐，晉姜鼎作☐，叔夷鎛作☐，至古鉢譌成☐，即說文古
　　　　文所自昉。

「本　木下曰本。从木，一在其下。☐，古文。」

　　按：金文本鼎作☐，於木下施點畫以示其意（猶朱作☐毛公鼎、☐此簋，末
　　　　作☐末距愕、☐蔡侯鐘），其兩旁作豐腹形葢繁飾形，或即古文譌成下
　　　　从三「Y」之所本。

「梁　水橋也，从木从水刃聲。☐，古文。」

　　按：商承祚云：「古鉢文作☐、☐，此从二木，當是寫失。」（說文中之
　　　　古文考）

「宄　☐，亦古文宄。」

　　按：金文形構繁岐，正文由金文作⿰者所簡省，說已見前「省構」類。
　　　　舒連景云：「舀鼎作⿱，下從⺌，⿱下所從⺊，殆⺌之譌。」（說文
　　　　古文疏證）其說或是！

「⿰　　⿰，古文備。」（人部）
　　按：金文作⿰致簋、⿰、⿱齊侯壺，⿰子備造戈，古文或由金文諸體所譌。

「量　　⿱，古文。」（重部）
　　按：金文作⿱、⿱，與篆文近；古陶作⿱，與古文形近，上體譌成口形。

「魖　　老精物也。從鬼、彡，彡、鬼毛。⿱，古文。（⿱，籀文從豕首，從
　　　　尾省聲。）」（鬼部）
　　按：此字古、籀文錯置，⿱當為籀文，由說解云：「籀文從豕首，從尾省
　　　　聲。」可知（髟部⿱下，立部⿱下皆云⿱，籀文魖，亦可證）！⿱，
　　　　則當為古文。甲骨文魖作⿱、⿱，⿱（古文）葢其譌形。

「⿱　　⿱，古文。」（心部）
　　按：金文作⿱令壺君壺、⿱中山王鼎，侯馬盟書作⿱。

「怨　　⿰（繫傳作⿰），古文。」
　　按：三體石經作⿱，與說文近，王國維云從⿱者，殆亦從夗之譌（魏正
　　　　始石經殘石考），其說可從！

「巠　　水脈也。從川在一下，一地也，壬省聲。一曰水冥巠也。⿱，古文
　　　　巠不省。」（川部）
　　按：龍師宇純云：巠與壬聲母絕遠，巠不得以壬為聲。金文巠並從⿱從
　　　　土，與陘字通用不別，「⿱」當即象兩涘崖間巠流之狀，從土本用以
　　　　顯其形象，後乃傳會為壬字（中國文字學 321～322 頁）。經字虢季
　　　　子白盤所從巠作⿱，下即從土形，齊陳曼簠經字所從作⿱，譌為從
　　　　壬即古文作巠所本。

「巸　　廣頤也。從⿱，巳聲。⿰，古文巸從戶。」（臣部）
　　按：金文作⿰、⿰、⿰，古文所從戶葢臣之譌。

「⿰　　拳也，象形。⿱，古文手（繫傳作⿱）。」（手部）
　　按：王筠云：「手字象五指及⿰，段氏說是。古文⿱字。玉篇亦有之，不
　　　　足象形，且與背呂之⿱（哲案：篆作⿱）相似，如非奇字，即籀文

也。」（釋例）王氏疑其不足象形是也，然此字亦非籀文。金文手字作ᴗ昌壺、ᴗ諌簋，偏旁中出現亦如是，唯拜字，常體作ᴗ、ᴗ，齊器叔夷鏄作ᴗ、ᴗ；叔夷鐘作ᴗ、ᴗ，其所從手字作ᴗ、ᴗ、ᴗ、ᴗ；善夫山鼎拜字所從手字作ᴗ；齊侯壺拜字所從作ᴗ，疑手本作ᴗ，其旁四指形於拜字中同化於ᴗ（芟之初文。參下拜字）之ᴗ形，遂譌成如說文古文之ᴗ形，其譌或由出現於拜字偏旁始，後遂及於單文手字（古陶文作ᴗ）或其他從手之合體字（古鉢掌作ᴗ、井人鐘得作ᴗ）。

「ᴗ ᴗ，古文妻，从ᴗ、女，ᴗ、古文貴字。」（女部）

按：甲文作ᴗ、ᴗ、ᴗ，李師孝定曰：「契文與篆文全同，許云从ᴗ者乃髮形之譌變，蓋象以手束髮，或又加笄（哲案：指作ᴗ形者）之形，女已及笄可為人妻之意也……金文叔盉，盉字偏旁作ᴗ、揚鼎盉字偏旁作ᴗ，均象加笄之形，與契文一體。」（甲文集釋，妻字條）古文或由甲文作ᴗ形者演化譌變而成！

「ᴗ 缺也。从土，毀省聲。ᴗ，古文毀从壬。」（土部）

按：鄂君車節作ᴗ，與古文同。古文字土、壬形近，故偏旁从土者或譌為壬，如塦，塦戈作ᴗ，又作ᴗ；壺，說文古文作ᴗ；經，虢季子白盤作ᴗ，齊陳曼簠作ᴗ，是其例！

「ᴗ 就也。从戊，丁聲。ᴗ，古文成从午。」（戊部）

按：甲文作ᴗ、ᴗ、ᴗ，从戊（非从戌，戌甲文作ᴗ、ᴗ），丁聲，或形變作ᴗ、ᴗ，金文作ᴗ臣辰卣，ᴗ牆盤、ᴗ沇兒鐘、ᴗ中山王壺，詛楚文作ᴗ，即篆文所自昉。古文从午者乃由沇兒鐘、中山王壺之飾點變為橫筆所譌。

「ᴗ ᴗ，墨翟書義从弗，魏郡有羛陽鄉。讀若錡，今屬鄴本內黃北二十里鄉也。」（我部）

按：金文作ᴗ師旂鼎，ᴗ牆盤，長沙楚帛書有ᴗ字，與墨翟書相近。弗字金文作ᴗ，或譌成ᴗ舒螽壺、ᴗ侯馬盟書、ᴗ楚帛書，與我字形近，故義或譌成羛。

二、籀　文

「𦘔　習也，从聿㣇聲。，籀文𦘔。（，篆文𦘔）」（聿部）

按：繫傳籀文作。，甲文作存一、一九六七、甲二、六一三，金文作篹、克鼎。毛公鼎，與正文同。金文又作𨚲簋、盂鼎，古鉩作，秦陶文作，篆、籀蓋皆譌變之形。

「　，籀文（依繫傳本）。」（㲋部）

按：王國維云：「古从㲋之字，井季卣字从；殷虛卜辭字从，略同篆文。石鼓文㲋字从則與籀文略同。」（史籀篇疏證，字條）

「　，籀文夤。」（夕部）

按：寅字金文作戊寅鼎、御鬲、鄲孝子鼎、畬肯簠。

三、或　體

「璊　玧，璊或从允。」（玉部）

按：璊，允古韻同部。龍師宇純云：「唯允與璊聲母不相及，疑是免字之譌，本以免爲聲，免允篆文形近。……免聲古韻與㒼聲同部，聲亦同屬明母。」（說文讀記之一，璊字條）

「（，鬻或省），或从美鬲省。（，小篆从羔从美。）」（䰜部）

按：此字既出小篆，則正文及二或體乃古文或籀文。䰜部：「，也，古文亦鬲字，象孰飪五味气上出也。」徐鍇曰：「言此古書鬲字，今則別也，，气之狀也。」（繫傳）金文有䎒肇家鬲、樊君鬲、叔夜鼎、邻王鼎、陳公子甗諸字，時代皆在西周末至春秋時期，與籀文時代相仿。郭沫若云：「之釋鬻者，乃以下體作類似羔字，案實乃从火鬻省，鬲乃象形文，爲表三款足之形。金文鬲字下體每似從羊，今略舉數例如次：魯侯鬲、㚸羌伯鬲……於此下而益之从火，則儼若羔字，然鬲固非从羊，亦非從羔也。故䰞乃鬻省從火，許書之鬻即從此而稍變，羹又從此再省，非從美也。鬲字從火，古有此例：……（原注：樊君鬲，此即鬻字，實象鬲上之甑形，其疏底蔽也。）」（金文叢考·釋䰞）郭氏所考可從，鬲本象形字，甲文作甲二一二二、粹一五四三，金文作盂鼎，西周末起或加火

形，如春秋早、中期之樊君夔夫婦墓葬出土銅鬲，〔註1〕鬲字即作⿱形樊夫人鬲，參以樊君鬲〔註2〕之⿱字，尤可證諸⿱、⿱、⿱、⿱形即從火之鬲字，而⿱、⿱、⿱、⿱諸形並說文鬻之⿱形實即鬲上之甗形，非气形（甲文之⿱佚六八二至金文作⿱亦可為證）。蓋鬲字與他字構成合體字，為免因採左右式或上下式形成字體過寬過長，遂將他字納入鬲之甗中（如上舉金文諸字及甲文⿱、⿱、⿱等字），文字演化規整後遂譌成說文之⿱字，甗形與主體離析矣。

「⿱　　⿱，猒或从目。」（甘部）

按：古文字皆从口作⿱毛公鼎，或體从己蓋譌體。

「⿱　　髆也。从肉，象形，肩，俗肩从戶。」（肉部）

按：段玉裁云：「從門戶於義無取，故為俗字。」（段注）戶之形罕見，故同化為習見之戶。西漢簡帛書肩、肩二形並見。

四、篆　文

「⿱　　⿱，篆文折从手。」（艸部）

按：甲文作⿱，从斤，⿱象斷木形，為免與析字混同，變化其體為⿱，金文作⿱，即正文所自昉。其左旁「⿱」筆畫聯結即譌若⿱（手）形。

「⿱　　⿱，篆文⿱。」（聿部）

按：篆文由金文諸形所譌，說已見前籀文部分！

「⿱　　獻也。从高省，曰象進孰物形。⿱，篆文亯。」（亯部）

按：甲文作⿱、⿱、⿱，金文作⿱、⿱，本象宗廟之形（吳大澂說），楚帛書作⿱，信陽楚簡作⿱，正文猶可辨其形而篆文譌甚！

「⿱　　孰也。从亯、羊。讀若純，一曰鬻也。⿱，篆文⿱。」

按：甲文作⿱、⿱，金文作⿱、⿱。

「⿱　　附著也，从隶奈聲。⿱：篆文隸从古文之體。」（隶部）

按：隸從奈聲則隸亦宜從祟為聲符，然隸、祟之聲、韻母俱有別。今考隸之古文字資料，其形構可約為三式：

〔註1〕參文物1981年第一期「河南信陽市平橋春秋墓發掘簡報」。

〔註2〕同上註，簡報云：「M1（墓）出土兩件銅鬲，器形似樊君鬲。」按：樊君鬲時代約在西周末（高明，古文字類編），略早於樊夫人鬲。

（一）※※睡虎地簡

（二）※※高双權

（三）※※睡虎地簡

（一）式從柰，與說文正文同，（二）式爲（一）、（三）式之過渡形體，戰國末，柰常譌省作柒、柒（包山楚簡柰字皆作柒[註3]）。（三）式所從之「土」，形體頗似隸化之「出」（二徐篆文皆作柒而不作柒），至小篆因而誤以爲從祟，[註4]欠部歠之或體作欶，古鈢作欶；又部叔，甲金文作「叔」，皆古從「柰」，篆文訛從「祟」之例。

「※　　明也。从㸚从大。※，篆文爽。」（㸚部）

按：散盤作※，與正文近，西漢簡帛書除作※老子乙前一四上，亦作※老子乙前四三上、※相馬經一，與篆文近。段玉裁云：「爽之作爽，㸚之作㸚，皆隸書改篆取其可觀耳。」其說或是！

「攸　　行水也。从攴从水省。※，秦刻石繹山文攸字如此。」（攴部）

按：金文作※井鼎，从攴从人，或於其間加點作※師酉簋、※頌鼎，或加「丨」作※頌壺。[註5] 說文引秦刻石作※，然徐鉉所摹嶧山碑攸字作※，然則許君所據似爲誤字，或歷代傳寫而致譌！

第三節　正、重文俱譌

一、古　文

「※　　……※古文旁，※亦古文旁。」（上部）

按：甲文作※甲二四六四、※林一、一七、一五、※誠一二五五，金文作※旁鼎、※妛嬰母簋，楚帛書作※，說文所錄正文（小篆）及兩古文蓋自

[註3] 包山楚簡文字編，211頁。

[註4] 林澐云：「先秦古文字中至今未見有从示从出之字或偏旁……可以推斷說文中的祟和歠，實際是甲骨文早已有的柰和叔的後起異體字……特別是在楚簡中發現了把柰字當作占卜吉凶的祟字用的實例後，更可確認柰、祟古本一字。」（讀包山楚簡札記七則）

[註5] 張日昇云字作攸，从攴从人會意，持兵襲人，被逐者乃處險境，又或从︰，蓋象人被血汗，後誤从水，遂有行水之說。（金文詁林，攸字條）

商周以來古文字所演變，睡虎地秦簡作■十八・九・八、■一六・一二
○與小篆尤近，西漢文字作■新嘉量則沿襲小篆者也。至若說文所出
古文■若■，殆屬晚周文字，譌變尤烈。

「荊　　楚木也（王筠句讀爲：荊楚，木也。）从艸，刑聲。■，古文荊舉卿
　　　　切。」（艸部）

　　　　按：篆、古文皆由金文所譌變！金文荊字皆用爲楚國之別稱，貞簋作■，
　　　〔註6〕蓋其初形。後加井爲聲符（非水井之井子郢切，水井之井與荊
　　　　於聲母有精、見之別。此井字當荊之初文，讀戶經切〔註7〕），作：■
　　　　師虎簋、■過伯簋、■狀馭簋、■五祀衛鼎。金文荊楚字亦假■牆盤字
　　　　爲之，〔註8〕而此■非■，若■之譌或省，金文自有荊字：■散盤、
　　　　■子禾子釜，刑荊古聲近韻同，故可通假，其後遂於原本假借爲用之
　　　　荊增艸符作■（古鉢作■），成轉注專字，■、■、■遂廢而不用。
　　　　■字又譌成■古陶文，即篆文所自昉。

　　古文作■者，方濬益云：「即■傳寫者誤分爲二，故作■，其从艸者，蒙
上文小篆之荊而誤。」（金文編引），其說或是！故篆、古文俱由金文所譌變！

「■　　（■，籀文叡）■，古文叡。」（叕部）
「■　　教命急也，从吅，厰聲。■，古文。」（吅部）

〔註6〕■之形構，強運開、徐中舒、商承祚、柯昌濟、馬敍倫、唐蘭等俱有異說，參金文
　　　詁林、詁林補，不俱引。

〔註7〕金文有■及井字，金文編並收於井字條。除少數混用者外，二字於形於義俱有分別，
　　　陳夢家云：西周金文隸定爲井者，可以分爲兩式，第一式是範型象形，井字兩直
　　　畫常是不平行而是異向外斜的，中間並無一點，大多數師井之井都沿襲此式（哲
　　　按：此式之井用爲處罰、刑法、效法義，故金文編云：「孳乳爲刑，爾雅釋詁：刑，
　　　法也，常也。」刑當作荊，說文訓罰罪，荊即井之轉注字）。第二式是井田象形，
　　　井字兩直畫常是平行的，中間常有一點，（哲按：當刑法義者無用有點之井字者）
　　　井白、井叔、井季、井公、井人等的井字，屬此式（陳說見西周銅器斷代，金文
　　　詁林井字條引）龍師宇純亦以爲井、丼本不同字，一爲水井字，一爲型範之象，因
　　　形、音俱近而易混，後遂於水井字加點以別嫌。型範之井當讀戶經切，荊字金文
　　　作■者，所从井即此字，井後轉注爲荊字，剄（型）又荊之轉注字。

〔註8〕周師法高云：「史牆盤『廣能（批）楚荊（荊）』唐蘭如此釋……蓋釋爲刑，讀爲荊，
　　　其他諸家逕釋爲荊，不如唐氏之細密。」（金文詁林，荊字條）

按：敢，金文作{圖}頌簋、{圖}毛公鼎、{圖}齊侯鐘、{圖}趞尊、{圖}師遽簋，說文所從諸敢字，其從{圖}者，乃趞尊、師遽簋所從之變。從殳者，參以{圖}陳曼匜、{圖}詛楚文，則「{圖}」離析其右上，合以又之譌。從月者乃日之誤。又，嚴字金文或從二口或從三口，繁簡不定！

「{圖}　　同也。從廿……。{圖}，古文共。」（共部）

按：共，甲文作{圖}京都四五九，郭沫若云：「金文共字作{圖}{圖}班共殷、若{圖}且乙父己卣……余謂共者拱璧也……商頌長發受小共大共，與受小球大球對文，即言大璧小璧……今{圖}共殷文作{圖}，雙手所奉之圓正象璧形，作口者乃形之變，後更變作{圖}此叔夷鐘文故小篆從廿作矣。」〔註9〕龠肯鼎作{圖}，正與小篆同形，龠忎鼎作{圖}，亦可覘古文之所譌變。

「{圖}　　中也，象人要自臼之形。從臼，交省聲。{圖}，古文要。」（臼部）

按：李師孝定云：「甲骨文作{圖}，與許書古文同，從臼，從女，⊙象頭形，非從日也；許書古文變⊙為{圖}，其形漸譌，小篆復變為{圖}，而其義益不可知，篆文下從{圖}，仍象人之兩脛。」（讀說文記，要字條）

「{圖}　　{圖}，古文農。」（晨部）

按：古文下體所從{圖}，蓋辰之譌變。又篆古文皆譌田為{圖}（許君說為{圖}聲）。

「{圖}　　{圖}，古文叚。」（又部）

按：金文作{圖}克鐘、{圖}曾伯簋、{圖}師袁簋，偏旁結合，遂變為古文從門之形。

「{圖}　　戮也，從殳，杀聲。（{圖}，古文殺）{圖}，古文殺。（{圖}，古文殺。）」（殺部）

按：龍師宇純云：「古文{圖}即金文{圖}字，乃竄字異構，殺蓋以{圖}為聲，後譌{圖}為{圖}」（說文讀記之一，殺字條）三體石經殺字作{圖}、{圖}，與說文古文{圖}近似，亦為譌體！

「{圖}　　{圖}，古文皮。」（皮部）

按：金文作{圖}叔皮父簋，其上甘形橫畫稍出，即成{圖}姧盦壺，古文蓋由之而譌。

〔註9〕金文詁林共字條引。

「督　　視也，从眉省，从屮。𥄀，古文从少从囧。」（眉部）

按：甲文作𦣻甲五，金文作𥄉戍甬鼎、𥄉豆閉簋、𥄉中山王鼎。

「𥄂　　識詞也。从白，从亏，从知。𥄂，古文智。」（白部）

按：金文作𥄂毛公鼎、𥄂智君子鑑，篆文从白、古文从𠈌（三體石經作𥄂）
並為「𠙴」之譌。

「鶇　　（雖，鶇或从隹）𥄂，古文鶇，𥄂，古文鶇。𥄂，古文鶇。」（鳥部）

按：繫傳古文作𥄂、𥄂、𥄂。鶇，金文作𥄂弢季良父壺、𥄂歸父盤、𥄂中
山王鼎、𥄂齊侯鐘。董本从火，篆、古文譌从土。

「𥄂　　善也。从畗省，亡聲。𥄂，古文良。𥄂，亦古文良。𥄂，亦古文良。」
　　　　（畗部）

按：甲文作𥄂乙二五一〇、𥄂乙三三三四，金文作𥄂季良父盉、𥄂季良父簋、𥄂
齊侯匜，即篆文及古文𥄂所由譌變。商承祚云：「（古文）第一文汗簡
引作𥄂，乃𥄂之誤。第二文乃𥄂之誤。」（說文中之古文考）

「𥄂　　禮器也。𥄂象雀之形，中有鬯酒，又持之也，所以飲器象雀者……𥄂，
　　　　古文爵，象形。」（鬯部）

按：甲文作𥄂乙三九〇、𥄂京津二四六一，即象爵之形，金文形體漸譌成𥄂史
𣪘鼎、𥄂伯公父勺，篆文云从雀、鬯、又者乃就離析之形為言，古文
雖云象形，然譌變已甚。

「𥄂　　覆也。从入，桀……𥄂，古文乘从几。」（桀部）

按：金文作𥄂克鐘、𥄂匽公匜，象人乘木之形。後譌成𥄂鄂君啓車節，即古
文所自昉。

「𥄂　　草木妄生也。从屮在土上，讀若皇。𥄂，古文（按：依繫傳補，大
徐無古文𥄂）。」（之部）

按：甲文作𥄂，从屮，王聲，用為往來字，亦或譌作𥄂乙五四四八，从土，
為正文所本，金文復有譌从壬者，如止𥄂奸螽壺。

「𥄂　　肩也，象屋下刻木之形。𥄂，古文克。𥄂，亦古文克。」（克部）

按：古文字作𥄂大保簋、𥄂克鼎、𥄂曾伯簠、𥄂公克錞、𥄂者沪鐘、𥄂詛楚文。

「𥄂　　重也，从重夕。……𥄂，古文多。」（多部）

按：甲文作👾、👾，金文作👾、👾，象重肉之形（王國維說）後以形近而譌爲从夕，古文形體小異而亦从夕（外古文作🐾可爲比）。

「👾　眾與詞也。从从，自聲。👾，古文👾。」（从部）

按：👾即眾之譌（目部「眾，目相及也。」）其字甲文作👾、👾、👾，金文作👾、👾、👾、👾，三體石經作👾。古文所从👾亦目字，篆譌成自，形近之故。其下所从👾若卡亦並譌形（金文又作👾👾鼎，點變爲橫即與卡近）。

「👾　高也。早匕爲卓。👾，古文卓。」（匕部）

按：金文作👾卓林父簋、👾（趠鼎偏旁）、👾（瘋鐘綽字偏旁），古文作👾，即其所譌。篆文則因「十」（甲）字小篆作「👾」，遂亦改卓爲从👾，乃人爲之改造！

「👾　久遠也……👾，古文長。👾，亦古文長。」（長部）

按：甲文作👾、👾、👾、👾、👾，象人長髮之形。金文作👾、👾牆盤、👾寫長鼎、👾（鳳羌鐘踉字偏旁）、👾（中山王鼎，踉字偏旁），篆、古文即甲、金文諸體之變體。

「👾　首至手也……（👾，揚雄說拜从兩手下。）👾，古文（繫傳作：古文拜从二手。）」（手部）

按：汗簡引說文古文作👾；三體石經作👾，繫傳云从二手（手字古文作👾），故古文作👾者乃傳鈔致譌，當依汗簡、石經正之！拜，金文作👾井侯簋、👾揚簋、👾揚簋，又作👾大簋、👾大簋、👾師酉簋，所从👾若👾，即芨之初文，拜象以手拔除草根之形，即拔之初字，拜手義乃拔之引申。〔註10〕說文正文及重文👾字即由金文諸形所譌（揚雄說拜从兩手、下，乃強分其字形，其始原一整體草有根之形）古文作👾者，蓋由手形同化於芨字致譌，說已見前手字！

「👾　宗廟常器也。从系，系綦也，艹持米，器中實也，👾聲。此與爵相似……👾、👾，皆古文彝。」（系部）

按：甲文作👾、👾、👾、👾等形，金文作👾者婣尊、👾剛爵、👾曆鼎、👾向

〔註10〕參龍師宇純《甲骨文金文👾字及其相關問題》。

篡、⿱史𡚒篡、⿰史頌篡、⿰史頌鼎等形，均象兩手捧雞或鳥之形，李師孝定云：「蓋古者宗廟祭祀以雞、鳥為犧乃習見之事實……於是於製為彝器時遂有於雞鳥之縛其兩翼以防奮逸者，此必於雞犧取象殆無可疑……此所從系即篆體从系之所本，許君以墓解之者誤也。又金文彝字多於雞、鳥喙端之下著二、三點者，乃象鬱鬯之形（哲案：其後，李師孝定於讀說文記易其說曰：『旁兩小點，象其鳴聲』，衡以上引曆鼎、向篡、𡚒篡，小點皆在其喙前，李師後說為是；史頌鼎、篡則將其點下移）……篆譌為米。……篆文从⿰乃雞、鳥之首及喙之形譌，許君以⿰聲說之亦非，至彝器訓常者乃宗廟常器一義所引申。」（甲文集釋）李師說彝之形構及篆文得形可從。至古文第一形殆由秦公篡作⿰者所譌。古文第二形作⿱則更由金文已譌之形若⿰曾姬⿰郵壺、⿰姬鼎、⿰中山王壺等所省譌，已難辨其象形之意！

「菫　黏土也。从土，从黃省。⿱，古文。」（菫部）
　　按：甲文作⿱、⿱，金文作⿱菫伯鼎，本从火，其後金文譌為从土作⿱善夫山鼎、⿱戲鐘，即篆文所自昉；復譌為⿱齊陳曼篡、⿱齊侯壺，遂與古文形同。

「⿱　荄也……⿱，古文亥為豕，與豕同。亥而生子，復從一起。」（亥部）
　　按：許君篆、古文皆據譌形為釋，故不可從！契文作下、⿰、⿰、⿰等形，其初義不詳，未能確指！金文亥字變體極繁，若⿰、⿰者猶似契文，餘作⿰、⿰、⿰、⿰等，亦增短橫作⿰、⿰、⿰、⿰等形，鄂君舟節作⿰，與古文近。其作⿰陳侯篡、⿰邾公革鐘者，即篆文所自昉。

「冑　兜鍪也。从冃，由聲。⿱，司馬法：冑从革。」（冃部）
　　按：金文作⿱戜篡、⿱虜篡、⿱轀侯篡、⿱冑篡，丁佛言云：「⿱小盂鼎……當是冑，⿰象鍪，如覆金，中銳上出。⿰象蒙首形，今所謂兜鍪也。古兜鍪皆兼面具施之，故祇露目。古文完全象形。」（說文古籀補補）其後因形近變易為从由聲之形聲字。

「⿱　⿰，古文。」（旡部）
　　按：甲文作⿰。

「則　鼎⟩，亦古文則。(剛，籀文則从鼎)。」(刀部)

按：則本从鼎作，古文从鼎，蓋亦从鼎之譌，如楚帛書作鼎⟩，其鼎形已
譌，與冊頗近，後人遂改易為與則音近之冊以代其形。

二、籀　文

「叡　叡，籀文叡。」(受部)

按：參前古文部分。

「亂　亂也。从爻、工交口口……亂，籀文亂。」(口部)

按：金文作亂散盤、亂樂子亂輔盤、亂薛侯盤，古鉨作亂，即篆、古文所自
譌。

「變　和也。从言从又、炎。籀文變从羊，讀若涇。」(又部)

按：王國維云：「炎部又有變字……案：又部之變，疑亦从辛，羊乃辛之
譌。」(史籀篇疏證) 李師孝定云：「(變) 金文作變卣文、變變簋、變
曾伯簋，从巿，省作丁，不从辛，亦不从言，本書有變，訓和，又有
从辛之變，訓大孰，形義並近，諸以為同字，是也；二者當即金文
之形變。」(讀說文記，變字條)

「皮　皮，籀文皮。」(皮部)

按：㝡父簋作皮，石鼓文作皮，籀文蓋傳寫致譌。

「盧　飯器也。从皿虍聲。盧，籀文盧。」(皿部)

按：甲文作盧，或增虍聲作盧，或增皿形作盧佚九三五。于省吾謂盧為鑪
之象形初文，其形體於金文中變形甚多：盧盧嬰次盧、盧衛鼎、盧曾
伯簋、盧邵鐘等，篆、籀所以盧若盧皆鑪形之譌。

「婁　空也，从毋、中、女，空之意也。一曰婁務也。婁，籀文婁从人、中、
女，臼聲。」(女部)

按：參前「省構」類，古文部分，婁字條。

「申　神也，七月会气成體自申束。从臼自持也……申，籀文申。」(申部)

按：甲文作申、申、申，金文作申、申，石鼓作申，皆象電燿曲折之形。
籀文似不當離析其形作申，蓋流傳時後人所改易。篆文直其中畫，而
閃電曲折之狀遂失，許君據以釋其形曰：「从臼自持也」不確！

三、或　體

「竝　廢也；一曰偏下也。从竝、白聲。□，或从曰。□。或从兟。」（竝部）

按：□、白音韻俱異，非从白爲聲。李師孝定曰：「金文有□字，从二欠，从甘，林義光文源以爲即竝字，謂从甘與从口同，从口而二欠，倦極思廢之意也，銘云：『虔夙夜尃（溥）求不□德』番王簋，釋替於辭意甚協，从欠从立，均與人體有關，其說或是也。」（讀說文記，替字條）然則篆、或體从白从曰即从甘（或即於口形增飾點）之譌；从竝从兟亦即金文从□之形誤！

「叚　借也，闕。（□，古文叚。）□，譚長說叚如此。」（又部）

按：金文作□寰盤、□師寰簋、□克鐘，〔註 11〕譌若□曾伯簠、□周王戈，古鉨作□、睡虎地秦簡作□，即篆文及譚長說字所自昉。

「沙　水散石也。从水从少，水少沙見。□，譚長說沙或从止。」（水部）

按：金文作□師□簋，象散沙及水形，後演爲□休盤、□無叀鼎、□寰盤、□訇簋，變爲从水从少，即正文所自昉。甲文小作□、□；少作□，實則通用不別，皆用爲小之意，至金文始漸爲之分別三點爲小（作□、□）、四點爲少（作□、□、□），□字則更爲後起之分別字，其先亦與少字無別，蔡侯鐘銘云：「余唯末□子」，仍當爲小；寅簋：「天降喪不□」，仍當爲少。

〔註 11〕□之本義是否爲借猶待考，林義光云：「从□、□，象二手相付形，从石省，石或作□（魯大司徒匜礪字偏旁），即古藉字，叚（假）者藉人所有爲己之用，故謂之借（借即藉之俗字），即古藉字。」（文源）朱芳圃云：「林（義光）說非也，字象厂下取石，兩手相付之形。」（釋叢）柯昌濟云：「叚字像以手瑕石之形。」（韡華 184 頁師寰敦）丁山則曰：「叚之從□者，蓋取相扶之意，□者□之古文也……厂、山之崖巖也，亦象懸空之狀……大山嵁巗縣崖峻阻之下，顛危甚矣，濟危扶顛，蓋□之本義。」（闕義 14 頁。與上林、朱柯諸說俱引自金文詁林）叚字从□从□、□殆可分析，然本義是否爲借仍當闕疑。段字金文作□、□，象手持椎於厂中捶石之形（朱芳圃說），其左旁與叚字所从相似，篆文段左旁譌若□，譚長說字叚亦譌若□。

四、篆　文

「射　弓弩發於身而中於遠也。从矢从身。射，篆文躲，从寸。寸，法度
　　　也，亦手也。」（矢部）

　　按：金文作射，象張弓注矢形，說文篆體从身者乃弓形之譌（身契文作射，
　　　　金文作射、射，與弓形近易混），正文復誤橫矢爲立矢。金文或作射
　　　　靜簋，石鼓作射，增又（手）所以弓張，篆文即由此類字而譌省其
　　　　矢形而來。

第六章　誤廁

第一節　誤廁假借字為重文

　　許慎並未對「重文」有明確之定義，說文解字亦並無「重文」一詞，許君僅於計算文字數目時云「重」多少（字），「重文」乃後人習慣稱呼！然而依據許君自訂「今敘篆文，合以古籀」之體例且說文一書乃為分析文字本形本義而作，故重文（重複之字）本當與正文為音義全同，僅字形有差異之字，即一字而異形者為重文。然實際上重文中含有少數本非一字者，此當為許君之誤解，本不應在重文之列！

　　此類誤廁為重文者以假借字為最常見，古人書寫以聲表義，無嚴格之正字、別字規定，文字乃為記錄語言之工具，只需達到記錄之目的即已足，故書寫時每多以音同音近之字假借為用（假借字通常仍有約定俗成之用法）。以今出土古文字材料看，晚周古文假借字盛行情況特別嚴重，不僅簡帛等易於書寫材料如此，即使鐘鼎銘文亦然，故重文中假借字誤廁者亦以古文最多，然亦僅二十例，顯見許君於所見古文典籍已曾作過嚴格之分析考釋，此二十例誤廁殆許君偶疏之誤解！

一、古　文

「茻　𦧄古文莊（繫傳作𩠐）。」（艸部）

按：古文形體可疑，或以爲奘字之譌，或以爲古奘字，然皆無確據。三
體石經葬字作⿱，王國維考釋云：「案說文葬，藏也，从死在茻中，
一其中所以薦之。此字則从茻从牁从一，殷虛卜辭有牁字，說文艸
部𦫳古文莊，亦即此字，疑牁牁二字从卤在爿旁丌上，本是葬字，
後乃加茻，此上从竹亦譌。」（魏正始石經殘石考）依王說，古文𦫳
實葬字，莊葬古音同，蓋古籍有通假者，許君誤廁爲重文。

「⿱米心　詳盡也，从心从米。⿱古文悉（繫傳作：⿱。）」（米部）

按：段玉裁、王筠、朱駿聲諸家以爲古文从心从囟會意。鈕樹玉則曰：「汗
簡心部有⿱，注云：悉。然則與息不殊。」（說文解字校錄）舒連景
云：「金文自作⿱，證以許書古文所从目字，多譌作囟（原注：睦、
省等字古文所从），則⿱所从⿰，始⿰之譌，从自从心，古文息字也……
六國古文借息爲悉，許以⿱爲悉之古文，非也。」（說文古文疏證）
今從之！

「延　⿰，古文徒。」（辵部）

按：晚近諸家皆从爲⿰爲屎之譌（甲文作⿰、⿰），六國古文假屎爲徙，
許君誤以爲同字！

「遂　⿰。古文遂。」

按：三體石經春秋僖公三十一年「公子遂如晉」，遂古文作「⿰」；尚書
君奭「乃其隧命」，石經古文作「⿰」，王國維云說文遂古文乃石經
古文⿰之譌，[註1] 孫海波、朱芳圃等俱以爲此⿰若⿰字當即述字
之譌變 [註2]（金文作⿰史述簋、⿰中山王譽鼎），述、遂古音近，金文、
古籍中每多假借，許君誤廁二字爲重文。

「御　使馬也，从彳从卸。馭，古文御，从又从馬。」（彳部）

按：李師孝定云：「甲金文御、馭兩字皆有，而其義截然不混，……御之
本義當訓迎訓迓，與使馬之義無涉。……至使馬之義，字當作馭……
而經傳中固多已假御爲馭矣。許君沿譌，遂以御、馭爲今古文。」（讀
說文記48頁）此字當爲正文誤廁，重文爲本字！

〔註 1〕王國維，魏正始石經殘石考，3331 頁。

〔註 2〕孫海波，魏三字石經集錄，2 頁。朱芳圃、商周文字釋叢卷下 131～132 頁。

「䜌　　亂也，一曰：治也，一曰：不絕也。从言絲。🖐古文䜌。」（言部）

按：李師孝定云：「段注謂：『與爪部𤔔，乙部亂，音義皆同』，按段說是也，訓治訓亂之字當作🖐，即許書之𤔔，象兩手治絲形，絲亂而兩手治之，故有治、亂兩訓。……此字古文當隸妥部𤔔下，䜌字从言，與治亂之訓無涉，疑別是一字，其本義當爲『語不絕』。」（讀說文記，61頁）

「殺　　𣱽，古文殺。」（殺部）

按：龍師宇純云：「古文殺作𣱽，即金文𣱽字以爲蔡字者……余謂𣱽乃竄字異構，從犬而曳其尾，象其俯身竄逃形，後足爲尾所掩，故莫得見。古文或有假𣱽爲殺者，許君遂收殺字古文耳。」（說文讀記之一，50頁）

「肰　　犬肉也，从犬肉，讀若然。𣟱，亦古文肰。」（肉部）

按：朱駿聲云：「疑當爲然字之古文。」是也！六國古文蓋假然爲肰，許君誤廁爲重文！

「剛　　彊斷也。从刀岡聲。𥃩，古文剛如此。」（刀部）

按：剛，甲金文作𠟭前四、三〇、三、𥃩牆盤，與古文作𥃩於形不類，而與侃字金文作𠈔士父鐘、𠈔萬尊、𠈔尾陽矛者相似（古陶文亦有𠈔、𠈔、𠈔字）。諸家論者多以爲六國古文借侃爲剛，許君誤廁爲重文！

「飪　　大熟也，从食，壬聲。恁，亦古文飪。」（食部）

按：心部有恁字云：「下齎也。」與飪字古文形同，段注云此飪字古文爲後人增竄。中山王䁞鼎兩見𢛳字，趙誠釋爲恁，假爲佞、忍字（中山壺、中山鼎銘文試釋）此處重文亦可能六國古文有借恁爲飪者，而說文誤廁之。

「極　　竟也。从木恆聲。亙，古文極。」（木部）

按：古文亙，甲文作𠄢藏一九九、三，金文作𠄢姑亙母觶，本从月，篆、古文从舟者爲月之譌。𠄢乃恆之初文（金文又作𠄢恆簋蓋），古文經傳蓋假爲極，許君誤廁爲重文。

「柙　　檻也，以藏虎兕。从木，甲聲。𠙴，古文柙。」

按：繫傳作「𠙴，古文柙从口，汗簡引說文作𠙴（卷三）。」王國維謂

殷周古文甲皆作十，唯卜辭中殷先公上甲之甲獨作田（哲按：周金文亦見此形，如田甲鼎、(十)兮甲盤等）說文柙之古文蓋此字之誤（見魏正始石經殘石考）。然則古文書假甲為柙，許君誤廁為重文。

「伵　伵，古文夙从人、囡。伵，亦古文夙。从人、西。宿从此。」（夕部）

　　按：甲金文夙字作、；伵、伵則為宿之初文，甲文作伵。夙、宿古同音，故或相假借，寰叔簋：「豐姞憼用宿（夙）夜享孝于諆公于寰叔朋友。」是其例！

「訧　相訹呼也。从厶、羑。羑，古文。」（厶部）

　　按：羊部「羑，進善也。」此處重出，朱駿聲云：「古書借羑為訧。」（說文通訓定聲）今從之！

「廄　馬舍也。从广，䣫聲……廏（繫傳作廏），古文从九。」（广部）

　　按：段玉裁云：「从古文㱃而九聲。」（段注）王筠從之，而釋从㱃之意云：「皀，古文㱃也。㱃下云：㱃馬，則止之之義，馬繫于廄中也。」（句讀）㱃部㱃：「礙不行也，从㱃，引而止之也。㱃者，如㱃馬之鼻。」然金文此字作、等形，本不从㱃，且㱃亦無止之意，故从古文㱃之說終不可從。朱駿聲則別闢新解，云：「从勼省（哲按：勹部『勼，聚也，从勹、九聲』），䣫省聲。」（說文通訓定聲）蓋亦嫌於古文从皀難解，然朱說亦測詞！

廄从䣫，殳部䣫云：「揉曲也。从殳、皀。皀、古㱃字，廄字从此。」金文作頌簋（不从古㱃字），此字頌簋以為簋字（頌簋另、一簋字作），簋，金文一般作，弔多父簋除作外，又作；追簋銘亦一作，一作，然則、蓋一字之異構，即簋字（說文誤分為二字而音仍相同），所从皀、皀本簋之象形初文（甲文作、），後始增殳（甲文作，象手持匕栖）。準此，則廄古文蓋亦从皀（簋），九聲，疑即簋之古文，說文簋之古文作匭、杚、匭，，即相當於匭字（「匚」乃後加）。

金文簋除作、外，亦从食作；廄，邵王簋作（假為簋），亦从食，可為匭从食之比，六國古文蓋假飤（簋）為廄，許書誤廁為重文。

「泰　滑也。从廾、水，大聲。夳，古文泰。」（水部）

　　按：段玉裁云：「當作夳，从亼，取滑之意也；从大聲。」（段注）朱駿

聲云：「古文从水省，大聲。」（說文通訓定聲）實者此夳即今習見之太字，段氏囿於說文，故云：「後世凡言大而以爲形容未盡則作太，如大宰俗作太宰，大子俗作太子，周大王俗作太王是也，謂太即說文夳字，夳即泰，則又用泰爲太，展轉貤繆，莫能諟正。」（段注）其說太之意蓋是，不信太即夳則非！大、太古本同字，故金文「大子」、「大史」、「大祝」、「大保」、「大室」、「大師」、「大宰」等即太子、太史、太祝、太保、太室、太師、太宰，後始於大字增益點、畫，分化成太：古陶文作　，文曰：「令嗣樂乍太室壎；西漢金文天梁宮高鐙作　，銘曰：「太初四年。」；或增二點、畫作夳，即說文泰字古文所本：古陶文作　，文曰：「太言」；西漢駘蕩宮壺作夳，銘曰：「太初二年。」；甚或有增三畫作　者：西漢武威簡、泰射，文曰：「　（今本作大）射正執弓以袂。」蓋皆以別於大字，所從一或二或三劃爲指事性符號耳！泰既从大聲，故古文獻得與大、太通借，說文無太字，許君或不知夳即太，見其於六國古文與泰通用，遂誤廁爲重文！

「握　　，古文握。」（手部）

　　按：古文當是屋字，六國古文假屋爲握，參「文字構造法則不同」古文屋字。

「撫　　安也。从手，無聲。一曰：循也（段玉裁改爲『揗也』，云：『揗者，摩也。捬亦訓揗，故撫、捬或通用。』）捫，古文从手、亡。」（手部）

　　按：撫訓安，从亾似於義無取（本書攴部另有攱字訓撫也，从攴與从手義近，故可通）。戰國器中山王壺、鼎並有捫字，銘云：「不顧逆順，故邦捫身死。」（壺）「迷惑於子之而捫其邦，爲天下戮。」（鼎）字皆作滅亡之義，然則此字本係「亡」之繁構，或爲逃亡之專字，六國古文或假爲撫，許君遂廁爲重文。

「直　　正見也……　，古文直。」（乚部）

　　按：諸家以爲古文爲植字，晚周古文假爲直者，殆是！

「斷　　截也。从斤从𢇍，𢇍、古文絕。　，古文斷从𠧢，𠧢、古文叀字。周書曰：𠧢𠧢猗無他技。　，亦古文。」（斤部）

按：古文从㠯，㠯、古文叀字，叀音職緣切，與斷音近，則斷與劃（劃）
一會意，一形聲；詔則由劃累增無義之口符而成（甲文紹作〔圖〕，篆文
作紹可爲比）。唯黃錫全云：「（汗簡卷二〔圖〕斷）此即劃字，古作〔圖〕（量
侯殷）、〔圖〕（望山楚簡），或从又省作〔圖〕、〔圖〕（古璽），說文䜌字或體作〔圖〕，
變作〔圖〕、〔圖〕（說文古文）。叀字省作〔圖〕，與惠字省作〔圖〕（王孫誥鐘）、〔圖〕
（三體石經）、傳字作〔圖〕（華嶽碑）……類同。劃（或劃）斷音義均近，
石經假劃爲斷。」〔註3〕黃氏以劃、劃（誤爲〔圖〕）爲䜌字異體，假爲
斷，今从之！

二、籀　文

「憲　　滿也；从心，㪍聲。一曰：十萬曰憲。〔圖〕，籀文省。」（心部）

按：言部「㪍，快也。从言从中。」金文作〔圖〕牆盤、〔圖〕憲簋、〔圖〕命瓜君壺，
說文云「〔圖〕，籀文省」似可从。然此字二徐本所「省」者竟爲㪍之
「中」而非言之「口」，其字實與言字無別，若非說文傳鈔致誤，則
難以理解。馬敘倫云：「此从言，言、音一字，則此與意一字。」（說
文解字六書疏證）古言、音初本同形，馬說較長，今從之！籀文蓋
假意爲憲（二字音同）！

「婚　　〔圖〕，籀文婚。」（女部）

按：籀文實聞之象形字，金文作〔圖〕克盨等形，假爲婚，故說文誤廁之！

三、或　體

「氛　　祥气也……〔圖〕，氛或从雨。」（一上气部）

按：气訓雲气，雲字从雨，則祥气之氛似可从雨作霿，然段玉裁云：「（霿）
按此爲小雅雨雪霏霏之字，（禮記）月令雰霧冥冥……皆當作此霿，
與祥氣之氛各物，似不當混而一之。」（氛字注）考經籍用字，氛、
霿確有分用現象，如：左傳昭公十五年：「吾見赤黑之祲，非祭祥也，
喪氛也。」杜預注：「氛，惡氣也。」昭公二十年：「梓愼望氛」襄
公二十七年：「楚氛甚惡」注皆云：「氛，氣也。」漢書董仲舒傳：「今

〔註3〕黃錫全、汗簡注釋，182 頁；並參黃錫全「利用汗簡考釋古文字」。「釋劃」，見古
　　　文字研究十五輯。

陰陽錯繆，氛氣充塞。」等，「氛」皆「謂吉凶先見之氣」（段注）「雰」字則除前引段注外，若楚辭怨思：「雪雰雰而薄木。」悲回聲：「漱凝霜之雰雰」、玉篇：「雰，霧气也」、廣雅釋訓：「雰雰，雨也」等，皆與天象有關。許慎或見典籍有假雰為氛者，而誤以為同字！

「戲　　閉也……劇：戲或从刀。」（攴部）

　　按：刀部重出劇字，漢字雖有同形異字例，然刀部劇訓「判也」（判訓分也）從刀之字多訓分、判、分解、斷、破、裂等，與戲之訓閉（玉篇訓塞也）義正相反，此戲字或體劇疑後人所增，或典籍假劇為戲，許慎誤以為同字。

「然　　燒也。从火，肰聲。蘿，或从艸，難。」（火部）

　　按：艸部重出難字。金文然作 肰（中山王鼎），與篆文同；又或作 蘿（ 者減鐘）。此字古文作蘿者，殆或古籍假借為用，許君誤廁為重文！

「𦧦　　舌也，象形，舌體𠃌𠃌，从𠃌，𠃌亦聲。肣，俗𦧦从肉，今。」（𠃌部）

　　按：甲文作 、 、 ，金文作 、 ，象从函盛矢之形。篆文所从𠃌乃函上掛環之譌，字本與舌義無關，疑古或从「函」假為「舌」之語，許君誤以函即「舌」之正字！俗字从肉，今聲，則為「舌」語所製之專字（从今聲猶含从今聲，含、函音近，古多假借，禮記月令：「羞所含桃」，釋文：「含本又作函。」漢書禮樂志「函宮吐角激微清」，注云：「函與含同。」）此字蓋正文誤廁！

第二節　誤廁轉注字為重文

在漢字發展過程中，常見：（一）一字字義因引申而數義並行，其後為求其意義間彼此於形體有別，遂加表意偏旁以為區別，分化成新字，如取之本義為捕取、獲取，娶婦亦可用「取」，後遂於取加女符作「娶」以分別「取」字。（二）或即於原字改變其偏旁，變化成新字，如梳由疏字變化而成。另有一類：（三）其字本為假借字，後為別於其字之本義而加注表意偏旁，如果字本義為果實，因借為灌祭義，後乃加「示」符作「祼」形成灌祭義之專字，以別其本義；（四）或者因文字於假借使用後，部分文字之本義為借義所奪，一般只知其借義，不

知其本義，在須用其本義時，反若無專字可用，於是就其字加注意符，而形成專字，以別其借義。如求本是蛷蝮字，因借爲求索義而加虫。以上兩大類因文字引申或假借而增意符之字，就其文字形式言，傳統視爲形聲字，然其字實經由兩階段而形成，本皆先有其表聲偏旁，意符乃出於後增，龍師宇純謂此類字爲「轉注字」（中國文字學二章四、五節）。

轉注字乃因字義有所引申、假借，遂於原字增注意符，使別於原字，當其分化成新字即與原字有別，不當視爲一字之重文，許君於轉注字亦多別爲二字，如前舉，取與娶、疏與梳、果與裸、求與蛷（蚤）皆分屬二部，然亦有少數例字如畫與古文劃（二字關係屬上所論（一）類）、監與古文譬、對與或體對（屬（二）類）、康與穅、尤與秕、昔與籀文腊（屬第三類），許君仍誤廁爲重文，而第（四類）字，許君通常視爲重文，學者亦多視此類字爲累增字，龍師宇純云：

> 如説文氣字或體餼下段注云：「从食而氣爲聲，蓋晚出俗字，在假氣爲气之後。」對於餼字的形成，顯然看得十分眞切。這就是説，餼字並不是在作「饋客之芻米」講的氣字上加注食旁，其中氣字實際是空氣、水氣的氣，在此不過相當於一聲符，原不與餼字相等。用眞屬累增字的「戾、籥」作比較，戾户、籥冊之間只有字形繁簡之異，其他一無區別，故戾籥二字可隨户冊二字歸屬於象形。餼與氣則一般人心目中爲兩個意義全不相干的字；而通常所謂「俗體」字的出現，又正是「一般人」在不經意的情況下所鑄成，則依六書歸類，餼字便沒有附屬於氣字之下的理由。此字既合於本書所説轉注字的條件，自然應該歸屬於轉注。（中國文字學，143～144頁）

説文正重文與氣、餼關係相類者，尚有云與雲、其與箕、互與笠、罒與網、或與域、它與蛇，今皆列爲誤廁類！

一、古　文

「（畫）書，古文畫。勸，亦古文畫（依繫傳。大徐作書、書勿）。」（畫部）

　　按：刀部重出劃字：「錐刀畫曰劃。」段玉裁云：「謂錐刀之末所畫謂之劃也。」（段注）劃（劃）蓋由畫（書）加注刀符之轉注字。

「監　臨下也。从臥，衉省聲。譬，古文監从言。」（臥部）

按：甲文作⿰字，金文作⿰、⿰字，李師孝定云：「監象俯首鑒影之形，臨下其引申義。古文从言，葢爲監察一義所製會意專字。」（讀說文記，監字條）疑警當爲由監變更意符之轉注專字（上言第二類）。

「雲　　山川气也。从雨，云象雲回轉形。⿱，古文省雨。」（雲部）

按：云爲初文，假爲言說等義，後乃加雨作雲，爲轉注字。

二、籒　文

「昔　　乾肉也，从殘肉，日以晞之……。⿱，籒文从肉。」（日部）

按：甲金文作⿱、⿱，从日从水，取意於往者洪水之日，說文云：「乾肉」，乃假借爲用。徐王鼎⿱字與籒文同，爲乾肉之轉注專字。

「箕　　⿱，籒文箕。」（竹部）

三、或　體

「對　　譍無方也，从丵从口从寸。對，對或从士，漢文帝以爲責對而爲言多非誠對，故去其口以从士也。」（丵部）

按：金文作⿱父乙尊、⿱頌鼎，从土，說文云从士乃从土之譌；西漢帛書簡牘則多从口之對。龍師宇純云：「對字見於金文皆從土，從口者，是後起之轉注字。」（說文讀記之一）

「笠　　可㠯收繩者也，从竹，象形。中象人手所推握也。互，笠或省。」（竹部）

按：互本象形初文，借爲它義，因增竹以明其本義，笠爲轉注字，說文云互爲笠省，誤！

「秫　　稷之粘者。从禾，朮象形。⿰，秫或省禾。」（禾部）

按：甲文作⿰、⿰，徐中舒主編、甲骨文字典云：「從⿰又、下從儿，所會意不明……自甲骨文觀之，朮之爲秫實非象形，當爲假借。後乃加偏旁禾爲秫字。」（秫字條）正文秫爲轉注字。

「⿰糠　　穀之皮也，从禾、米，庚聲。⿱，穅或省。」（禾部）

按：甲文作⿱前一、三七、一、⿱輔仁六一，金文作⿱毛公鼎、⿱命瓜君壺，後譌成从米。郭沫若云庚本象有耳可搖之樂器，康字葢从庚，庚亦聲，康下之點撇猶彭之作⿱若⿱，言之作⿱若⿱，康字以和樂爲其

本義，穄乃後起字（甲骨文字研究、釋干支）。古或假「康」爲穀皮
之意，其後加注禾旁成穄，爲轉注字。

「氣　　饋客之芻米也。从米，气聲。餼，氣或从食。」（米部）

按：段玉裁云：「（餼）从食而氣爲聲。蓋晚出俗字，在假氣爲气之後。」
（段注）故餼實爲轉注字。

「（网）罔，网或加亡。䋄，或从系。」（网部）

按：罔借爲他用，後復加意符「系」作䋄（今作網），爲轉注字。

「勿　　州里所建旗，象其柄有三游，……㫃，勿或从㫃。」（勿部）

按：李師孝定云：「契文之弓，金文之弓，皆不類旗柄有三游之形，郭沫
若謂弓乃笏之初文（原注：見殷契粹編考釋3頁及66頁。）說似較
勝，旗柄三游者，蓋當以㫃爲正字，古或假勿爲之，故許君云然而。」
古或假勿爲㫃義，後乃增㫃轉注爲㫃字。

「居　　蹲也。从尸，古者居从古。踞，俗居从足。」（尸部）

按：居之義本爲蹲，因借爲語詞或居處等義，後遂加足以復其本義作踞，
爲轉注字。

「或　　邦也。……域，或又从土。」（戈部）

按：或本邦之初文，假爲語詞，後乃加土以復其本義。

「它　　虫也……蛇、它或从虫。」（它部）

按：它本虫之象，假借爲他用，遂加虫以明其本義。

第三節　誤廁同近義字爲重文

沈兼士於「漢字義讀法之一例－說文重文之新定義」一文云：

說文重文於音義相讐形體變易之正例外，復有同音通借及義通換用
二例，一爲音同而義異，一爲義同而音異，皆非字形之別構，而爲
用字之法式。緣許君取材，字書而外，多采自經傳解詁，其中古今
異文、師傳別說，悉加甄錄，取其奇異或可疑者，別爲重文，此同
音通借、義通換用二例之所由來也。

沈氏提出此現象，對某些形音扞格難通之重文確能提供另一解釋角度與方法。
如及之古文作逮，實當爲逮字，及、逮義同，說文且爲互訓字，古書中當有兩

字互用爲異文者，許君編纂說文，誤以爲二者同字，遂聯系爲重文。又如丹與古文彤；銳與籀文厥；蠡與或體詻等皆當以爲義同義近換讀之例，否則揆其形、音皆難以定爲一字。上述諸例於古書中殆皆偶一爲之，恰爲許君所蒐錄，唯會之古文㓛，則遠自甲文即已通用，會之本義未明，用爲會合義殆其引申義，甲文另有㓛字則爲會合義之專字，唯自小篆以下，㓛字廢而不用，會遂爲正字矣！

一、古　文

「及　　逮也。从又人。逮，古文及。」（又部）

> 按：龍師宇純云：「古文及字徐灝、朱駿聲並云疑是逮字，宇純案：其說可從。說文及，逮也；逮，及也……然則及與逮始義亦當有人獸之別，故及字作及，象亡人在前，有又（手）自後及之；而逮字從隶從辵，說文『隶，及也。從又，尾首，又持尾從後及之也。』，隶即逮之初文。古文及字於隶加羊角，仍當爲逮字。」（說文讀記之一，49頁）

「丹　　巴越之赤石也……彤，古文丹。」（丹部）

> 按：本部彤：「丹飾也，从丹、彡。」諸家云彤當爲彤之古文，傳寫者誤移丹字下（彤作彤，丹誤爲丼，靜字所從丹或誤爲丼克鼎、免鼎等，可爲比）。然丹、彤義有可通（彤亦從丹會意），左傳莊公二十三年：「丹桓公之楹」，服虔注：「彤也。」國語周語下：「夫宮室不崇，器無彤鏤，儉也。」韋昭注：「彤，丹也。」然則許慎或於古籍異本見有丹、彤互用者，遂廁二字爲重文，其實二字僅屬義近字耳！

「會　　合也。从亼，曾省。曾，益也。㓛，古文會如此。」（會部）

> 按：會，甲文作會粹四六六、金文作會會媿鼎、會鄀始鬲、會趞亥鼎、會屬羌鐘、會蔡子匜、會秦虎符、會中山王嚳壺、會好盗壺等形，字從合從日（兯、曰、田、田等〔註4〕）會意，以字從合會意，故引申有會合之意（其本義因曰、兯等形未易究語，故仍當闕疑。）

甲文又有㓛粹一〇三七、㓛鄴三三、八，金文作㓛牆盤，或即爲會合意所造之專字，此字即說文古文所自昉（古文當如三體石經作㓛）。會、㓛自甲文始即

〔註4〕「合」間之形體甲金文異形頗多，學者論之者亦眾，或由「曾」形索解，或云會爲膾之初文，所從即象細切肉；李師孝定則云：「中象所貯物，所貯物各殊，故其形亦各異，非從曾省。」（讀說文記142頁）

皆有會合之意，故說文廁爲重文，然就其本形本義而言，其始蓋不同字，當入誤廁類。

二、籀　文

「銳　芒也。从金，兌聲。厀，籀文銳从厂、剡。」（金部）

按：段玉裁、王筠並云厀从剡，厂聲。然厂，古音元部曉母；銳，祭部喻四母（銳从兌聲，兌、大外切，銳當近舌頭音），二字聲母歧異，韻部亦有開合之別，故从厂聲之說不可从。朱駿聲則云：「籀文从厂从剡，會意字。」（說文通訓定聲）刀部剡訓銳利，與銳訓芒義近，然从厂會意猶不可解（厂說文訓山石之厓巖，人可居）！沈兼士則謂：「廣雅釋詁二『銳，利也』，四『厀，傷也』，王疏：『厀者，銳傷也，說文以爲籀文銳字，廣韻又此芮切，小割也，皆傷之意也。』是廣雅以銳、厀爲二字。又集韻琰韻：『剡，傷也。』竊疑剡爲剡之增形字，而厀又爲剡之譌變。訓傷者，剡利者能傷人，故引申訓爲傷而增厂旁（哲案：集韻書後出，沈氏以厀爲剡譌之說當存疑）……說文以剡爲銳，蓋亦義通換用之例。」（漢字義讀法之一例－說文重文之新定義）銳、剡（从厂作厀，義仍當與剡近）義近，沈氏換讀之說可从！

三、或　體

「訹　相訹呼也。从厶从羑。」（誘，或从言、秀）譮，或如此。（厶部）

按：譮之說解，許君云：「或如此」（大、小徐本皆如是），然則許君亦不解其故。沈兼士云：「案：段注：『从盾者，蓋取自隱藏以招人之意。』朱駿聲云：『或从言、遁省會意。』案：段、朱皆嫌於从盾爲聲之無法解釋，故設此遁辭耳。竊意譮即循善誘之專字，單用之則有揗摩順撫之意，古籍容有誘、譮換用者（哲案：謂誘、譮雖異字而義通，於古籍異本中有換用者），故許君采爲重文。小學家謂重文讀音必須相同，此拘墟之見也。」〔註5〕其說較長，今從之！

「銋　矛也。从金，從聲。鏦，銋或从象。」（金部）

按：段玉裁云：「（象）非聲也，未詳！玄應曰：字詁云，古文鏦、穳二形今作攕、同。麤亂切。字林云：穳，小矛也。按鏦與銋當是各字

〔註5〕沈兼士漢字義讀法之一例——說文重文之新定義。

而同義。从金、象聲，今說文轉寫有誤。」（段注）王筠、朱駿聲亦
皆以爲二字非重文，沈兼士則引爲「義通換用」之例，今从之！

第四節　其　他

　　除誤廁假借字、轉注字、同近義字爲重文外，說文中另有少數例字，或因
形近而混同二字爲重文，如西字；叕與籀文叕。或因其字本非實有，乃分析自
偏旁，如古與或體克；奻之或體秆；蹂之正文㕚。或今本說文列字有舛誤，
如牰與籀文犢等，個別情況不一！

一、古　文

　　「㕚　　舌皃；从谷省，象形。西，古文㕚。讀若三年導服之導。一曰竹上
　　　　　皮，讀若沾；一曰讀若誓，弼字從此。」他念切（谷部）

　　　　按：此字許慎說以二義三音（含「他念切」則四音），疑其來源不一，因
　　　　　　字形演變同化爲「同形異字」：〔註6〕其一所謂舌皃。徐鍇云：「人舌
　　　　　　出㕚㕚然，靈光殿賦曰：玄熊㕚舚也。」（繫傳）所引㕚今文選作甜。
　　　　　　段玉裁云：「魯靈光殿賦……（李）善曰：甜舚，吐舌皃……按甜蓋
　　　　　　即㕚之俗也……象形者謂㔾，象吐舌也，从谷省者謂人也。」（段注）
　　　　　　蓋以㕚爲甜之正字（廣韻：甜，他酣切）。王筠則云：「舌藏口中，
　　　　　　安得有皃，必吐舌也。……一象脣，口象舌，或人或爻皆象舌上之理，
　　　　　　舌出脣外以舌鈎取物也。說文無餂字，此其是矣。」〔註7〕（釋例）
　　　　　　是以㕚爲餂之本字，玉篇餂音達兼切；集韻他點切；篇海餂即舔字。
　　　　　　戴君仁先生亦以㕚即今舔字（說見「同形異字」）諸家釋形雖略不同，
　　　　　　要皆以㕚象舌之動皃，而甜若餂之音亦與說文說解若合符節，許君
　　　　　　云舌皃，應有所據！

　　　　其二所謂「竹上皮」一義。王筠云：「廣雅席也一條有西字，又有筜、筙、
簟、籧……字皆從竹，或西亦竹席也。」（句讀）甲金文宿字作⿸宀因、⿸宀個、⿸宀個、
⿸宀個等形，羅振玉曰：「說文解字：『宿，止也，从宀，佰聲，佰，古文夙』又舛

〔註6〕「同形異字」名義見戴君仁先生「同形異字」、龍師宇純「廣同形異字」。

〔註7〕孔廣居亦以爲西爲餂之本字，然釋形有異：「愚意象形之始，當作西，一象所西之物，
　　　　口象口，八象舌形，古文㕚，象舌上文也。」（說文疑疑）

注古文作⿰亻酉、⿰亻酉。案古金文及卜辭殂字皆从夕从丮，疑⿰亻酉、⿰亻酉爲古文宿字，非殂也。」（甲文集釋宿字引）羅說是也！甲骨文⿴囗亻或从宀作⿱宀囷，其實無別，宿殂同音可通假，金文亦有其例。⿱宀酉、⿰亻酉、⿰亻酉蓋自⿱宀囷、⿰亻囷、⿰亻囷所演變，則丙囡與囗图字形相當。甲骨文亦有囗图字，王國維釋爲席，以爲即丙字：「囗者古文席字，說文席之古文作⿴囗人，豐姞敦宿字作⿱宀囗，从人在宀下囗上，人在席上其義爲宿，是囗即席也……說文囡，一曰竹上皮，蓋席从竹皮爲之，因謂竹上皮爲囡，亦其引申之一義矣，囗象席形，自是席字，由囡而譌爲囡，又省爲丙。」（觀堂集林卷六・釋弼）然唐蘭以爲：「囡字本象簟形……即丙字」（古文字學導論下編 58 頁），衡諸音理，當以唐說爲是！說文：「簟，竹席也。从竹、覃聲。」而丙：「讀若三年導服之導」，鄭玄注士喪禮云：「禫或爲導」，知丙、簟古音相近，（「他念切」及「讀若沾」，與簟亦端、定母聲近，談、侵部旁轉），故李師孝定亦以囡即簟之古文（甲文集釋，丙字）。

以上二說，或以爲丙象舌兒，或以爲乃簟之古文，其形、音、義皆能合於說文說解，蓋其二字二形本不相同，於演變過程中逐漸混同，說文遂收爲一字，幸其音義猶有歧出，得藉以考釋其詳！此字說文當以「竹上皮」一義廁爲簟之古文！

「⿱求衣　皮衣也。从衣，求聲。一曰：象形，與衰同意。⿱求，古文省衣（繫傳作：古文求）。」（衣部）

按：裘，甲文作⿱求後下八、八；金文作⿱求又尊，增「又」爲聲符，或作⿱求衛盉，即篆文所自昉。據說文，裘、求同字，裘實於求字增衣符。然徵以古音，二字韻部不同，裘古韻屬之部，求則隸幽部；人求聲之字，亦皆隸幽部，故裘、求不得同字，亦不得以爲聲符。金文求字作⿱求、⿱求，本與⿱求、⿱求不同字，裘義爲皮裘，求則爲求索義，因誤書⿱求外之毛形於「又」聲之兩側，於是誤⿱求爲⿱求，遂以爲从求聲（參龍師宇純「有關古韻分部內容的兩點意見」釋裘字）。

二、籀 文

「牭　四歲牛，从牛、四，四亦聲。䭹，籀文牭从䭹。」（牛部）

按：段玉裁云：「犙字从叄，故爲三歲牛。牭字从四，故爲四歲牛。則䭹

字从貳，當爲二歲牛矣。而謂犕爲籀文牭字，二四既不同數，且四之籀文作亖，則牭之籀文當作亖，凡此乖剌，當由轉寫脫繆……宜易之曰：犺，牛體長也。犕，二歲牛。犙，三歲牛。牭，四歲牛，犆、籀文牭。」（段注，犺字注）今从之！

「　日初出東方湯谷，所登榑桑叒木也，象形。，籀文（繫傳作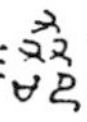）。」（叒部）

按：篆文及其說解與籀文本非一字；篆文叒者蓋取桑（甲文作前一、六六）之上半而成字，榑桑、若木者，段玉裁云：「離騷：總余轡乎扶桑，折若木以拂日。二語相聯，蓋若木即謂扶桑，扶若字即榑叒字也。」（段注）至籀文，其溯形本作父乙爵、甲二九〇五，金文或从口作彔伯簋、昌鼎，即籀文所本，甲、金文訓爲順，或用爲語詞及唯諾字。二者本不同字，後以形近音同而混爲一字。

三、或　體

「　不順忽出也。从到子。易曰：突如其來如，不孝子突出，不容於內也。𠫓即易突字也。𠫔，或从到古文子。」（𠫓部）

按：龍師宇純云說文𠫓字原屬子虛，乃分析毓、棄、流等字偏旁而平添之字，所謂𠫔从倒古文子亦屬誤解，說已見「增益點畫」棄字！

「縻　牛轡也。从系，麻聲。絼，縻或从多。」（系部）

按：縻、多聲母懸隔，多不當爲重文聲符。玉篇絼，注「重也」，音余至切；廣韻絼注：「重多」，音羊至切，皆不與縻爲一字，說文廁二字爲重文恐有舛誤！

「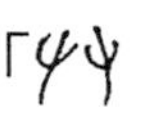　竦手也。从从。，揚雄說从兩手。」（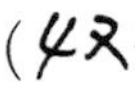部）

按：甲文作，金文偏旁亦作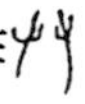，象兩手有所奉持形。揚雄說字作，于古無徵，此字當係由拜字所分析，未必實有其字。手部：「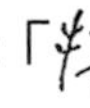，首至手也（依段注），从手、𡙁。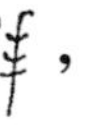，揚雄說𢷎从兩手、下。，古文拜，从二手。」、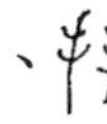二字皆出自揚雄說，自成系統。段玉裁云：「蓋訓纂篇如此作，古文𢷎從二手，此以古文𢷎爲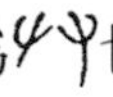也。」（段注，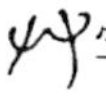字下）段氏以爲此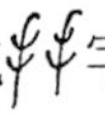字出自古文拜：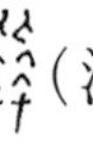（汗簡引作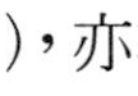），亦非是！當由（譌自金文、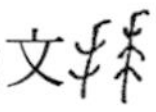）所分析出，蓋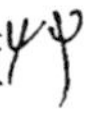（竦手）、（首至手）

義近，偏旁分析 ⺊ 若 ⺁ 又即手形，故揚雄輩（或前有所承）即以 ⿰ 為 ⺌！

四、篆　文

「⿻　獸足蹂地也，象形，九聲……蹂，篆文，从足、柔聲。」（厹部）

按：九、蹂聲母懸隔（見、泥之別），厹不當从九聲。李師孝定云厹部七篆（厹、禽、离、萬、禹、⿰、⿰）或為走獸，或為蟲，與獸迹之解，不盡相涉，七篆中惟禽萬二字見於甲金文，然萬本蠍之象形，金文中極多見，未見从厹之迹（哲案：甲文作 ⿰、⿰，金文作 ⿰、⿰。詛楚文作 ⿰ 者，其下所从已譌同 ⿻）。禽字，卜辭以 ⿰ 為禽，字又作 ⿰，金文加注今聲作 ⿰，又作 ⿰ 不⿰簋，增又象以手持之，此「⿰」形即為「厹」字所自昉，殊未見獸迹之象（哲案：石鼓文作 ⿰，已从 ⿰）李師云：「竊疑厹、蹂本非古今字。而篆文从厹者已多，許君又不知何从而得人九切一讀，遂以為蹂之古文，立為部首，以攝其下六篆耳。」（讀說文記）獨體之 ⿻ 于古無徵，李師之說或可從！說文中或有原非實有者，乃漢儒分析文字偏旁而得（例證參龍師宇純中國文字學 266 頁），此内字或亦是，乃由分析萬、禽、禹（金文作 ⿰ 禹鼎、⿰ 叔向簋、⿰ 秦公簋）等字偏旁而得！

第七章　存　疑

　　先秦文字之字形發展在小篆規範化以前一直處於變動不居之狀態，文字之發展，或於傳統字形有所增、損；或於偏旁結構有所變異；或者字形譌變，皆能形成異體，而上述演變多能藉由形體結構之分析知其來龍去脈。說文重文中另有一部分字殆因譌變太劇烈，脫離了傳統字形之脈絡，或者另有造字意圖，唯文獻不足徵，未能知其詳者，本文列入「存疑」類以俟後考！存疑類中以古文比例最高，多逾籀文、或體數倍，可證六國古文正處於字形發展演變劇烈之時期！

第一節　正文存疑

一、重文爲古文

「繭　蠶衣也。从虫、芾省。繝，古文繭从系、見。」（系部）

　　按：古文从系，見聲。然篆作繭，大徐云从芾省，於音、義並無可取（繫傳作「芾」省亦誤）！鈕樹玉云：「集韻引作从系芾聲，當不誤；五經文字繭注云：從虫從芾，芾音綿；一切經音義卷十七引蒼頡解詁云：繭，未繰也，字從虫從系，芾聲，芾音眠；六書故云唐本說文从芾。」（說文解字校錄）段玉裁、王筠等亦均以爲从芾聲，唯繭、芾二字聲母懸隔，繭是否以芾爲聲符，仍有可疑！馬王堆漢墓帛書相馬經繭作繭、繭，魏受禪表作繭，亦無从見其所从，仍存疑之！

「陳　　宛丘舜後，嬀滿之所封。从𨸏从木，申聲、◆，古文陳。」

按：金文陳皆不从申聲，說文釋形有誤。其作：◆、◆王仲嬀匜、◆陳猷壺、◆陳逆簋形者，學者謂从東，惟以東、陳古韻不同，多不敢遽言陳从東聲。東字自甲文即爲習見字，甲文作◆、◆、◆，自金文則皆作◆形，略無差爽，然陳字或作◆陳侯午錞、◆陳侯因咨錞，或作◆陳侯鬲、◆陳胎戈、◆陳財簋、◆舍忌鼎、◆、◆古陶文、◆、◆、◆古鉢等形，若謂諸形所从皆東之譌變，似有可議！因疑陳所从本非東字，其後或因形近，遂爲東字同化（今所見陳字金文皆春秋以後器），故金文或从東（此罕見字爲習見字同化之常理），唯所从之本形若義爲何，則不易究詰，仍存疑之！古文則从𨸏，申聲。

二、重文爲篆文

「隓　　敗城𨸏曰隓。从𨸏，𡸦聲。墮，篆文。」（阜部）

按：徐鉉云：「說文無𡸦字，蓋二左也。」段玉裁云：「許書無𡸦字，蓋或古有此文，或𡸦左爲聲，皆未可知。」（段注）朱駿聲則逕以爲从左聲。然隓、左聲母有曉、精之隔，韻部且有開合之別，似不當以左爲聲符！甲文有◆菁三、一，郭沫若、于省吾並釋墮。又有◆粹一五八〇字，李師孝定云：「契文作◆若◆，象人若子自𨸏上隕隊之形，故人子均作到文……及後◆誤而爲◆（原注：◆字傳世契文雖未見，然衡以反正無別之例，必有此字無疑）遂爲阤字，重之則爲隓，隓字獨行而◆◆遂廢……隓之篆文作墮，今讀徒果切，又肉部隋下許云从肉，隓省聲，亦讀徒果切，可證隓字古本有徒果切一讀……（李師又證阤與隓古當是一字）阤隓古祇是一字，及後衍變爲二，隓遂專有敗城𨸏一訓，讀爲許規切；阤專有墜落一訓，讀徒果切，判然若不相涉；而隓字篆文作墮者今讀徒果切，以爲墮落字，實猶存古音古誼也。」（甲文集釋・隓字條）李師所云似在情理之中，然亦無以明徵所設若之辭，且「阤」何以必重爲隓（應爲別嫌作用）？今仍存疑之！

第二節　重文存疑

一、古　文

「禮　礼：古文禮。（繫傳作礼）」（示部）

按：古文右旁所从形構不詳，繫傳隸作乙，云：「臣鍇以爲乙始也……；又乙者所以記識也……乙又表著也。」蓋附會之辭。或謂从乙聲若乚聲。並於古音不合；至謂礼者「祀」之譌變，亦屬臆辭。李師孝定則曰：「古文作礼，此六國文之草率急就者，即今之簡體字也，从『乙』，非聲非義，亦猶今之簡體，以『又』代多數繁複之偏旁也。」（讀說文記頁 5）未知其詳，今仍存疑之！

「祡　禬，古文祡从隋省。」

按：段玉裁、朱駿聲並謂从隋省聲。隋，徒果切，古音歌部定母（廣韻又旬爲切，則屬邪母）；祡，仕皆切，支部從母，支歌兩部雖可旁轉，然祡、隋古韻猶有開合之別，二字古音並不切合。桂馥則以爲禬爲从示从隋省會意，肉部「隋，裂肉也」，桂氏云：「裂肉也者，六書故引唐本作列，增韻作：火裂肉，馥謂當作烈，本書古文祡從隋省作禬，祡者積柴加牲而燔之。」（說文義證）又近人舒連景云：「禬，从示，从左，从肉。徵以古文左作𠂇，亦或作又（原注：案卑字从ナ，金文作卑，古鉢作卑可證）禬殆祭之別體。祡謍音近，六國古文蓋借禬爲祡。」（說文古文疏證）然祭字甲文作祭乙五三二一、祭佚一七二，象以手持肉而祭，所从𠂇若又爲手之意（其所舉卑字从𠂇从又亦是）。左，甲文亦作𠂇，金文已孳乳爲左，禬蓋晚周古文，所从𡯁不能示以手持肉之意，故舒氏之說殆非（且祡、祭古韻有支、祭之別）。古文从「𡯁」屬音或義，疑不能明，仍存疑之！

「谷　山閒陷泥地也，从口从水敗皃。𧮫，古文谷。」（口部）

按：段玉裁云：「（𧮫）下蓋从谷，上从列骨之殘歺字，歺象水敗也。」（段注）歺當作𣦵，然如段氏所言，古文與谷部「睿，深通川也，从𣦵、谷。𣦵，殘也；谷，阬坎意也。」同从𣦵从谷會意，特谷之古文容省一筆耳，此說實有可疑。鈕樹玉云：「（容）玉篇，廣韻並無，樹玉

按谷部有睿，訓深通川，不應重出，疑後人增。」（說文校錄），宜乎鈕氏之疑，今存疑之！

「嚚　　語聲也。从㗊，臣聲。𡈼，古文嚚。」（㗊部）

　　按：大小徐古文皆从壬作，鈕樹玉校錄云：「宋本作𡈼……集韻類篇作𡈼，與宋本合。」从壬从土皆非關音義，即或从壬（古文望）亦不解𡈼之意。嚴章福，校議議云：「𡈼，疑校者所加。」

「古　　𡦂，古文古。」（古部）

　　按：古文形構不詳。

「誥　　𣨺，古文誥。」（言部）

　　按：段玉裁以爲古文从言肘聲，唯二字聲母懸隔。王筠云：「誥之古文𣨺，玉篇無，案：前有𣨺字，與此𣨺字正同……玉篇誥字後即列𣨺字，恐說文列字次第本如是。既經後人迻易之後，而𣨺字仍留未刪，乃少改其體以爲誥之古文耳。」（句讀）未知信否，仍存疑之！

「弇　　葢也，从収从合。𠔼，古文弇。」（繫傳作𠔼）（収部）

　　按：古文未可確指所从。桂馥云：「古文从穴，深邃意也。」（義證）朱駿聲云：「古文从収从日在穴中。」（說文通訓定聲）李師孝定則曰：「按此字古文疑有誤，字不从合，从冂，疑許書訓覆之『冖』，从☉，乃日字，从屮，象以巾蔽日，乃許書訓幽之冥……弇下古文作『𠔼』，正象兩手从巾蔽日，故有幽冥之象。」（讀說文記，66頁）

「尹　　𢍊，古文尹。」（又部）

　　按：王國維云：「尹字从又持丨，象筆形，說文所載尹之古文作𢍊，雖傳寫譌舛，未可盡信，然其下猶爲筆形，可互證也。」[註1]朱駿聲說文通訓定聲引或曰：「當爲帚之古文。」邱德修從其說云：「葢古文有假借帚爲尹者，許君因入𢍊于尹下，爲尹之重文。」[註2]諸家所論皆未足爲定論，仍存疑之。

〔註1〕王國維，觀堂集林卷六，釋史。

〔註2〕邱德修，說文解字古文釋形考述，346～347頁。邱氏釋𢍊之形云：「君古文作𢍊，从口之字有訛作𠃋之例，如周之古文即作𠻀……是故尹之古文作𢍊者，即𢍊之訛變。」

「月　　乀，古文及，秦刻石及如此。」

按：姚文田說文校議云：「『秦刻石及如此』當是校語」，今所見秦刻石亦無作乀者！及，甲金文等古文字，皆如篆文从人从又，未見如古文作乀者，玉篇、廣韻、汗簡亦未載古文乀，唯三體石經作乚。六國古文雖每多約易，然此古文及何以簡至如此，無以爲解！且作乀易與乙字混淆（甲文乙作乀，金文作乀散盤，侯馬盟書作乀），古人何以不爲避嫌？今仍存疑之！

「彗　　掃竹也。習，古文彗从竹从習。」

按：甲文作彗、彗，即象掃竹形；篆文所从彗亦掃竹形，从又，示以手持之。古文从習非聲（彗，習古韻懸隔）亦非義，殆非習字，所从習蓋即甲文之譌形，从習則不解何意，仍存疑之！

「又　　習，古文友。」

按：甲金文作友形者爲常體，金文或增口作習召卣，或增口作習毛公鼎，古文作習者即其譌形，唯增益口若口形，未解其何意，仍存疑之！

「殺　　術，古文殺。（术，古文殺）」（殺部）

按：術所从米蓋朮若米之譌變，然其左所从彳，未解何意！

「䩓　　柔韋也，从北，从皮省，从夐省。冗，古文䩓。」（夐部）

按：段玉裁於古文云：「从皮省，从人治之。」（段注）古文字無徵，姑存疑之。

「羌　　羕，古文羌如此。」（羊部）

按：甲文羌字異體繁多，其作羌、羌者，即篆文所自昉（金文作羌，屬羌鐘者全同）；又作羌、羌、羌等形，古文似由其而省，唯羕上增一畫，未知何故，羌之古文字無相同情形，故仍存疑之！

「殄　　盡也。从歺，㐱聲。乂，古文殄如此。」（歺部）

按：古文不詳其形構。

「胤　　子孫相承續也，从肉从八，象其長也。从幺象重累也。胤，古文胤。」

按：金文作胤秦公簋，與篆文同，又作胤姧蚉壺，從重八。說文古文所从月（大、小徐同），玉篇作肖；段注本古文作胤，云：「兩旁蓋亦從

八之意。」桂馥云：「屮，承意。」（義證）古文未詳是譌體抑意符有所改作，仍存疑之。

「狀　犬肉也，从犬、肉，讀若然。⿰勹⿳，古文狀。」（肉部）

　　按：古文其右所从似爲刀之異構，今仍存疑之。

「冎　肉骨間冎冎箸也，从肉从冎省，一曰骨無肉也。⿱，古文冎。」（肉部）

　　按：林義光云冎从肉附一，一象骨肉之間（文源）。梁鼎作⿱，睡虎地秦簡作冎二四、二四、一五，與篆形似，古文中增一橫畫，未知是否有意於形構或僅爲贅筆？

「籃　匲，古文籃如此。」（竹部）

　　按：古文形構不詳。

「卤　驚聲也。从弓省，卤声……⿱，古文卤。（以上說解依段注本）。」（乃部）

　　按：甲文作⿱、⿱、⿱、⿱等，用爲語詞，金文作⿱、⿱、⿱，與正文近。古文于古無徵，仍存疑之！

「薻　薻草也。楚謂之蕾，秦謂之蓤。蔓地生而蓮華。象形，从舛，舛亦聲，⿱，古文薻。」（薻部）

　　按：朱駿聲云：「古文从土，炎亦象形。」（通訓定聲）似爲近理，「匲」象花形，「榮」可爲比（金文作⿱，方濬益云象木枝柯相交之形，其端从炊，木之華也），然古文何以从「⿰」？難以究詰！又馬敘倫謂古文从肉，坴（赤之古文）聲，古文經傳借坴爲薻（說文解字六書疏證卷之十），然薻、赤古韻一文一魚（入），難以音近言之。仍存疑之！

「⿰　艸木華葉⿱，象形。⿰，古文。」（⿱部）

　　按：古文不詳其形構。

「扈　夏后同姓所封戰於甘者……从邑，戶聲。⿱，古文戶从山弓。」（邑部）

　　按：徐鍇云：「從辰巳之巳，毛詩：陟彼屺山，則從戊己之己。」（繫傳）從巳從己並於音義無所取。段玉裁云：「此未詳其右所從也……竊謂

當從戶而轉寫失之。」（段注）朱駿聲則以爲从丂聲（說文云：「丂，

气也，艸木之華未發函然。象形。讀若含」），然扈、丂二字古韻不

合。諸家所說，未厭人意，仍當存疑！

「冒　　[古文]，古文冒。」（冒部）

　　按：其下所从囧，當係目字古文[古文]之誤，其上所从不詳。

「伊……从人尹。[古文]，古文伊从古文死。」（人部）

　　按：段玉裁云古文以恐爲聲（段注）然二字聲母懸隔。商承祚謂[字]爲[字]之

　　　　寫誤（說文中之古文考），亦未知信否？

「[古文]　[古文]，古文比。」（比部）

　　按：段玉裁云：「蓋从二大也，二大者二人也。」（段注）王筠則云：「案

　　　　當作[字]……加兩畫以爲飾也。」（說文釋例）又舒連景曰：「貨布文

　　　　字考載錢貨，文曰：『旂比當斤十』比作[字]，爲[字]所由變。」（說文

　　　　古文疏證）段、王二家所言適情合理，段氏所言較爲直截，今仍存

　　　　疑之！

「徵　　召也。从壬，从微省……[古文]，古文徵。」（壬部）

　　按：金文編附錄錄有[字]趞簋、[字]揚簋、[字][字]如簋、[字]毛公鼎五字，陳小松、

　　　　周師法高等俱釋爲徵字〔註3〕（从貝者繁文）其作「[字]」者，參以

　　　　睡虎地秦簡徵作徵二五、六、二五、說文篆文作[字]，於形最類。至古

　　　　文作[字]者，或云即敎字之譌，黃錫全汗簡注釋云曾侯乙墓所出編鐘

　　　　階名徵作[字]、[字]、[字]、[字]、[字]等形，碧落文作[字]，从攴可能是後來所

　　　　增，从口與不从口不別，此諸字皆古徵字譌變（152 及 510 頁）然觀

　　　　其形體，古文似自有其系統，與前述从貝之貇字有若何關係仍難以

　　　　論定，姑存疑以俟考。

「襄　　漢令：解衣而耕謂之襄。从衣，[字]聲。[古文]，古文襄。」

　　按：金文作[字]穌甫人匜，古鉢作[字]、[字]、[字]等；繫傳本作[字]，三體石經作

　　　　[字]，古文形體，段玉裁云：「不能得其會意、形聲所在！」（段注）

「[字]　　艸雨衣……从衣，象形。[字]，古文衰。」（衣部）

按：王筠云：「古文龘則純形，上象其覆，中象其領，下象編草之垂也。」（句讀）朱駿聲則云：「古文上象笠，中象人面，下象衰形。」（通訓定聲）又說文古籀補收龘衰作父癸鼎字，云古衰字，舒連景謂古文龘由之而衍口（說文古籀疏證），未知孰是！

「次　不前不精也。从欠，二聲。𣢩，古文次。」（欠部）

按：段玉裁云：「（古文次）葢象相次形。」（段注）朱駿聲則云：「古文未詳，雖本爲茨之古文，象茅葢屋次弟之形。」（說文通訓定聲）然無足以證之者，仍存疑之！

「髮　𩠹，古文。」（髟部）

按：段玉裁云：「葢象角羈之形。」（段注）朱駿聲云从頁从爻（說文通訓定聲）；或謂爻即犮（犮）之譌。

「礦　銅鐵樸實也。从石，黃聲。讀若穬。卝，古文礦，周禮有卝人。」（石部）

按：古文形構不詳。

「碣　特立之石也……𥐝，古文。」

按：古文形構不詳。

「𡚾　奏進也……𡚾，古文。」（本部）

按：奏所从𡴀，乃甲文作茮、茮（莽字初文）之譌形。古文从艸，與篆文同，唯從凵，未詳其形構！

「慎　謹也。从心，眞聲。昚，古文。」（心部）

按：郑公華鐘作昚，與古文形近。林義光云：「从日从火，日，近也（原注：暱字、暬字皆从日。）日用火有慎之象。」（文源）高鴻縉曰：「古慎字，从火在日間會意，白日之火不易見，故當慎。」（中國字例）二氏並以古文从火从日會意，未知信否，仍存疑之！

「漢　灘，古文。」（水部）

按：段玉裁云古文从或从大，或者今之國字也。（段注）舒連景因謂：「國之大水也。」（說文古文疏證）朱駿聲亦以「域中大水」解之！商承祚則云：「灘，疾流也，漢水大而流疾，故从灘、大會意。」（說文中之古文考）未知孰是，仍存疑之！

「圣　塞也……从土，西聲。㘩，古文圣。」（土部）

　　按：古文从⊗即⊗之古文，下增个形，舒連景云：「聖戈圣字作㘩，从西从壬，小篆壬作王，中斷而爲全，㘩，葢从西从壬之譌。」（說文古文疏證）說可存參，仍存疑之！

「墐　黏土也。从土，从黄省。堇，古文堇。」

　　按：甲文作堇、堇、堇、堇，金文作堇、堇、堇、堇、堇等形，正文由之而譌，說已見「譌變致異」堇字。古文作堇，或亦形譌，唯于古無徵，未詳其譌變之迹，仍存疑之！

「黄　地之色也，从田从炗，炗亦聲。炗、古文光。炎，古文黄。」（黄部）

　　按：金文作黄師俞簋、黄召尊、黄此鼎，即篆文所自昉（說已見「譌變致異」黄字）！古文作炎，于古無徵，金文或作黄禺邗王壺、黄陳侯因資錞，其形特異，下體所从形似火（江陵楚簡作黄，古鉢作黄，所从亦是），與古文下所从近似，然其其上从止，未知是廿之譌或另有他意。李師孝定云：「許君所引古文黄字上从『夕』，與禺邦玉壺及陳侯因資錞二文从止者形近，下从炗，與甲骨金文黄字上下所从略同，乃六國文字異體。」（讀說文記，黄字條）其形仍無確解，仍存疑之！

「勞　劇也。从力，熒省。熒火燒冖，用力者勞。勞，古文勞从悉。」（力部）

　　按：孔廣居云：「趙古則曰：『勞从力从營省，用力經營故勞』，愚謂戀从悉，亦从營省，悉心經營故戀，或勞心，或勞力，其義一也。」（說文疑疑）然嚴可均云：「戀，汗簡卷下之二引作勞，云見舊說文。桉勞當作勞，從熒不省，舊說文者，陽冰未刊定已前本。」（說文校議）又中山王鼎有勞字，銘云：「以惥憂勞勞邦家」，張政烺云勞當是戀之省；趙誠則云：「疑古勞力从炊（或焱）从力，勞心从炊（或焱）从心，炊或焱以標志焰焰烈火，此銘勞字从炊从心，正會勞心之意。後世勞心之意併於勞，勞字遂不行。」[註4] 未知孰是，仍存疑之！

〔註4〕張政烺，中山王譽壺及鼎銘考釋；趙誠，中山壺中山鼎銘文試釋，金文詁林補勞字條引。

「𨸏　大陸山無石者，象形。𨸏，古文。」（𨸏部）

按：甲文作 ᵓ、ᴈ、ᴻ、ᴊ、ᴊ 等形，朱芳圃云：「從丨，象土山高陗，從彡、
三象阪級，故陟降諸字從之。」（甲骨學文字編，甲文集釋引）徐中
舒則云：「古代穴居，於竪穴側壁挖有彡形之腳窩以便出入登降，甲
骨文𨸏字作 ᴈ、ᴊ 形，正象腳窩之形，作 ᴊ 者乃其省體。」（甲骨文字
典）古文下從 ᴊ 即𨸏字（籀文陸、古文陳亦並從 ᴊ），其上所從 ∘∘∘ 形，
段玉裁云：「上象窐高，下象可拾級而上。」（段注）王筠云：「上半
與嵒從品同意，𨸏雖土山，亦有巖穴也……𨸏上之∘∘∘，與嵒之品同
意，皆象山中巖穴形，非品字。」（說文釋例）蕭道管則云。乃石省
（重文管見）未知孰是，仍存疑之！

「陟　登也。從𨸏，從步。陟，古文。」

按：金文大體與篆文同，三體石經作 陟，不從人，其右所從與說文古文
同，然從日似無所會意？遠字古文作 遠（石經作 遠），此陟古文所從
同之，未知是否即受遠之古文所同化？仍存疑之！

「甲　東方之孟，陽气萌動，從木戴孚甲之象……甲，古文甲，始於十，
見於千，成於木之象。」（甲部）

按：甲文作一般作十；又作 田 者，殷人先公上甲之專名，此形即篆文所
自昉。古文上從 人 作 甲，於古無徵，存疑之！

「孟，長也。從子，皿聲。�，古文孟。」（子部）

按：人部保之古文亦作 �，清人校說文者多云此孟字古文誤增。保金文
或作 保 曶睘良父簋、保 陳侯因齊錞，古文省偏旁作 �，自是可信。然
孟字金文多作 盂 延盨，與篆文同；亦或作 盂 郜伯鼎、盂 鑄公簠、盂 陳子
匜，所從子亦作 �，則六國時書者自亦可能偶省其皿旁作 �（金文
保多作 保，設若某域於保字習書爲 保 若 保，孟字習作 盂，則省皿
作 �，並無混淆之慮），今姑存疑之！

「卯　冒也，二月，萬物冒地而出，象開門之形。故二月爲天門。卯，古
文卯。」（卯部）

按：甲文作 卯，金文作 卯，即篆文所自昉，古文于古無徵，形構不詳，
存疑之！

「⊟ 神也……⊹，古文申。」（申部）

　　按：本書玄之古文作⊹，與此申字古文同形，清人校議說文者多疑此申
　　　　之古文爲後人所誤增。段玉裁則逕據虹、陳古文改⊹爲ᄾ。然金文
　　　　申或作ᄀ丙中角、ᄋ矢尊、ᄋ競簋、ᄋ、ᄋ杜伯盨、ᄋ克鼎，石鼓作
　　　　ᄋ，古鉢作ᄋ，與⊹之形相去亦不甚遠，誤廁之說或未必是，姑存
　　　　疑之！

「涿 流下滴也。从水，豕聲。上谷有涿鹿縣。⊟，奇字涿，从日、乙。」
　　（水部）

　　按：段玉裁云：「从日者，謂於日光中見之，乙葢象滴下之形，非甲乙字。」
　　　　（段注）其說未必然，存疑之！

「无 亡也。从亡，無聲。无，奇字无通於元者，王育說天屈西北爲无。」
　　（亡部）

　　按：奇字无形構不詳。

二、籀 文

「靭 籀文靭。」

　　按：籀文，繫傳作。王國維云：「，未詳何字。玉篇靭之籀文作，
　　　　从叓疑之譌，又部，引也，从又聲，，古文申，本訓引，又
　　　　與引同部，籀文靭字或从此作，然未可專輒定之也。」（史籀篇疏證）
　　　　嚴可均云：「當作，从籀文婚聲。」（校議）然於聲、韻不切，仍
　　　　存疑之。

「⊟ 柔韋也，从北从皮省，从夐省。，籀文从夐省。」（部）

　　按：段玉裁云籀文：「從皮省，從夐省。」（段注）王國維云：「伪从一人
　　　　在穴上，从二人在穴上，意則一也。」（史籀篇疏證），古文字無
　　　　足徵之者，姑存疑之。

「贛 賜也，从貝、竷省聲。，籀文贛。」（貝部）

　　按：籀文所从「」形構不詳，王國維所據說文版本作「」，並云：「籀
　　　　文贛作，變夂屮相承爲刀爪相承，意與牵同。」（史籀篇疏證）古
　　　　文字無徵，仍存疑之！

「疾　　病也，从疒，矢聲。𤵸，籀文疾。」（疒部）

　　按：籀文形構與智字相近，或云即智字而許君誤廁；或云古蓋假智為疾，然二字音韻有隔。王國維則云：「𤵸从智省，从廿，廿古文疾。」（史籀篇疏證）亦難以顯示其為疾病之意，仍存疑之！

「魖（𢼭，古文）𢌳，籀文从象首，从尾省聲。」（鬼部）

　　按：𢌳當為籀文，參前古文部分。段玉裁云：「象首謂象也，豕之頭也。或曰當是希首。尾聲猶未聲也。」（段注）然說文釋形每多誤解，此籀文云从象首，从尾省聲未必是造字本意（疑許君據誤形牽合為說），仍存疑之！

「𧰨　　脩毫獸，一曰河內各豕也。从彑，下象毛足，𧰨，籀文。」（希部）

　　按：篆、籀形體略同，只爭二筆耳，王筠云：「丨者脩豪也。」（句讀）未知信否？本書聿部𦘒字，大徐籀文作𦘒，繫傳作𦘒，與此又異，未知其故，仍存疑之！

「震　　劈歷振物者。从雨，辰聲。䨑，籀文震（繫傳云：古文震如此）。」（雨部）

　　按：王筠云：「震之籀文䨑，從火者，雷出地時有火光，如鳥槍然。從鬲者，陽炁陰迫，如鼎沸也。從爻者，劈歷所震，物被其虐，離披散亂之狀也。火，爻皆二，取其整齊毓縟耳。」（釋例）朱駿聲云：「从雨从云二爻从鬲从二火會意。」（說文通訓定聲）唯未解析其所从之意；王說亦未必然，仍存疑之！

三、或　體

「涸　　渴也。从水、固聲。讀若狐貈之貈（繫傳雨貈字作𥀈）。灂，涸亦从水、鹵、舟。」（水部）

　　按：繫傳無重文，段玉裁云：「未聞其意。」（段注）朱駿聲云：「从水、鹵會意，舟聲。」（說文通訓定聲），然涸、舟之聲，韻俱別！仍存疑之！

「撚　　撮取也。从手、帶聲。𢷎，撚或从折、从示。兩手急持人也。」（手部）

　　按：段玉裁、朱駿聲俱云或體从折、示聲；宋保、諧聲補逸則云：「撚重

文作祭，折聲。帶、折同部聲相近。」衡以音理，宋說爲長！唯意
符从示，則不知何所取義？仍存疑之！

「弸　　輔也，重也。从弜，丙聲。𢎹，弸或如此（繫傳作：古文弸如此）。」
　　　　（弜部）

　　　按：王國維云弸从丙，弜聲（釋弸）。唐蘭則云：「吳大澂、王國維都上
　　　　了鄭玄的大當，[註5] 認定『簟茀』就是車蔽，而不知詩經裡有兩種
　　　　簟茀，其一是車蔽，另一是弓柲。只有弸字才是簟茀、竹閉和柲的
　　　　本字。本來是用竹席捆綁兩張弓；又作𢎹，是用雙重竹席捆一張弓，
　　　　在象意字演化爲形聲字時，就成爲从丙，弜聲……王國維把弸作車蔽
　　　　的茀的本字，是又一個錯誤。」[註6] 然甲文無弸字，金文皆作𢎹（毛
　　　　公鼎、番生簋、者沪鐘），楚帛書亦作𢎹，未見作弸形者。而甲文弜
　　　　字習見，羅振玉、高鴻縉並謂弜乃弸之古文，[註7] 如其說是，則弸
　　　　乃由弜增意符而成。故唐氏所言，不唯於古無徵，恐亦有悖於文字
　　　　發展之源流，不可遽从！竊疑弸之或作𢎹，殆古人偶誤書之耳，惟
　　　　亦無徵，仍存疑之！

「畮　　六尺爲步，步百爲畮，从田，每聲。𣑲，畮或从田、十、久。」（田
　　　　部）

　　　按：金文皆从田，每聲，與篆文同。睡虎地秦簡作𣑲，或體亦前有所承，
　　　　唯形構難解。徐鉉曰：「十，四方也，久聲。」徐鍇云：「十其制，
　　　　久聲。」說文四家亦並云从久聲，然二字聲母懸隔，久不當爲聲符。
　　　　林義光則云：「十、久非義，古每或作𢆶，上類十而下類久，此隸書
　　　　以形近省變也，不當制篆。」（文源）似亦測辭，仍當存疑！

「瞋　　張目也。从目，眞聲。眒，祕書瞋从戌。」

〔註 5〕吳大澂云：「古弸字，毛公鼎：『簟弸魚葡』，詩，采芑：『簟茀魚服』，韓奕：『簟茀
　　　　錯衡』箋云：『簟茀漆簟以爲車蔽，今之藩也。』茀當作茀，古文弸字，弸以蔽車，
　　　　有輔弸之義。」（說文古籀補）王國維說見觀堂集林「釋弸」，前「形聲字意符不同」，
　　　　弸字已略引。

〔註 6〕唐蘭，弓形器（銅弓柲）用途考，金文詁林弸字條引。

〔註 7〕羅振玉說見「增訂殷虛書契考釋」甲文集釋，弜字條引。高鴻縉說見「中國字例」，
　　　　金文詁林弜字條引，唯高氏謂：「弜，周人加囙（古席字）爲聲作弸。」則非是！

按：段玉裁云：「祕書謂緯書也。」（段注）段氏與朱駿聲並以賊从戌聲，然瞋、戌聲韻俱不合。沈兼士則云：「友人周祖謨云：疑賊即許書之眱。賊訓視高皃，與瞋目義合。眱從戌，賊從戌，戌戌古爲一字。（哲案：戊、戌本非同字，唯自金文以下，形體極似）萬象名義『眱，呼達反』，正訓瞋視。足證賊即眱矣。眱已見前，此處重出者，即義通換用，與丹彤例同。」（漢字義讀法之一例，說文重文之新定義）所說亦未必然，姑存疑之！

第三節　正、重文俱存疑

一、古　文

「𠱧　从外知內也。从冏，章省聲。𠾂（繫傳作𠾂），古文商，𠿡，籀文商。」（冏部）

按：甲文異形頗多，如𠱧、𠱧、𠱧、𠱧、𠱧、𠱧、𠱧、𠱧、𠱧等，其本義爲何，未易論定，[註8] 甲文又一見作𠱧佚五一八。金文大體作𠱧、𠱧等形，又作𠱧商尗𣪘、𠱧蔡侯盤、𠱧庚壺、𠱧四六四六尊、𠱧秦公鐘，從商之𧷏作𠱧尗卣、𠱧傳卣。或謂所从之⊙⊙、⊙⊙、⊙⊙、⊙⊙、⊙⊙爲乘隙增飾之符號；阮元、朱芳圃等則以「商」爲星名，⊙⊙象星形，[註9] 然甲金從⊙⊙若⊙⊙者，尋其文例，未見用爲商星字，故諸家所論，難以定其必是，仍存疑之！

〔註8〕說文云从外知內殆後起義，釋形爲从冏，章省聲，衡以甲文諸商字，蓋不可從。商承祚云：「金文傳卣作𠱧，象架上置物之形，而从下頁，是商也。」（說文中之古文考）朱芳圃云：「按：商，星名也……字象平置内上，内，物之安也，亦謂之堤……今俗謂之底座。蓋商人祭祀時，設燭薪於内上以象徵大火之星，或增⊙⊙，象星形，意尤明顯。又增凵，附加之形符也。考心宿三星……中有一等大星，其色極紅，故謂之大火，商人主之，始以名其部族，繼以名其國邑及朝代。」（釋藝，金文詁林商字條引）然甲文上體所从𠱧、𠱧、开等實不象燭薪之形，且星名本當以星之形爲主體（如參，金文作𠱧、𠱧），安得以設祭之形象徵？故商當非以星名爲其本義，星名者蓋其借義，其增⊙⊙者，即使如朱氏所云象星形，亦當云𠱧爲商星之轉注專字。

〔註9〕阮元云：「古籀文於星名多象形，故敔敦銘昂作𠱧，參作𠱧此商字作𠱧（按：傳卣），亦象形也。」（積古卷六，金文詁林𧷏字條引）又朱芳圃說見上注。

「眞　　僊人變形而登天也。从匕、目、乚，八所以乘載之。㡭，古文眞。」
　　　　（匕部）

　　按：金文編眞字收㡭伯眞盨、㡭季眞鬲，（高明古文字類編眞字收甲文二形：
　　　　㡭、㡭）字蓋从匕，丁聲或鼎聲（丁、鼎隸耕部與眞部旁轉相通），
　　　　唯字是否果爲眞字，其意又若何？果爲眞字，何以演爲石鼓之眞？仍
　　　　俟考！

　古文作㡭，于古無徵，存疑之！

「裔　　衣裾也。从衣，冏聲，㡭，古文裔。」（衣部）

　　按：陳逆簋作㡭，古鉢作㡭，與篆文近，然裔、冏音不切，當非人冏爲聲
　　　　符。古文作㡭，段玉裁、朱駿聲俱云从几聲，唯聲母懸隔，亦不可
　　　　信！舒連景則云：「所从门，蓋冏之殘泐。」（說文古文疏證）蓋屬
　　　　臆辭！龍師宇純則疑门象衣裙下擺形，說較勝！唯裔从冏之說，終難
　　　　以確指，仍存疑之！

「麗　　旅行也，鹿之性見食急則必旅行。从鹿，丽聲……㡭（依繫傳、大
　　　　徐作㡭），古文。（㡭，篆文麗字。）」（鹿部）

　　按：說文云麗从丽聲，桂馥云：「聲字後人加之，蓋從古文。」（義證）
　　　　段玉裁云：「其字本作丽，旅行之象也，後乃加鹿耳。」（段注）依
　　　　其說，則正文當入增益意符類。然周原甲骨作㡭、㡭，金文作㡭師旋
　　　　簋、㡭郮虘匜，三體石經作㡭，與正文形近，其上體所从異形甚多（邐
　　　　字金文所从麗作㡭乙亥鼎、㡭辛己簋），未詳其爲音或表意（所从形體
　　　　皆兩兩相儷，則或有表意之作用）。其體所从既未詳，甲金文又不見
　　　　獨用者，則正文由古文而增形抑古文由正文而省仍難以論定，仍存
　　　　疑之！

「患　　憂也。从心上貫吅，吅亦聲、㡭，亦古文患。」

　　按：徐鍇云：「於文：心上串爲患也。」（繫傳、通論）段玉裁以爲从毌
　　　　聲：「古形橫直無一定……患字上从毌，或橫之作申，而又析爲二中
　　　　之形。」（段注）王筠則主从串聲（句讀）實者毌、串亦由一語所分
　　　　化。甲文有㡭、㡭、㡭、㡭、㡭等字，孫詒讓釋爲毌，謂回爲寶貨
　　　　有空好之形，以丨貫之。部沫若則引金文作㡭若㡭者，謂乃象盾形，

字則當讀干，毋實古干字，李師孝定从其說（以上俱見甲文集釋），此說若然，雖可釋串之形而無以解〔字〕之形構。又金文有〔字〕父乙甗、〔字〕南宮中鼎，徐灝云：「鐘鼎文作〔字〕，說詳毋下。〔字〕即其變體，又省作串，或省作毋。」（說文解字注箋，患字條）亦未詳其說然否，仍存疑之！

「風　八風也……風動蟲生，故蟲八日而化。从虫，凡聲。〔字〕，古文風。」（風部）

　　按：風字篆文从虫，古文从日，並難理解。風本無形可象，甲文或假鳳爲之，亦增凡爲聲符，作〔字〕、〔字〕、〔字〕，譌爲金文之〔字〕周南宮中鼎，其後又變爲从鳥，凡聲之鳳字。金文未見作風形者，楚帛書兩見作〔字〕，睡虎地秦簡作〔字〕、〔字〕，則晚周已有从虫之風，至其字何以从虫則未易理解，疑古風字未造前仍假鳳字爲之，然未有專字終屬不便（鳳仍有其專屬義，且習用），時人遂附會當時「風動蟲生」之傳說而易爲从虫，凡聲之專用風字（許君之前若大戴禮、易本命篇及淮南子地形訓具有「二九十八，八主風，風土蟲」之說；王充論衡商蟲篇亦云：「夫蟲，風氣所生，蒼頡知之，故凡、虫爲風，蟲之字取氣於風，故八日而化生。」其傳說或可上溯晚周，爲風字从虫之造字背景亦未可知），唯乏確證，仍存疑俟考！

　　古文从日，于古無徵。饒炯云：「古文作〔字〕，中亦虫形，但身首異處不連，而人遂昧其解矣。」（部首訂）李師孝定云：「冐纏是真正的爲了『風雨』一義所造的形聲專字，因爲日和風，同是與氣象有關，造風字而从日爲形符，是可以理解的。」（從六書的觀點看甲骨文字）黃錫全則以爲古文乃自前引金文南宮中鼎所从〔字〕之省變（〔字〕乃鳳尾花繢）。〔註10〕諸家所云，未知孰是，仍存疑之！

「〔字〕　蟲也。从厹，象形。讀與偰同。〔字〕，古文禼。」（厹部）

　　按：篆、古文皆于古無徵，存疑之！

二、籀　文

「〔字〕　日始出光倝倝也。从旦，放聲。〔字〕，闕，且从三日在放中。」（倝部）

〔註10〕黃錫全，汗簡注釋，216、450 頁。

「乾　　上出也。从乙，乙物之達也，倝聲。𠃵（此依繫傳，大徐作𠃵），
　　　　籒文乾。」（乙部）

　　按：王國維云：「倝部倝下曰：『日初出倝倝也。』下重𣃘字，云闕，闕者
　　　　不知其爲古爲籒。今案倝、𣃘皆㫃之異文，古金文从㫃之旅字多作𣃘，
　　　　又有作者，蓋古之旅皆載于車上，而古車字又多作，知旃字所從
　　　　之車，篆書有作此者，其後兩輪一輿之形譌變而爲，頌鼎有字，
　　　　即旃之本字，借爲祈求之祈。𣃘又之譌變。篆文之倝則之譌變也。
　　　　倝𣃘二字當重㫃下，乾下當云从乙，倝聲，倝、古㫃字。許云倝日始
　　　　出光倝也，从旦，㫃聲，蓋不免从譌字立說矣。」（史籒篇疏證，乾
　　　　字條）驫羌鐘有字，徐中舒云：「倝即榦之本字象形。金文編附錄
　　　　上第六葉有字作三人共舁一榦形，其榦有斿，正與此倝字形同：

　　　　父乙敦 公車瓠 𢼪敦此字榦上之、、、形即此倝字所
　　　　从之形也……所謂旗杆之杆，其本字當如此也。」（驫氏編鐘圖釋，
　　　　金文詁林引）未知二說孰是，仍存疑之！

「癸　　冬時水土平可揆度也，象水從四方流入地中之形。癸承壬，象人足。
　　　　，籒文从癶从矢（繫傳作：從癶，矢聲）。」（癸部）

　　按：甲文作、，金文作矢方彝、鄀公鼎，諸家論其形義者眾說
　　　　紛紜，李師孝定云：「字象器皿之形，殆無可疑，惟器難確指，用爲
　　　　十干之名乃假借。」（讀說文記，癸字條）石鼓文作，與籒文同，
　　　　繫傳云从矢聲，段玉裁等从之，然癸、矢聲母懸隔，韻亦有開合之
　　　　異，从矢聲可疑！之形義既晦，則癸从癶从矢之義固亦難明，仍
　　　　存疑之！

三、或　體

「圮　　毀也。虞書曰：『方命圮族』从土，己聲。符鄙切𡎁，圮或从手从非，
　　　　配省聲。」（土部）

　　按：己、圮聲韻懸隔，圮以之爲聲似爲不倫！以己聲之字若紀、改、記、
　　　　改、邔、芑、杞、忌等皆屬牙音；說文雖有妃、配、㠱三字从己聲，
　　　　而聲母皆隸脣音之例，然妃甲文作，金文作；配甲文作，
　　　　金文作、，本皆不从己，从己者乃譌變；㠱，段玉裁以爲从非、

己會意，非亦聲（斐訓別也，音「非尾切」），說亦可从。然則妃字从己聲而讀脣音，實為可疑！

或體醉，大徐云：「从手从非，配省聲」，繫傳則云：「从手，配省，非聲。」王筠解曰：「謂配省及非皆聲也。」（句讀）非、配古音近，則王氏所云似亦可信。然醉所从西果為配省？非於字中究為音符或意符？仍是一疑？而玉篇、廣韻皆未言妃、醉二字為重文（玉篇土部：「妃，皮美切……妃，毀也。」西部「醉，皮美切，酒色。」廣韻上聲五旨：「妃，岸毀，又覆也。」「醉，覆也，或作嶏。」）此亦是一疑！故仍存疑以俟考！

四、篆　文

「麗　（丽，古文）丙丙，篆文麗字。」（鹿部）

　　按：參前古文部分（丙元蓋丽之譌）。

「黽　匽黽也。讀若朝。揚雄說匽黽，蟲名。杜林以為朝旦，非是！从黽从旦。鼂，篆文从皂。」（黽部）

　　按：正文从旦非聲符，至从旦之意，段玉裁、王筠並謂不詳、難解。孔廣居云：「匽黽似蠅蠅，夜鳴旦止，名匽黽者，謂匽匿于朝也，故字从旦而義與朝同。」（說文疑疑）鄭文焯則曰：「以字義言之，匽者匿也。黽从旦，旦者明也。一明一匿，有忽隱忽見之義焉。字从黽，爾雅曰：在水者黽。惟其在水，故隱見無定也。是匽黽之為匽黽，于其名義徵之矣。」（說文引群說故）說並可參！

篆文鼂，大徐云从皂，說文「皂，穀之馨香也，象嘉穀在裹中之形，匕所以扱之，或說皂，一粒也……又讀若香。」（皮及切）並於音義無所取。段玉裁易篆為鼂，解云从皀聲。日部：「皀，望遠合也……讀若窈窕之窈。」（烏皎切）然二字聲母懸隔，皀恐非其聲符。今仍存疑以俟考！

結　論

　　許慎編纂之說文解字可謂集當時文字之大成，書中並保存一千餘字「重
文」。自清末以來，古文字資料日益增多，說文重文之研究亦漸受學者重視，其
中最具創見與貢獻者首推王國維，王氏於說文古文、籀文之各項研究皆開風氣
之先且影響深遠。其後學者之研究亦多著重於古、籀文：或考辨其時代、性質；
或徵考契、金、古陶、鉢印、貨幣、簡、帛等資料以證成、考訂古籀文，成果
豐碩，蔚為大觀！

　　然而重文並非僅古、籀文二書體，對其研究亦非僅考鏡源流即已足。「重文」
乃一字而形體不同之異體字，就重文之性質而言，何以漢字一字而有不同形式
之異體存在？其形成原因若何？由形式結構分析，能否歸納為數類現象？有何
規律可尋等等，亦應為研究說文重文之重要意義！而其更積極之目的，殆為藉
由現象、規律之歸納進而以為考釋古文字之助！

　　本文嘗試由形式結構分析之角度，全面分析正、重文形體之關係，藉由各
類形式之歸納，完整呈現重文文字異形之形式現象，因為唯有如此，才不致對
重文各體文字異形現象流於印象式之批評，甚至於能有助於釐清一些似是而非
之觀點！

　　就文字結構形式分析，正重文關係可分為「省構」、「繁構」、「異構」、「譌
變致異」四類，其所表現之現象值得一述者：

　　一、簡化乃字形發展之主要趨勢，此因文字本用以記錄語言，作為書寫工具言，文字形構越簡單，使用即越方便，效率亦能提高，然而不因簡省而導致與他字混淆，殆為省構字之基本條件，且其所省者多為較不具識別特徵之偏旁、筆畫！另一方面，文字若過於簡單，常會造成混淆，不易識讀與區別；而文字經長期演變後，或因字形有所譌誤，或因字義漸不明確等原因，文字又常增繁筆畫或偏旁（包含表意或標音偏旁）以助其區別他字或增強、明確其字義，此當為文字繁化之積極意義！（另有一類繁化則似僅為裝飾性之美化作用，殆為時代風氣使然！）簡化與繁化看似背道而馳，實際上前者求簡單約易，後者求準確精密，皆為使文字之使用更適於社會大眾所使用！實為相輔相成之兩種作用！

　　二、異構字除「偏旁部位不同」類外，皆於文字形體、偏旁有所變異，故最能表現文字異形之現象，甚且可顯示出因古今或方域殊異所產生之異體。字形之簡省、增繁或演變、譌變皆沿襲傳統字形進行，若掌握完整資料，殆能悉見其來龍去脈，然異構字因偏旁每有變異，故何由知其為一字，基本上有賴於說文等字書及古籍傳注中關於異體字之記載等材料。然而如能充分掌握異體字形式結構差異之現象，並進而掌握某些規律如義近通用、音變規律等，當能有助於考釋先秦古文字！而說文重文保存大量先秦異體字材料，正為研究文字異形現象、規律之最寶貴資料庫！

　　三、形聲乃各種造字法中最晚成熟、造字最方便且能產性最高之造字方式，故後造字多以形聲字形式出現，即使原為象形、會意之字，亦或藉由增益意符或聲符，「同化」為形聲字之形式，甚至即利用形聲造字法另造新形聲字！

　　四、小篆前之先秦文字形體一直處於變動不居之狀態，有的形體經演變仍能由字形分析文字本形本義；有些卻於演變過程中產生譌變。然字形之譌變殆仍受文字約定俗成之制約，故譌變之現象仍多有平行事例顯示出某些規律，如形近同化、形體離析、誤合等，因此藉由現象、規律之掌握，對辨識譌變現象嚴重之先秦古文字亦將有所助益！

　　就重文各書體而言，藉由文字結構分析所呈現之各書體形式差異現象之比較，亦能強化對各書體之認識！重文細目雖有二十餘類，依其性質，可歸納為古、籀、或、篆四體，值得一述者：

　　一、古文於簡省偏旁類明顯多於其他書體，且其簡化每多「簡率」！然與簡化相反之繁構亦多見於古文：累增意符之繁化爲各書體所共見，此乃文字發展之必然現象；而增繁筆畫則爲古文之特色，且所增多爲無謂之繁飾，此與今所知戰國東土文字之現象一致，殆爲時代風氣使然！此外古文於譌變及存疑類獨多，此種集簡化、繁化、譌變、形構變異不詳諸形式於一身之現象，顯示六國古文正處於形體發展劇烈變動之時期、地域，故其形體變異之情況具多樣性與不定性之特色！

　　二、形體較繁複確爲籀文特色，然其繁重之形亦多見於甲、金文，故籀文之繁重乃當時文字之本然現象，非如唐蘭所言：「（籀文）是盡量繁複的一種文字」（中國文字學，155 頁）學者葢以簡化後之古、篆文比較之，故有此「印象」，未爲篤論！而籀文入譌變類與存疑類者遠較古文爲少，亦罕見有隨意增益筆畫之形，顯示籀文既承西周金文，隨後又行於西土秦域，故形體變異情形較少，猶近於殷周古文！此外值得注意者，一般皆以爲形體歧異之現象爲古文所獨擅勝場，此葢惑於古文形體譌別簡率之混亂情況。由文字形式結構分析，最能代表文字異形現象者殆爲異構類，尤其是形聲字意符不同、聲符不同、聲意符俱異三類，即此三類以統計正文（多爲小篆）與籀文異者，其比例竟遠高於古文，顯示秦地文字異形現象較之古文亦不遑多讓！而此種異形之產生殆多爲史籀篇成書後迄秦統一，近八百年間秦系文字產生之異體字，而非李斯輩取史籀文字「減其繁重，改其怪奇」後所導致之結果，以現存先秦秦系文字比較，李斯輩取籀文以編三倉，即使於字形有所省改亦當爲少數，其所作爲殆以整理秦系文字異體爲主！

　　三、重文或體字之來源較爲複雜，少部分已出現於先秦，其餘大部分殆出於漢代所製後起字。龍師宇純以爲小篆無或體，過去學者認爲重文或體爲小篆，其實此等字只是許愼將隸書寫成篆書形式（中國文字學，357 頁）。今分析或體字之形式結構類別，其譌變、存疑類獨少，而古文多見之增益筆畫類竟無其例，此種或體無怪奇之體且無隨意之繁化等現象，顯示其體當爲文字「規範化」後新興書體，龍師云或體乃許君將隸書寫成篆書形式，當爲最合理解釋！而或體近五百字中列入異構類者約八成五，由此亦可顯示小篆雖有整理先秦異體之作用，但其成果主要係於字形之規範化，殆秦滅亡，政治強制力消失，異體又於民間盛行不衰！許愼纂說文，因此類字不見於古文經籍及史籀篇，故許君以「或作」該之！

參考書目舉要

著者不加敬稱

壹、專　書

甲、說文之屬

1. 《說文解字》，許慎，商務印書館四部叢刊初編，景宋刊本。
2. 《說文解字》，許慎，商務印書館景藤花榭本。
3. 《說文解字》，許慎，中華書局四部備要，景朱筠依宋重刻本。
4. 《說文解字》，許慎，北京中華景陳昌治本。
5. 《說文繫傳》，徐鍇，商務四部叢刊初編景瞿氏，殘宋本配張氏影宋寫本。
6. 《說文繫傳》，徐鍇，中華書局四部備要景祁寯藻本。
7. 《說文解字注》，段玉裁，漢京文化事業。
8. 《說文釋例》，王筠，北京中華書局。
9. 《說文解字詁林》，丁福保，鼎文書局。
10. 《說文解字研究法》，馬敘倫，香港太平書店。
11. 《說文解字綜合研究》，江舉謙，東海大學出版。
12. 《說文中之古文考》，商承祚，學海出版社。
13. 《說文古文疏證》，舒連景，東海大學古籍室藏。
14. 《說文解字古文釋形考述》，邱德修，師大碩士論文。
15. 《說文解字古文研究》，張維信，臺大碩士論文。
16. 《說文古籀彙考》，陳激成，南洋大學碩士論文。
17. 《說文重文諧聲考》，許錟輝，師大碩士論文。

18. 《說文重文形體考》，許錟輝，文津出版社。

19. 《說文古籀研究釋例》，馬桂綿，珠海學院碩士論文。

20. 《說文古籀和戰國文字關係之研究》，朴昌植，珠海大學碩士論文。

21. 《說文解字六書疏證》，馬敘倫，上海書店。

22. 《許慎與說文解字》，姚孝遂，北京中華書局。

23. 《讀說文記》，李孝定，中央研究院史語所。

乙、古文字類之屬

1. 《漢語古文字字形表》，徐中舒，文史哲出版社。

2. 《古文字類編》，高明，大通書局。

3. 《說文古籀補·補補·三補·疏證》，吳大澂等，北京中國書店。

4. 《古籀彙編》，徐文鏡，商務書局。

5. 《殷虛書契前、後、續編》，羅振玉，藝文印書館。

6. 《殷虛文字類編》，商承祚，藝文印書館。

7. 《甲骨文字研究》，郭沫若，大通書局。

8. 《甲骨學文字編》，朱芳圃，商務書局。

9. 《商周古文字類纂》，郭沫若，文物出版社。

10. 《甲骨文編》，孫海波，藝文印書館。

11. 《甲骨文編》，中國社會科學院考古研究所，北京中華書局。

12. 《續甲骨文編》，金祥恆，臺灣大學。

13. 《殷虛文字甲編考釋》，屈萬里，史語所。

14. 《殷虛文字乙編考釋》，屈萬里，史語所。

15. 《殷虛文字丙編考釋》，張秉權，史語所。

16. 《商周甲骨文總集》，嚴一萍，藝文印書館。

17. 《積微居金文說、甲文說》，楊樹達，大通書局。

18. 《積微居小學述林》，楊樹達，大通書局。

19. 《甲骨文字集釋》，李孝定，史語所。

20. 《甲骨文字典》，徐中舒，四川辭書出版社。

21. 《三代吉金文存》，羅振玉，洪氏出版社。

22. 《周代金文圖錄及釋文》，郭沫若，大通書局。

23. 《金文編·續編》，容庚，聯貫出版社。

24. 《金文總集》，嚴一萍，藝文印書館。

25. 《金文詁林》，周法高，中文大學出版社。

26. 《金文詁林附錄》，周法高，中文大學出版社。

27. 《金文詁林補》，周法高，史語所。

28. 《金文詁林讀後記》，李孝定，史語所。

29. 《金文常用字典》，陳初生，陝西人民出版社。

30. 《古陶文舂錄》，顧廷龍，文海出版社。

31. 《陶文編》，金祥恆，藝文印書館。

32. 《古陶文字徵》，高明，北京中華書局。

33. 《先秦貨幣文編》，高承祚等，書目文獻出版社。

34. 《鳥蟲書匯編》，侯福昌，商務印書館。

35. 《侯馬盟書》，里仁書局。

36. 《包山楚簡文字編》，張光裕等，藝文印書館。

37. 《睡虎地秦墓竹簡》，里仁書局。

38. 《秦簡文字編》，張玉春等，中文出版社。

39. 《石刻篆文編》，商承祚，世界書局。

40. 《古璽文字徵》，羅福頤，藝文印書館。

41. 《漢印文字徵》，羅福頤，藝文印書館。

42. 《漢代簡牘草字編》，陸錫興，上海書畫出版社。

43. 《漢簡文字類編》，王夢鷗，藝文印書館。

44. 《秦漢魏晉篆隸字形表》，徐中舒，四川辭書出版社。

45. 《隸釋》，洪适，世界書局。

46. 《隸續》，洪适，世界書局。

47. 《隸辨》，顧藹吉，世界書局。

48. 《汗簡·古文四聲韻》，郭忠恕、夏竦，北京中華書局。

丙、文字、聲韻學之屬

1. 《中國文字學（再訂本）》，龍宇純，學生書局。

2. 《中國文字學》，唐蘭，開明書局。

3. 《古文字學導論》，唐蘭，洪氏出版社。

4. 《中國文字學》，孫海波，學海出版社。

5. 《中國文字學》，潘重規，東大出版社。

6. 《中國古文字學通論》，高明，文物出版社。

7. 《文字學概要》，裘錫圭，北京商務印書館。

8. 《中國文字學史》，胡樸安，商務印書館。

9. 《漢語文字學史》，黃德寬等，安徽教育出版社。

10. 《漢字形體學》，蔣善國，文字改革出版社。

11. 《漢字學》，王鳳陽，吉林文史出版社。

12. 《漢字學通論》，黃建中等，華中師範大學出版社。

13. 《漢字的結構及其演變》，梁東漢，上海教育出版社。

14. 《漢字的起源與演變論叢》，李孝定，聯經出版社。

15. 《古文字研究簡論》，林澐，吉林大學出版社。

16. 《古文字論集》，裘錫圭，北京中華書局。

17. 《商周古文字讀本》，劉翔等，語文出版社。

18. 《字樣學研究》，曾榮汾，學生書局。

19. 《中國文字義符通用釋例》，韓耀隆，文史哲出版社。

20. 《王觀堂先生全集》，王國維，文華出版社。

21. 《王國維先生全集初編》，王國維，大通書局。

22. 《王國維全集書信》，王國維，華世出版社。

23. 《王國維學術研究論集第三輯》，華東師範大學。

24. 《沈兼士學術論文集》，沈兼士，北京中華書局。

25. 《金德建古文字學論文集》，金德建，貫雅文化事業。

26. 《經今古文字考》，金德建，齊魯書社。

27. 《魏石經古文釋形考述》，邱德修，學生書局。

28. 《戰國文字通論》，何琳儀，北京中華書局。

29. 《戰國文字研究》，林素清，臺大博士論文。

30. 《郭沫若之金石文字學研究》，江淑惠，臺大博士論文。

31. 《齊國彝銘彙考》，江淑惠，臺大碩士論文。

32. 《小篆與籀文關係的研究》，陳韻珊，臺大碩士論文。

33. 《急就篇研究》，陳昭容，東海碩士論文。

34. 《兩周青銅句兵銘文彙考》，林清源，東海碩士論文。

35. 《楚系文字研究》，陳月秋，東海碩士論文。

36. 《中國青銅器的奧秘》，李學勤，駱駝出版社。

37. 《中國青銅器》，馬承源，上海古籍出版社。

38. 《漢語音韻學》，董同龢，文史哲出版社。

39. 《上古音韻表稿》，董同龢，中央研究院。

40. 《周法高上古音韻表》，周法高，三民書局。

41. 《中國音韻學論文集》，周法高，中文大學出版社。

丁、其　他

1. 《十三經注疏》，孔穎達等，大化書局。

2. 《國語》，韋昭注，漢京文化事業。

3. 《春秋左傳注》，楊伯峻，源流出版社。

4. 《戰國策》，劉向集錄，里仁書局。

5. 《荀子集解》，王先謙，藝文印書館。

6. 《荀子論集》，龍宇純，學生書局。

7. 《史記會注考證》，瀧川龜太郎，漢京文化事業。

8. 《漢書藝文志注釋彙編》，陳國慶，木鐸出版社。

9. 《玉篇》，顧野王，中華書局四部備要本。

10. 《校正宋本廣韻》，陳彭年，藝文印書館。

11. 《爾雅、廣雅、方言、釋名清疏四種合刊》，上海古籍出版社。

12. 《一切經音義》，玄應，商務印書館。

13. 《經典釋文》，陸德明，漢京文化事業。

14. 《唐寫本王仁煦刊謬補缺切韻校箋》，龍宇純，香港中文大學。

貳、期刊論文

1. 〈與顧起潛先生論說文重文書〉，丁山，《中山大學語歷所週刊》一：四。

2. 〈漢文字同字異形研究〉，江舉謙，《第四屆文字學研討會》。

3. 〈漢字異體流變說〉，玄機，《漢字文化》1984：4。

4. 〈說文釋例異體字諸篇管窺〉，單周堯，《香港大學中文系集刊》二卷。

5. 〈古代文字之辯證的發展〉，郭沫若，《考古》1972：3。

6. 〈古文字形體譌變對說文解字的影響〉，董琨，《中國語文》1991：3。

7. 〈古漢字的形體結構及其發展階段〉，姚考遂，《古文字研究》第四輯。

8. 〈古文字的形旁及其形體演變〉，高明，同上。

9. 〈古文字中的形體譌變〉，張桂光，《古文字研究》第十五輯。

10. 〈古文字義近形旁通用條件的探討〉，張桂光，《古文字研究》第十九輯。

11. 〈略論說文解字「重文」的性質及其在聲韻學上的價值〉，魏伯特，《中國文學研究創刊號》。

12. 〈古文字分類考釋論稿〉，張亞初，《古文字研究》第十七輯。

13. 〈同形異字〉，戴君仁，《文史哲學報》第十二期。

14. 〈廣同形異字〉，龍宇純，《文史哲學報》第三十六期。

15. 〈說文古文「子」字考〉，龍宇純，《大陸雜誌》二十一：一。

16. 〈說帥〉，龍宇純，《史語所集刊》第三十本。

17. 〈甲骨文金文𤔥字及其相關問題〉，龍宇純，《史語所故院長胡適先生紀念論文集》。

18. 〈有關古韻分部內容的兩點意見〉，龍宇純，《中華文化復興月刊》十一：四。

19. 〈再論上古音ㄅ尾說〉，龍宇純，《臺大中文學報創刊號》。

20. 〈說文讀記之一〉，龍宇純，《東海學報》第三十三卷。

21. 〈說詩經死麕〉，杜其容，《臺大中文學報創刊號》。

22. 〈說文所稱古文釋例〉，孫次舟，《中國文化研究彙刊》。

23. 〈説文古文研究〉，江舉謙，《東海學報》二十一卷。

24. 〈論王國維古文説之研究方法〉，姚淦銘，《南京大學學報》1991：1。

25. 〈説文古籀文重探—兼論王國維戰國時秦用籀文六國用古文説〉，林素清，《史語所集刊》第五十八本。

26. 〈説文古文校補二十九則〉，李天虹，《江漢考古》1992：4。

27. 〈三體石經古文與説文古文合證〉，曾憲通，《古文字研究》第七輯。

28. 〈戰國文字與傳鈔古文〉，何琳儀，《古文字研究》第十五輯。

29. 〈利用漢簡考釋古文字〉，黃錫全，同上。

30. 〈略論戰國文字形體研究中的幾個問題〉，湯余惠，同上。

31. 〈汗簡、古文四聲韻中之石經、説文古文研究〉，黃錫全，《古文字研究》第十九輯。

32. 〈談戰國文字的簡化現象〉，林素清，《大陸雜誌》七十二卷第五期。

33. 〈戰國題銘概述〉，李學勤，《文物》1959：7、8、9。

34. 〈戰國文字研究（六種）〉，朱德錫、裘錫圭，《考古學報》1972：1。

35. 〈信陽楚簡考釋（五篇）〉，朱德錫、裘錫圭，《考古學報》1973：1。

36. 〈讀包山楚簡札記七則〉，林澐，《江漢考古》1992：4。

37. 〈睡虎地秦簡疑難字試釋〉，《江漢考古》1992：4。

38. 〈釋遼陽出土的一件秦戈銘文〉，鄔寶庫，《考古》1992：8。

39. 〈伯寬父盨銘與屬王在位年數〉，劉啓益，《文物》1979：11。

40. 〈中山王嚳壺及鼎銘考釋〉，張政烺，《古文字研究》第一輯。

41. 〈中山國胤嗣好𧊒壺釋文〉，張政烺，同上。

42. 〈中山壺、中山鼎銘文試釋〉，趙誠，同上。

43. 〈平山三器與中山國史的若干問題〉，李學勤、李零，《考古學報》1979：2。

44. 〈中山王墓鼎壺銘文小考〉，羅福頤，《故宮博物院刊 1979：2。

45. 〈史籀篇作者考〉，高亨，《文哲月刊》一卷四期。

46. 〈晚周古籀申王靜安先生説〉，郭紹虞，《照隅室語言文字論集》。

47. 〈説文籀篆淵源關係論析〉，江舉謙，《東海學報》十卷一期。

48. 〈説文籀文至小篆之變所見中國文字演變規律〉，南基琬，《第三屆中國文字學國際學術研究討》。

49. 〈説文或體字考敍例〉，董璠，《女師大學術季刊》第二期。

50. 〈説文重文或體字大例〉，杜學知，《大陸雜誌》四十三卷第一期。

51. 〈重文或體字研究〉，杜學知，《成功大學學報》1973：6。

52. 〈大徐本説文小篆或體初探〉，張標，《河北師大學報》1990：1。

53. 〈俗字與説文俗體〉，顧之川，《青海師大學報》1990：4。

54. 〈秦始皇刻石考〉，吳福助，《東海中文學報》第六期。

55. 〈中國文字在秦漢兩代的統一與變異〉，馮翰文，《學記》第二期。

56. 〈書同文字政策的實施及其失敗〉，奚椿年，《江海學刊》1990：4。

57. 〈蒼頡篇研究〉，林素清，《漢學研究》五卷第一期。

58. 〈從漢簡蒼頡篇論漢志急就正字問題〉，林巽培，《書目季刊》二十三：二。

59. 〈阜陽漢簡簡介〉，阜陽漢簡整理組，《文物》1983：2。

60. 〈從漢賦的流傳看漢字的孳乳〉，黃沛榮，《第三屆中國文字學研討會》。

61. 〈逸周書時代略考〉，黃懷信，《西北大學學報》1990：1。

62. 〈司馬法書考〉，藍永蔚，《安徽大學學報》1978：3。